困扰种种

莉迪亚·戴维斯小说集 II

The Collected Stories of Lydia Davis

［美］莉迪亚·戴维斯 著

吴永熹 译

图书在版编目（CIP）数据

困扰种种 /（美）莉迪亚·戴维斯著；吴永熹译 . -- 2 版 . -- 北京：中信出版社，2024.6
（莉迪亚·戴维斯系列作品）
ISBN 978-7-5217-6505-2

Ⅰ.①困… Ⅱ.①莉… ②吴… Ⅲ.①短篇小说－小说集－美国－现代 Ⅳ.① I712.45

中国国家版本馆 CIP 数据核字 (2024) 第 096664 号

THE COLLECTED STORIES OF LYDIA DAVIS
Copyright © 2009 by Lydia Davis
Published in agreement with Denise Shannon Literary Agency,
through The Grayhawk Agency Ltd.
Chinese simplified translation copyright © 2024 by Chu Chen Books.
All Rights Reserved

困扰种种
著者： ［美］莉迪亚·戴维斯
译者： 吴永熹
出版发行：中信出版集团股份有限公司
（北京市朝阳区东三环北路 27 号嘉铭中心　邮编　100020）
承印者： 河北鹏润印刷有限公司

开本：880mm×1230mm 1/32　印张：15　　字数：282 千字
版次：2024 年 6 月第 2 版　　　　印次：2024 年 6 月第 1 次印刷
版贸核渝字（2013）第 225 号　 书号：ISBN 978-7-5217-6505-2
　　　　　　　　　　　　　　　 定价：69.00 元

版权所有·侵权必究
如有印刷、装订问题，本公司负责调换。
服务热线：400-600-8099
投稿邮箱：author@citicpub.com

目录

001　塞缪尔·约翰逊很愤慨（2001）

003　无趣的朋友
004　修剪过的草坪
006　住惯城市的人
007　背叛
009　白种部落
010　我们的旅行
015　特别席位
017　从希罗多德那里获得的某些知识
018　优先事项
020　会面
024　伴侣
025　盲目约会
031　关于记住的例子

032 老母亲与爱牢骚

048 塞缪尔·约翰逊很愤慨

049 新年决心

051 一年级:写字练习

052 有趣

054 最快乐的时刻

055 陪审义务

070 双重否定

071 旧字典

074 赞美虚拟语气

075 多么困难

076 失去记忆

077 写给殡葬馆的一封信

080 甲状腺日记

096 来自北方关于冰层的信息

097 波希米亚凶杀案

098 快乐的记忆

102 她们轮流使用一个她们喜欢的词

103 玛丽·居里,如此值得尊敬的女人

128 黑森人米尔

130 我在国外某地的邻居

133　（打着嗝的）口述史

135　病人

137　对与错

138　排版员阿尔文

145　特别

146　自私

148　我的丈夫和我

149　春日的怒气

150　她的破坏

152　工人

153　在某个北方国度

174　离家之后

175　陪伴

177　财务问题

178　变形

180　两姐妹（Ⅱ）

183　火炉

201　年轻而贫穷

202　伊尔恩太太的沉默

206　即将结束：各自的房间

207　钱

208 鸣谢

209 **困扰种种（2007）**

211 她过去的一个男人
212 狗和我
213 智慧
214 好品位竞赛
216 与苍蝇合作
217 卡夫卡做晚餐
229 热带风暴
230 美好的时光
231 关于一个短纪录片的想法
232 禁忌话题
234 两种类型
235 五感
237 语法问题
241 手
242 毛毛虫
245 看孩子
246 我们想你：一份对四年级生慰问信的研究

277 撒风

279 电视机

284 简和拐杖

285 了解你的身体

286 心不在焉

287 向南走，读《往最坏里去搞》

292 散步

304 困扰种种

306 孤独

307 作家D太太和她的16位女佣

342 一小时看二十个雕塑

344 尼彩

345 你从婴儿那里学到的东西

360 她母亲的母亲

362 事情的原理

363 失眠

364 烧掉家庭成员

371 抵达完美的途径

372 奖励基金

373 海伦与维：一份关于健康与活力的研究

422 缩减开支

425　母亲对我旅行计划的反应
426　用六十美分
427　我该怎样悼念他们?
431　奇怪的冲动
432　她怎么无法开车
434　突然很害怕
435　变好
436　头，心
437　陌生人
439　繁忙的路
440　秩序
441　苍蝇
442　和母亲一起旅行
445　索引条目
446　我的儿子
447　旅馆房间里关于现在完成进行时的例子
448　科德角日记
466　即将结尾：那个词是什么?
467　一个不同的男人

塞缪尔·约翰逊很愤慨(2001)

01

无趣的朋友

我们只认识四个无趣的人。其他的朋友我们觉得都非常有趣。然而,大多数我们觉得有趣的朋友却觉得我们无趣:最有趣的朋友觉得我们最无趣。少数几个处于中间地带的朋友,那些与我们相互感兴趣的朋友,我们不信任:我们觉得,在任何时候他们对我们来说都可能变得太有趣,或者对他们来说我们会变得太有趣。

02

修剪过的草坪

她讨厌 mown lawn[1]。也许是因为 mow 倒过来是 wom，那是她的身份的开头——一个 woman[2]。Mown lawn 读起来有一种悲伤的感觉，就像一声 long moan[3]。她读的时候，mown lawn 会发出 long moan 的读音。Lawn 这个词中包含了构成 man[4] 的部分字母，而 man 反过来是 Nam[5]，一场可怕的战争，一场残暴的战争。Lawn 也包含了构成 law[6] 的字母。事实上，lawn 也是 lawman[7] 的缩写。一个 lawman 当然可以，也一定曾经 mow 一块 lawn。Law and order[8] 可以被认为是先从 lawn order 开始的，它被那么多的美国人

---

[1] Mown：修剪（mow）的过去分词形式；lawn：草坪。——译者注（下文中如无特别标注，均为译者注）
[2] 女人。
[3] 长长的叹息。
[4] 男人。
[5] Vietnam（越南）的缩写，尤指在越南战争的语境下。
[6] 法律。
[7] 执法人员。
[8] 法律与秩序，有一美剧以此命名。Order：秩序。

所尊崇。用一台 lawn mower[1] 可以制造 more[2] lawn。Lawn mower 确实会制造 more lawn。More lawn 是 more lawmen 的缩写。美国有 more lawn 这一点会使得美国有 more lawmen 吗？More lawn 会带来 more Nam 吗？对她来说，More mown lawn 会带来 more long moan。或是 lawn mourn[3]。美国人太喜欢 more mown lawn 了，她说。不如说整个美国都是一个 long mown lawn 好了。一个没有 mown 的 lawn 会变 long[4]，她说：不如要一个 long lawn 好了。不如要一个 long lawn 和一只 mole[5]。让 lawman 拥有 mown lawn 好了，她说。或者是 moron[6]，lawn moron。

---

1 割草机。
2 更多的。
3 哀痛。
4 Long：高。这里指未割过的草长高了。
5 鼹鼠。
6 傻瓜。

03

住惯城市的人

────────

他们搬到了乡下。乡下够好了：树枝上坐着鹌鹑，沼泽地里藏着青蛙。但他们却感到不安。他们争吵得更频繁了。他们会哭，或者说她会哭而他则垂着头。现在他的脸色总是苍白的。晚上她会惊醒过来，听见他正在抽泣。她再次惊醒过来，听见汽车驶离车道。早上阳光打在他们的脸上，但是老鼠却在墙壁里窸窣作响。他痛恨老鼠。水管裂开了。他们换了新水管。他们毒死了老鼠。邻居的狗在叫。它不停地叫。她想毒死那条狗。

"我们是住惯城市的人，"他说，"但你一个可以住的城市都找不到。"

04

背叛

———————

　　随着她年龄渐长，在她关于其他男人的幻想中，关于那些不是她丈夫的男人的幻想中，她不再梦到性接触了，像她从前那样，那或许是为了报复，在她生气的时候，或许是出于孤独，在他生气的时候。现在她只会梦到他们之间有一种爱意和一种深刻的理解，梦到交握的双手和凝视的目光，常常是在像咖啡馆这样的公共场所。她不知道这种变化是因为她对她丈夫的尊重，因为她确实尊重她丈夫，还是，归根到底，不过出于倦怠，抑或出自她对自己能做的事的某种预期，即便是在幻想中，因为她现在已经到了某个年纪了。在她特别累的时候，她甚至都无法去幻想那种爱意和那种深刻的理解，而只能幻想一种最低程度的陪伴，例如两个人一起坐在同一个房间里，坐在椅子上。在她更老一些、更累一些的时候，然后再老一些、再累一些的时候，新的变化又发生了，她发现就连这种最低限度的陪伴，两个人一起，都变得太过疲累而难以承受，于是她的幻想蜕变成了他们和其他朋友一起，平静地享受友谊，那种她可以怀着清白之心与任何男人拥有的友谊，而且她确实和许多男人都拥有这种友谊，这些人有些也是她丈夫的朋友，有些不是。在夜里，这种友谊会带给她安慰和力量，当她白天拥有的那些友谊显得差强人意，或是在一天结束时依然显得还不够的时候。于是这种幻想变得与她清醒时的现实没有差别了，也根本不应该被看作背叛。但因为这些是她在夜里独自怀有的幻想，它们依然让人觉得像是某种背叛，又或许，因为它们是出于某种背叛情绪而产生的，因为如果想要它们提供安慰或力量，它们或许必须如此。那么实际上，它们就只能依然是，某种背叛。

05

白种部落

我们住在一个面色苍白的白种人部落附近。他们不分昼夜地过来偷我们的东西。我们竖起了高高的铁丝网,但他们会像瞪羚那样越过它们,对着从窗口往外看的我们阴邪地做鬼脸。他们摩擦着脑袋,直到他们亚麻色的头发一丛一丛地竖起来,他们在我们的碎石门廊上踱来踱去。就在我们观看这种表演的时候,他们中的其他人已经潜入了我们的花园,偷偷摘下了我们的玫瑰,将它们塞进自己裸露的肩膀上挂着的袋子里。他们瘦得可怜,看着他们我们会为那些围栏感到羞耻。但当他们离开以后,当他们在幽暗中像白色的影子一样溜开之后,我们会因为他们毁掉了我们的海德堡玫瑰和贝尔珀小姐玫瑰[1]而感到愤怒,我们决心要对他们采取更加极端的措施。他们想要的不总是玫瑰,有时候——尽管乡下一连好几英里[2]都被大石块和碎石片覆盖——他们却偏要将我们树林中的石头背走,当我们清晨走进树林时会发现地上斑驳的坑洞,灰白的虫子正盲目地钻向地底。

---

[1] 均为玫瑰品种。
[2] 1英里约为1.61千米。

06

我们的旅行

我的母亲在电话中问我们开车回家路上怎么样,我说"还行",我的回答并非事实,而是一句谎言。你无法总是告诉所有人事实,而你绝不可能告诉任何人完整的事实,从来都不行,因为那需要花的时间太长了。

"还行"一词是对此事的一个最简洁的概括,而且它显然是错的。只有两个人长途开车旅行都会很难,有三个人时还会更糟糕。反正我们每次上路基本都会闹别扭,因为我似乎总是无法按时上路,而马克则无法忍受推延一分钟,再加上还有小孩儿[1]。马克通常会在上路后马上高兴起来,但这次他一直对我发脾气,因为我没有提前足够长时间告诉他该在哪里转弯或是我同一时间给了他太多指示。此外我还不停地要他升挡。我们的车很旧,变速器很吵,所以我很难判断车子是不是在对的那一挡。

然后我们开始闻到了燃烧的汽油味。在我们前面有一辆小货

---

[1] 此处为 Junior(小),即儿子的名字也为马克,加"小"字予以区分,故作此翻译。

车,车上坐满了某个宗教团体的人,所以我们知道这味道可能来自他们的车,到一个车库边,他们开进去后,燃油的味道就消失了,马克的心情因此变好了一点点。

然而我们还在多山地带,小孩儿开始宣布他计划明年要爬的山——我要爬那一座,他说,指头指着它,还有那一座,那一座叫什么名字?白脸山?我要爬白脸山,然后还有那一座。我要爬那边那一座,那一座叫什么名字?查尔斯山?那边的那一座呢?它叫什么名字?蒙古斯山?真菌山?芒果山?猫鼬山?嘿,快看那一座——那肯定是最高的那座了。那一座叫什么名字?

我将地图转来转去,试着弄清楚这些山都叫什么名字,虽然小孩儿话说得很快,而且表现得更像是六岁而不是九岁,我倒不觉得这种对话有什么大坏处。但马克说他觉得自己像是坐在旅行大巴上并问我们能不能安静点儿。事情只要有一点点失控就会让他很紧张。

我们总算上了高速公路,我当然想上厕所了。每次一上高速路我就会想上厕所。幸运的是我们很快就到了一个休息站,既然人都在那儿了,我们就在一张野餐桌边坐下来开始吃我们自带的三明治。野餐桌不是很干净——桌上有几处黏糊糊的洒出来的饮料和一些粘鸟胶——但是阳光很温暖,我开始放松,愉快地观察着经过我们去上洗手间的人,这时小孩儿从洗手间回来了并问我要钱买汽水。他看到饮料机就总是要买汽水,我总是会拒绝他,我这次也拒绝了他。

现在小孩儿决定要闹,他说如果我们不给他买饮料,他就不上车,他走上草地向着"遛狗区"走了过去,坐在草地里伸出来的一个弯曲的管状物上生着气。所以马克就说不如让小孩儿喝他的汽水吧,他总是比我更容易让步,于是我把小孩儿叫了回来给了他钱,他走开又带着汽水回来了。不过,我却犯了阅读配料表的错误,当我看到汽水中含有那么多咖啡因时,我开始大谈特谈这一点并不愿住嘴,回到车里我还在说,直到我发现小孩儿又开始生气,而让他买汽水这件事也变得毫无意义了。于是我住了嘴并开始用一种叫作"湿家伙"的湿纸巾擦手,湿纸巾带有一股令人恶心的甜味,浓郁的气味充斥了整个车子,现在他们两个人都开始怪我了。

在这之后,小孩儿挺高兴的,喝了汽水,让他感觉比实际年龄大了几岁,这一点我能从他软塌塌地坐着的样子看出来,他的两膝分得很开,双手垂挂着,而当一群男女骑着摩托车以九十英里时速经过我们时,车里的气氛又有了进一步的改善。马克说他希望他们会因为超速被拦下来,这个想法让他高兴得甚至都开始和我说话了。他问我,等我们买新车时我们应该买辆什么样的车。他点出了路上的一辆道奇凯领,这时小孩儿从白日梦中醒了过来,说他想要一辆科尔维特。马克问他准备从哪儿弄到3万美元。小孩儿想不出来,然后他想起来问,马克他为我们的大捷龙花了多少钱。7000，马克说，这一信息把小孩儿难倒了，但在我看来很不公平，因为他没有告诉小孩儿这车是二手买的，为了公平，我插嘴指出了这一点，于是小孩儿当然说他的科尔维特也要买二手的。不过我对汽车的话题不那么感兴趣，我们的谈话很快便山穷水尽了。于是我开始继续做我之前在做的事，也就是看窗外。

我们经过了一个地方，高速公路管理局将路两边的森林清理掉了，种了一些新树。这些树上满是枯萎的发红的叶子，明显快要死了。这让我想到了森林退化，然后又想到了家庭农场的消失，不知怎么又让我想起了咖啡因含量的问题。那时我开始辨认在这次旅途中我认识的新树种，当我放弃做这件事时我就只是看着我胳膊上的肥肉在吹进车窗的风中颤抖。

接下来的情况差不多都是这样。有一阵子我觉得我的腿被蜘蛛咬了；之后马克问我三明治里是不是放了什么奇怪的东西；小孩儿将过路费收据卷起来做成了一个望远镜，马克呵斥了他；不过之后我们都安静了下来，全在看路边一起相当严重的交通事故的残迹。

在休息站时我在想大概有50％的人假期看起来比我们过得好。但另外50％看起来比我们过得还要坏，所以我觉得心理很平衡。

在我们还有二十分钟就到家的时候，小孩儿想要在一家假日酒店停下来过夜并且不明白我们为什么要拒绝。差不多在那个时候,我意识到作为一家人我们对彼此有某种特定的忠诚感,它运作的方式是我们当中的任意两个人不会同时对第三个人生气,除了少数时候,例如在我用了"湿家伙"的时候。

07

特别席位

———————

他和我都是大学系统的教员，我们都会一直教书直到教不动为止，我们当然希望能在各自的学校得到一个特别讲席，但到目前为止，我们得到的是一个错误的特别席位，那是属于一个朋友的特别座椅[1]，一只会旋转的椅脚呈爪形张开的椅子，它为什么对她那么特别，我们已经不记得了。我们这种在大学系统工作的人之所以希望有一个特别讲席，是因为这样薪水会更高，就不用教那么多课，不用坐在那么多委员会的位子上——我们宁愿坐在我们的特别讲席上。但我们没有从我们的大学得到什么特别讲席，只从我们的朋友那里得到了这把古怪沉重的椅子，她多年前搬走时把它留了下来，出于某些我们不记得或从来就不知道的原因，她不愿意放弃它。这些年来我们受聘于我们的大学，年复一年地教课，连终身教职的保障都没有。现在我们当中的一个交了

---

[1] 这里是围绕英文"chair"一词做的文字游戏，chair 的本意为座椅，讲席是它的引申含意之一。

好运，得到了终身教职，虽然不是来自他现在的大学，要是他离开他现在的工作，那个不是终身教职的工作，他就必须把属于我们朋友的这把特别的椅子也留下，因为他要搬到很远的地方，他要去的地方没有空间放这把椅子。尽管他要去的那个州有大量的富余空间，有比除了怀俄明的任何州更多的富余空间，但他住的地方却是一栋小房子，那里放不下多余的椅子了，尤其是这样一把由酒桶做成的沉重的椅子。所以朋友的椅子暂时要放在我这里了；他把椅子交给了我，不过那颇费了一番力气，因为它是那么重。我在想，或许，她的这把特别的椅子，这把包着红色塑胶、背后有桶口和真正的木塞的椅子，现在也能给我的职业生涯带来一点儿好运气了。

08

从希罗多德那里
获得的某些知识

————————

这些是关于尼罗河里的鱼的情况:

09

优先事项

事情应该很简单。在他醒着的时候你要把能做的事做了，等他睡着以后，你就去做那些只能在他睡着时做的事，从最重要的那件事开始。但它并不是那么简单。

你问自己什么是最重要的那件事。决定哪件事需要优先解决并去把它做了应该很简单。但并非只有一件事是需要优先解决的，甚至不只是两件事或三件事。当有好几件事都需要先做时，其中哪一件应该被优先考虑？

在你有机会做些事的时候，在他睡着的时候，你可以去写一封需要马上写出来的信，因为许多事情都要靠这封信来推动。但如果你决定去写这封信你就不能去浇花，而这一天又很热。你已经把它们拿到了阳台上，希望雨水能浇灌它们，但这个夏天几乎从不下雨。你已经把它们从阳台上转移到室内来了，希望如果它们不受风吹就不用那么经常浇水了，但它们还是需要浇水。

但如果你去浇花就不能去写信，而那么多事情都需要靠这封信来推动。你也不能去清理厨房和客厅,那么你之后会因为它们的杂乱而感到困惑和气恼。一个台面上摆满了购物清单和你丈夫在大清仓时买的玻璃器皿。把这些玻璃器皿收走应该是很简单的事,但在你把它们收走之前你需要把它们洗干净,但你没办法清洗它们,除非你先把水池里的脏盘子都清理掉,但你没办法洗盘子,除非你先把滴水板清理干净。如果你开始清理滴水板的话,在他睡着的这段时间,你能做的最多大概就是把碗洗完。

最终,你可能会决定那些花草才是优先事项,因为它们是活物。然后,因为你必须找到一个方法来管理这些优先事项,你可能会决定这房子里所有活着的东西都应该被优先考虑,从最年幼最弱小的那个人开始。这应该够简单了。然后,虽然你知道应该怎么照顾那只老鼠、那只猫、那些花草,但在那个婴儿、那个大一些的男孩、你自己和你丈夫当中,你却不知道该怎样分配优先权。很显然,这活物的体型越大、年龄越长,你就越不明白该怎样照顾它。

10

会 面

————

  我很用心，仔细挑了衣服，换了新形象，我以为。自信，放松，我觉得。新雨衣。棕色的。一开始，在等候室里，一切似乎很正常，很有希望。大秘书把我领到一把舒服的椅子上，要给我倒茶——大秘或是二秘。我拒绝了那茶——我怎么咽得下茶？我甚至连杯子都握不住呢。打开了我的小书。心想当我走进去时他可能还会问我在读什么呢——等一下，他可能会说，那本是艾迪生吗？低着头，眼睛盯着书。听秘书们讲话，心想我在听取内部消息。觉得自己很聪明。觉得自己很职业。是的，现在我们终于第一次单独在一起了，我以为我们也许会建立某种友好关系，至少会成为朋友。我以为他会想：这儿有一个女人，一个漂亮的女人，我之前和她交谈过，虽然，很可惜，每次都谈得不久，现在她坐在我的桌子对面，穿着一件漂亮的雨衣，戴着几件首饰。我以为他或许会说：她很安静，但从我所听到的，从她那样沉静的坐姿，从她握着的那本绿皮书脊的书——那是艾迪生吗？——来看，她是个聪明的人，尽管明显很羞涩，但和她交谈一定很有意思……他就在那儿，那个老板，没有什么让人分心的东西，没有其他人到这个房间里来，没有人托着托盘问你要不要吃什么，没有人从旁边走过，没有人在他身旁喝酒，没有人突然粗鲁地问他一个将我排除在外的问题，没有人在他身旁站成一圈，我们俩单独在一起，我的脸从他那张堆得高高的桌子上浮起来。但是他呢！——他把整个项目贬得一文不值，说脏话，虽然他不喜欢的东西、改掉的标题并不是我的错，真的不是我的错，事实上他错了，有些东西必须改，就算是标题也得改。他是怎么冲我发火，痛贬我，臭骂我的呀。我惊呆了。当然了——谁都能预约来见主席，这点并不难。我又试了一次，浮出水面来，深呼吸，说了点儿什么，他停下不骂了，听着，回说了一点儿什么，问了我一个正常的问题，但我不记得那个名字了，我就是不记得了，我的嗓子都发颤了，现在我还能说什么呢，我说不出一句聪明话了，说了点儿傻话，现在他在尽全力，他努力让自己不失态。在之前对我大叫一通后他说他帮不了我，不行，尽管他们说我应该亲自去找他谈，他们两个都是这么说的。而且他们了解他，我以为我可以信任他们，至少把那个想法灌输到他脑子里吧，他们说。我猜这次他们真是把我坑惨了。多蠢啊。亏我还戴了那些首饰，我所有体面的首饰都戴上了。他根本没注意，我可以肯定。不行，他对自己说：对不起，这不关我的事。等等啊，我想，再给我点儿时间，五分钟就行。但是没用了，现在他已经站了起来，用纸板那么平的角度从桌子对面伸过手来，他要和我握手，这是一个信号，我该离开了。好吧，我错过了这次机会，主席先生！老兄！不是所有人都那么聪明的，你知道——在那种情境下不行。竹竿儿！有一天你会来找我，我会说我帮不了你。大错特错啊，我根本就不该去那儿。全错了。频道不对。什么事都做不对。一文不值。奇怪的帽子，棕色的外套，耷拉的下摆，光秃秃的脖子，发黄的皮肤，错误的饰品，太多饰品。那么多错误。起静电的头发。那么多错误。太多，太少，错误的时间，错误的地点，就是做不好。还是去做了。搞砸。再做一次。再次搞砸。一块烂泥，一根野草。我想要受到尊敬。他都看到我了吗？他看到我从那堆文件上伸出来的脑袋了吗？他以为他约的是别人吧！但这是我的约啊！也许那件雨衣给了他一个坏印象。也许我不该穿棕色。也许他想：啊哦，等候室里有一个让人沮丧的人。一个带着计划书的棕色女人，坐在椅子里看书。但话说回来我准备得也不够充分。不知道那个名字。我只是点了点头。点头谁不会啊。我没预见到会发生什么！我真笨啊。好痛。好丢人——杀人的心都有了。真希望我把我母亲带出来了。她肯定会说点儿什么。一个老唠叨。他会说她是个啰里啰唆的老太婆，一个烂东西——她来这儿干吗的？谁让她进来的？把她轰出去！还穿着那么粉嫩的套装。但她才不怕呢。她会解释给他听。她会反击他——照脸就是一拳！他会说：把那个老家伙从我镶着深色木板的桌子前弄出去！那才是我母亲！吵得真痛快，哈哈！她会让他有得受，好吗！他会说：把那个穿粉外套的老太婆从我的深色木桌前弄走！打倒他，母亲！扁他！爱荷华来的老太婆。新换的臀部，新换的膝盖，一条腿长一条腿短，穿着内增高的鞋子走进来。坚不可摧。她会照他脸就是一下，又快又准，他可占不着她便宜。这算什么？他会说。把这老女人赶出去！这穿着春装的老女人。他可能也会对她用脏话：把这老臭屁给我赶出去！也许我应该把我们全家都带去。哥哥在一边看着，父亲在一边看着，妹妹也出手相助。但母亲会是那个把他打倒在地的人。母亲会把他打散，她会把他的衣服撕烂。她厉害着呢。她会说，对她客气点！他对我不客气。那是我的女儿！他对我不客气。她会对他出老拳。看到了吗？——照他面前挥过去。臭骂他。她可不是来吃闲饭的。干掉他，母亲！碾碎他！没了——嘭！——机构主席。来吧，换新主席！来吧，要更好的。好家伙！嗵！等着瞧吧，主席先生！大泻不止！一塌糊涂！

11

伴侣

我们一起坐在这里,我的消化和我。我在读一本书,它在将我刚刚吃过的午饭解决掉。

12

盲目约会

"其实没什么可以说的。"她说。但是如果我想听的话她愿意说。我们坐在中城的一家小餐馆里。"我人生中只有过一次盲目约会,而且还没有约成。我能想到类似盲目约会的更有趣的情况——比方说,有人送给你一本书时,他们撮合了你和那本书。曾经有人送过我一本关于阅读、写作、藏书的书。我觉得这个媒做得好极了。我立刻就开始读这本书,在汽车后座上。我不再能听见前面的人在说什么了。我喜欢读到关于其他人怎样阅读和藏书,甚至是怎样摆书的东西。不过在我读完这本书的时候我已经很讨厌那个作者的性格了。我不会再和她约会第二次了!"她笑着说。这时候我们的谈话被服务生打断了,之后又有一系列小事让我们当天无法将谈话继续下去。

下一次再聊起这个话题时,我们坐在两张阿迪朗达克式椅子[1]里望着一片湖水,事实上,这个湖就位于阿迪朗达克山脉。一开始我们很乐意一言不发地坐在那里。我们都累了。那天我们去了阿迪朗达克博物馆,看到了许多有趣的东西,包括阿迪朗达克木船和正宗的阿迪朗达克椅子。现在我们看着水面和森林的边缘,我肯定,我们两个人都在想关于詹姆斯·费尼莫尔·库柏[2]的事情。一些划独木舟的人经过了我们,他们是戴着帆布划船帽的老人,他们轻柔的说话声从很远的水面漂到了我们这里,现在我们开始聊天了。这些节日里聚在一起的日子很珍贵,我们接续起了许多未完成的谈话。

"我那时15岁或16岁吧,我想,"她说,"我刚从寄宿学校回到家里。那时大概是夏天。我不知道我的父母当时在哪儿。他们经常不在家。他们经常把我一个人丢在家里,有时候是一个晚上,有时候一连好几个礼拜。电话铃响了。是一个我不认识的男孩打来的。他说他是我的一个男同学的朋友——我不记得他说是谁了。我们聊了一会儿,然后他问我是否愿意和他出去吃晚饭。他在电话里听起来很友好,所以我说我愿意,我们约定了某天的某个时间,然后我告诉了他我家的地址。

---

1 一种户外椅,通常由宽木板制成,有宽扶手和直靠背。由托马斯·李(Thomas Lee)于1903年发明,当时他正在美国印第安人区域阿迪朗达克山脉度假,故将椅子以此命名。
2 詹姆斯·费尼莫尔·库柏(James Fenimore Copper, 1789—1851),美国作家,其关于印第安人和边疆生活的小说广为流行。代表作有《皮袜子故事集》和《最后的莫希干人》等。

"但在挂掉电话后我开始胡思乱想,开始担心。另外那个男孩说了我什么呢?他们两个说了我什么呢?也许我有着某种名声。即便现在我也不觉得他们所说的话是完全单纯的、无邪的——比如,我很漂亮,和我在一起令人愉快。这件事里一定是有些令人不快的东西的,两个男孩私下里议论一个女孩。我想到了这个难听的词,很快。那女孩脑子转得很快。我的脑子转得其实也没有那么快。我是比某些人快一些,但比起某些人又不算太快。对这两个男孩谈论我的情形想象得越多,我心里就感觉越糟糕。

"我喜欢男孩子。我喜欢他们的方式比他们可能会想象的方式单纯得多。比起女孩子我更加信任他们。女孩子会伤害我的感情,她们会拉帮结伙欺负我。我的朋友中一直都有男孩,从我九岁、十岁、十一岁就开始了。我不喜欢想到两个男孩在一起谈论我的感觉。

"问题是,那一天到来时,我已经不想和这个男孩出去吃晚饭了。我觉得害怕——不是说这个男孩身上有什么吓人的地方,仅仅因为他是一个陌生人,我不认识他。我不想和他面对面坐在某间餐厅里,从头开始认识他,因为我对他一无所知。感觉不对劲。而且还有这句推荐语给人的压力——'试试她吧'。

"不过,或许还有其他原因。也许我那时已经在家里待了太久,我已经退缩到了一个向内的、反社交的状态,很难再出来。

或许我已经消失了并且感觉那样很舒服，我不想被迫再次获得存在感。我不知道。

"六点钟的时候，门铃响了。男孩到了，在楼下。我没回应。门铃又响了。我还是没有回应。我不知道它响了多少次或他在上面按了多长时间。我一直任由它响着。后来，我穿过客厅来到了阳台上。公寓在四楼。街对面，下了一段石阶是一个公园。天气晴朗的时候你能越过公园看到城市的另一边，大约一英里以外的地方，看到另一条河那边。我想这时候我要么是蹲了下来，要么是跪了下来，双手双膝着地，一点点挪到了阳台边上。我想我的头偏得足够远，我看到他站在楼下的人行道上——他正在往上看，我记得。又或者他已经走到了街对面，正在往上看。他没有看到我。

"当我趴在阳台上或是刚从阳台上回到室内时，我有一种模糊的印象，我感觉到了他的困惑、慌张、失望，他手足无措，对此全无准备——他对于这次约会其他可能的进展、其他的困难做好了准备，但却没准备好应对根本没有约会的情况。或许他还生气了，觉得受到了伤害，如果当时或晚些时候他想到也许他没有做错什么，是我有意放了他鸽子，当然不是像真实发生的那样——事实是我一个人在楼上家里，觉得难受、难堪，畏畏缩缩地躲在那里——而是，在他的想象中，我应该是和其他人串谋好了，和一个女朋友或是男朋友在一起，向他们吐露着秘密，偷偷地嘲笑他。

"我不记得他是否打电话给我了,也不记得要是他打了我是否接了。我本可以给出一些借口的——我可以说我病了或是我临时需要出门。又或者我听到他的声音就把电话挂了。那个时候我会逃避很多事情,我现在不再那样了——我会逃避冲突,逃避不舒服的会面。那时候我还经常撒谎,我现在也不会了。

"奇怪的是我的感觉是那么糟糕。我是在将一个人当作一件东西来对待。我不仅背叛了他,我还背叛了某个更大的东西,某种社会契约。当你知道一个正派的人在楼下等着,而且你和这个人已经约好了,你不能不去应门铃。更让我吃惊的是我在那一瞬间的自我感觉。我那么做就好像我对于任何人、任何事都没有一丁点儿责任一样,这让我觉得我就像是存在于这个社会之外,就像一个罪犯,或者说我根本就不存在。这对我的打击大过于对他的。这是一种极其恶劣的侵犯。"

她停了下来,脸上若有所思。我们现在坐在室内,因为下雨了。我们坐在某个像是休息室或娱乐室的房间里,这地方是为那个湖边露营地的客人准备的。这里每天下午都会下雨,有时候是几分钟,有时候是几小时。湖那边,白色的松树和云杉在灰色的天空下一动不动。湖面是银色的。我们没看到一只我们通常会看到在湖边游水的水鸟——水鸭和潜鸟。室内,壁炉里的炉火正烧着。我们头顶上挂着一盏由鹿角做的枝形吊灯。我们两人中间的桌子是由一块放在四只鹿腿上的粗糙的木板构成的，鹿脚上还带着蹄子。桌子上放着一盏由一把旧枪做成的台灯。她把目光从湖面上收回来，环顾房间四周。"在我昨晚所读的那本关于阿迪朗达克人的书里，"她说，"他说这就是阿迪朗达克人的哲学，我是说阿迪朗达克风格：用东西做成的东西。"

大约一个月以后，那时我回到了家，她也回到了城里，我们打电话时她说她正在翻阅她书架上那堆日记本中的一本，因为里面可能记下了当天确切发生的事——她说，当然她可能会在其中添加实际上并未发生的细节。但她怎么也找不到关于那件事的记录了，这让她怀疑她可能将时间记岔了很多，她那时可能都已经不在寄宿学校了。或许她那时都已经上大学了。但她决定相信她告诉我的。"我都忘了我从前写过那么多关于男孩子的事，"她又说，"男孩和书。十六岁时我最想要的东西是一间藏书丰富的图书室。"

13

关于记住的例子

记住你本是尘土。
我要将它放在心上。

14

老母亲与爱牢骚

"这就是臭脸鬼。"爱牢骚对他的朋友们说。

"哦,闭嘴。"老母亲说。

爱牢骚和老母亲在玩拼字游戏。刚刚轮到爱牢骚。

"十分。"他说。他觉得很愤慨。

他生气是因为老母亲开局后很快就占了上风,而且她抽到了所有 s 和空白格。他说你要是拿到了所有的 s 和空白格,你就很容易赢。"我觉得你在它们背面做了记号。"他说。她说空白格根本就没有背面。

现在他生气是因为她拼了 qua[1] 这个词。他说 qua 不是一个英文单词。他说他们都应该拼像他拼的那种正常的、熟悉的词——比如 bonnet、realm、weave[2]——但她坐在那个脏兮兮的地方拼出

---

1 拉丁语,作为,以……资格(或身份)。
2 分别意为无边软帽、领域、编织。

像 aw[1]、eh[2]、fa[3]、ess[4] 和 ax[5] 这种词。她说这些也是词。他说就算它们是，拼它们也会给人一种不厚道和小心眼的感觉。

现在爱牢骚生气是因为老母亲总是把他喜欢的食物放进冷冻室。他带回家一块上好的熏火腿，午饭时想要吃几片，但是太晚了——她已经把它放进冷冻室了。

"硬得像石头一样啊，"他说，"而且你根本不用冷冻它啊，已经是熏过的。"

然后，既然他想吃的东西全冻住了，他想他至少可以吃一点儿他前一天给她买的巧克力冰激凌。但冰激凌已经没了，她把它全吃了。

"你昨晚就在做这个吗？"他问，"你大晚上不睡觉在吃冰激凌？"

他离真相不远了，但也不完全对。

老母亲为他们的朋友做了一顿晚饭。朋友们回家后，她对爱牢骚说这顿饭很失败：沙拉酱太咸，鸡肉太老又没味，樱桃也是

1　语气词"啊"（表惊讶、同情、懊悔等）。
2　[表示疑问、询问、未听清对方的话或征求对方同意]啊？嗯？是吗？
3　[音乐]全音阶的长音阶第四音，即"发"。
4　英语字母 s。
5　斧头。

硬的，云云。

她希望他会反驳她，但他只是认真地听着，还补充说面条"好像也有哪儿不对"。

她说："我不是很会做饭。"

她希望他告诉她她会做饭，但是他却说："你应该会。谁都能把饭做好。"

老母亲情绪低落地坐在厨房里的一只高脚凳上。

"我想教教你怎么用这只煮饭锅。"爱牢骚介绍说。他正站在水池旁边，背对着她。

但她不喜欢这样。她不想做他的学生。

有一天晚上，老母亲为他做了一道玉米粥。他评价道，它摊在盘子上就像一堆牛肉馅饼。他尝了尝，然后说尝起来比看起来要好。另一天晚上，她给他做了一个糙米饭炖锅。爱牢骚说它也不是很好看。他往上面放了盐和黑椒，尝了一点儿后，他说它尝起来也比看起来好。不过，并没有好很多。

"自从我认识了你，"爱牢骚说，"我吃的豆子比我之前的人生里吃的加起来都要多。土豆和豆子。每天晚上都是豆子、土豆和米饭。"

老母亲知道他说得不完全对。

"你认识我之前都吃些什么？"她问。

"什么都没吃，"爱牢骚说，"我什么都没吃过。"

老母亲喜欢鸡身上的所有部位，包括肝和心，但爱牢骚只喜欢吃鸡胸。老母亲喜欢鸡肉带皮，爱牢骚喜欢它不带皮。老母亲喜欢蔬菜和清淡的食物。爱牢骚喜欢肉类和味道重的香料。老母亲喜欢慢慢吃饭，喜欢端很热的食物上桌。爱牢骚喜欢吃得很快，他总是烫到自己的嘴。

"你都不做我喜欢吃的东西。"爱牢骚有时候会对她说。

"你应该喜欢我做的东西啊。"她回答道。

"你应该宠坏我啊。给我我想吃的，而不是你觉得我应该吃的。"他对她说。

他说得好像也不错，老母亲想。

老母亲想从爱牢骚那里获得直接的回答。但是当她问："你饿了吗？"他会回答："现在七点了。"当她问："你累了吗？"他会回答："现在十点了。"当她坚持，并再问一遍"但你累了吗"时，他说："我今天做了很多事。"

天冷时,老母亲晚上喜欢盖两条毯子,爱牢骚要盖三条才舒服。老母亲觉得爱牢骚盖两条就够了。爱牢骚反过来说:"我觉得你喜欢冻着。"

老母亲不介意家里缺东西而且常常忘记去买东西。爱牢骚喜欢什么都多囤一点儿,尤其是厕纸和咖啡。

下雷雨的晚上爱牢骚会担心他的猫,它被老母亲关到门外了。"你也担心担心我啊。"老母亲说。

老母亲晚上之所以不让爱牢骚的猫进门,是因为它会抓房门或在门外哀叫,把她吵醒。要是他们让它进房间,它就会把地毯刨烂。要是她抱怨猫,他会不高兴,他觉得她其实是在抱怨他。

朋友们说他们会来玩,但他们后来没有来。失望之中,爱牢骚和老母亲发脾气了,开始吵架。
另外一天,朋友们说他们会来玩,这一次爱牢骚对老母亲说他们来的时候他不会在家:反正他们也不是他的朋友。

她的一个朋友打电话来,他不喜欢这个朋友。
"找你的,天使。"他说。他把听筒放在厨房的厨台上。

老母亲和爱牢骚已经因为朋友、西海岸、接电话、晚饭、上床睡觉的时间、起床的时间、旅行计划、她的父母、他的工作、她的工作、他的猫等事情吵过架了。到目前为止，他们还没有吵过的事情有：某些打折商品、家用物品、自然风景、野生动物、小镇管理层、社区图书馆。

一个全身穿红的女人在怒气中上蹿下跳。那是老母亲，她受不了挫折。

要是老母亲压低声音对朋友说话，爱牢骚就以为她一定在说他的坏话。他这么想有时候是对的，不过等他朝门厅瞪着的时候，她已经转开去说别的了。

6月的一天，爱牢骚和老母亲把家里的所有盆栽都搬到阳台上去了，准备整个夏天都放在那里。下一个星期，爱牢骚把它们都搬了回来，放到了客厅的地板上。老母亲不理解他为什么这么做，准备反对，但他们之前吵过了架正在冷战，所以她只能一言不发地朝他看着。

爱牢骚对金钱比老母亲更感兴趣，所以花钱也比较谨慎。他会读打折广告，并且不买任何正价商品。"你不是很会管钱。"爱牢骚说。她很想反驳，但是她不能。她买了一本书，是二手的，书名叫《怎样在收入范围内生活》。

有一天，他们花了相当长时间拟一份清单，规定两人各自的家务活。比如，她会做他们两个人的晚饭，他会做他自己的中饭。等他们拟完清单已经是午饭时间了，老母亲饿了。爱牢骚花了一点时间为他自己做了吞拿鱼沙拉。老母亲说它看起来很好吃，问他能不能和她分享。他很不高兴，指出这违反了他们的协议，他现在是做了他们两人的午饭了。

老母亲想要的是一个符合最高标准的男人，但她现在发现她配不上他们；爱牢骚只想要最好的女人，但她不是其中之一。

老母亲觉得要是她多喝水，她的脾气可能会变好。要是她的脾气没有变好，她就会开始每天出门散步，并且多吃新鲜水果。

老母亲读到的一篇文章上说：要是你们两个人中有一个人心情很差，另一个人就应该离她远一点儿，尽量对她好一点儿，直到她的坏情绪过去。

但当她把这个提议对爱牢骚说了以后，他拒绝尝试。他不信任她：就算她心情不差，她也会声称如此，然后要求他对她好。

老母亲决定,既然爱牢骚老是说她像女巫,万圣节那天她就要打扮成一名女巫。她有一顶尖顶黑帽,现在她买了更多配套的服饰。她觉得爱牢骚会被逗乐,但他却让她把客厅里的橡胶鼻子拿走。

爱牢骚很怒。老母亲又在批评他了。他对她说:"等我把这个改了,你又会找别的事来批评我。等我把那个又改了,还会有别的什么不对劲。"

爱牢骚又怒了。老母亲又在批评他了。这一次他说:"你应该嫁一个不抽烟不喝酒的男人。一个没有手没有脚的男人。一个缺胳膊少腿的男人。"

老母亲对爱牢骚说她觉得不舒服。她觉得她可能很快要去卫生间,她要病了。他们吵架了,所以爱牢骚什么也没说。不过他去了卫生间,把马桶洗干净了,又在床边她那头的地上铺了一块小小的红色毛巾。

几个星期以后,老母亲对爱牢骚说,他为她做过的最让她感动的事是在她生病前洗了马桶。她以为他会很感动,但他却觉得受到了侮辱。

"你就不能认可我一回吗？"爱牢骚问道。

老母亲必须承认：她总是在反对他。就算她认可他说的大部分事情，总是有一小部分她不认可。

就算她认可了他，她还是怀疑自己的动机：也许她认可他只是为了在未来某个时候提醒他，她有时候确实是认可他的。

老母亲有一把她最喜欢的扶手椅，爱牢骚也有一把。有时候，老母亲会在爱牢骚不在家时坐在他的扶手椅上，她会拿起他在看的书来看。

老母亲不满意他们两人晚上的休闲方式，她会想象其他活动，比如出门散步、写信，和朋友聚会。她向爱牢骚提议，但爱牢骚生气了。他不喜欢她安排他生活中的任何事情。他们度过这天晚上的方式就是为她的提议争吵。

爱牢骚和老母亲都想做爱，但他想在看电影之前做爱，她想在过程中或之后做爱。她同意之前做，但如果要在之前做，她想打开收音机。相比收音机他偏向电视，而且要求她把眼镜摘掉。她同意打开电视，但是要背对着它。因为她是侧躺着的，她的肩膀挡住了他的视线。她看不到因为她是面对着他的，而且没戴眼镜。他让她把肩膀压下来。

老母亲听到楼下门厅里爱牢骚的脚步声,他正离开客厅准备上床睡觉。她环顾四周,看有没有东西会让他不满意。她把脚从他的枕头上移开,从床上他那一头起来,关掉了几盏灯,把摆在他回来的路上的那只她的拖鞋拿开了,又关上了化妆台的一只抽屉。但她知道她一定忘了什么。他抱怨的先是起皱的床单,然后是隔壁房间里那只白鼠在笼子里跑来跑去的声音。

"也许我能帮忙。"他们开车出门的时候老母亲真诚地说,但她知道因为她前一天晚上做的事,他不会觉得她是一个能帮忙的人。爱牢骚只是从鼻子里哼了哼。

老母亲和爱牢骚分享了她获得的一个小小的成绩,希望他会向她表示祝贺。他说总有一天她会懂得这种事没什么好骄傲的。

"我睡得像狗一样实,"早上他说,"你呢?"
嗯,大多数晚上都还行,她回答,但凌晨时她总是睡得很浅,希望能找到一个让她的脖子不那么疼的姿势。为了不吵醒他,她努力少动,她补充说。现在他生气了。

"你睡得怎么样?"她问他,他下楼比较晚。
"不是很好,"他回答,"我一点半左右醒过来了,你还没睡呢。"

"不对啊，我没熬到一点半啊。"她说。

"好吧，那就是十二点半。"

"你睡觉老动，"爱牢骚早上说，"你不停地在翻身。"

"别指责我。"老母亲说。

"我没指责你啊，我不过是指出事实罢了。你睡觉老动。"

"好吧：我老动是因为你打呼噜。"

现在爱牢骚生气了。"我才不打呼噜呢。"

老母亲躺在卫生间的地板上读书，她的头枕在一小叠毛巾和一个枕头上，身上盖着一条浴巾。她这么做是因为她睡不着，并且不愿意吵醒爱牢骚。她在卫生间地板上睡着了，醒了又回到床上睡，又醒了过来，又回到卫生间的地板上读书。最后爱牢骚过来给了她一对耳塞，因为她不在他也醒了过来。

爱牢骚想听费舍尔-迪斯考[1]唱歌，由布伦德尔[2]弹钢琴伴奏，但是他烦躁地发现由布伦德尔伴奏的费舍尔-迪斯考还夹杂着老母亲的哼唱。他让她停止。

---

[1] 迪特里希·费舍尔-迪斯考（Dietrich Fischer-Dieskau, 1925—2012），德国男中音歌唱家，以演唱艺术歌曲闻名。

[2] 阿尔弗雷德·布伦德尔（Alfred Brendel, 1931—　），奥地利钢琴家。

老母亲说了几句关于一只灯的不中听的话。

爱牢骚确信老母亲是在批评他。他试着弄明白她是在批评他什么，但是他想不明白，于是他什么也没说。

爱牢骚在把一些很重的盒子往外搬，当时老母亲正在考虑她还想说点儿什么。

"你快点儿啊，我搬东西呢。"爱牢骚说。

老母亲在想她要说什么的时候不喜欢被催。"把它们放下来一会儿啊。"她对他说。

爱牢骚不喜欢被拖延，也不喜欢别人告诉他做什么。"你就快一点儿啊。"他说。

两人争吵的时候，爱牢骚喜欢用一脸不可置信的表情看着老母亲，那表情也许是真的，也许是装的。"等等，"他说，"你等等。"

吵着吵着，老母亲经常会气得哭起来。她的气恼和眼泪是真的，她还是希望爱牢骚会开始同情她。爱牢骚从来不会同情她，只会变得更加愤怒，他会说："你又开始装了。"

爱牢骚一到家经常会问这样的问题：

"这是什么？你往花丛里倒咖啡渣了吗？你准备让车门一直开着吗？你知道为什么车库门是开着的吗？草坪上怎么那么多水？为什么家里的灯都是开的？水管怎么没架起来？"

要么他一下楼就会问：

"谁打破这个的？浴室地垫去哪儿了？你的缝纫机还能用吗？这是什么时候发生的事？你看到厨房天花板上的污渍了吗？洗碗巾怎么会在钢琴上？"

老母亲说："你别老批评我啊。"

爱牢骚说："我没批评你啊。我就是想知道某些信息啊。"

他们经常不能确定责任是谁的：要是她让他觉得受伤，有可能是因为她的话说得太重了，也有可能她的意图是好的，只是他的反应太敏感了。

比如，爱牢骚总是对女人对他指手画脚的可能性很敏感。但这一点很难确定，因为老母亲就是一个很喜欢指挥别人的女人。

老母亲很兴奋，因为她决定提高她的德语水平。她对爱牢骚说她准备开车的时候听高级德语的磁带。

"听起来好没劲啊。"爱牢骚说。

爱牢骚对他的工作不满意，所以回家时对她也不满意。他冲她发火:"我总不能什么事都一起做啊。"

她受伤了,生气了。她要求他道歉,要求他做到真诚且温柔。

他道了歉,但因为他还是不高兴,所以他既不真诚也不温柔。

她更生气了。

现在他抱怨说:"每次我一生气,你就会更生气。"

"我准备放点儿音乐。"爱牢骚说。

老母亲马上变得很紧张。

"放点儿轻松的东西吧。"她说。

"我知道不管我放什么你都不会喜欢。"他说。

"别放梅西昂[1]就好了,"她说,"我太累了,听不了梅西昂。"

爱牢骚走进客厅,为他说的话道歉。然后他又觉得他必须解释他为什么那么说,尽管老母亲已经知道了。但在十分详细地解释的时候他又开始生气了,而他又说了一两句激怒她的话,现在他们又开始吵架了。

时不时老母亲会思考为什么她和爱牢骚会那么合不来。或许因为她不是一个圆滑的人,她需要一个更自信的男人。可以肯定的是,因为他极度敏感,他需要一个更温柔的女人。

---

[1] 奥立弗·梅西昂(Olivier Messiaen,1908—1992),法国作曲家。

他们收到很多中国福饼。爱牢骚觉得关于她的头脑"敏锐、实际、善于分析"的评价是对的，尤其是在关于他的缺点上。他觉得关于"女人最大的错误是想变得像男人一样"这种说法是对的，但他觉得"你在乎的某个人在寻求和解"和"她总是通过她的魅力和个性得到她想要的东西"则是不对的，至少目前为止大多数时候都是不对的。

爱牢骚的确想要一个有主见的女人，但是不能像老母亲这样有主见。

爱牢骚放了音乐。老母亲哭了起来。是一支海顿的钢琴奏鸣曲。他以为她会喜欢它。但当他放起音乐并对她微笑时，她却哭了。

现在他们争吵的内容是夏庞蒂埃[1]和吕利[2]：他说他现在在家都不放夏庞蒂埃和吕利了，因为他知道她不喜欢他们。

她说他还会放吕利。

他说反正她不喜欢的是夏庞蒂埃的圣咏曲。

---

[1] 马克-安托万·夏庞蒂埃（Marc-Antoine Charpentier, 1643—1704），巴洛克时期的法国作曲家。

[2] 让-巴普蒂斯特·吕利（Jean-Baptiste Lully, 1632—1687），出生于意大利的法国作曲家、宫廷音乐家，被认为是巴洛克时期法国音乐的代表人物。

她说那整个时期她都不喜欢。

她现在会把她的邮票也放在他的邮票盒里,想着这会对他有用。但这些邮票面值繁多,而且因为天气潮湿都粘在一起了。他们因为邮票争吵,然后开始就他们的争吵争辩起来。她想说明他对她不公平,因为她的本意是好的。他想证明她不是真的在关心他。但因为他们不能就某些话的次序达成一致,他们谁也无法说服对方。

爱牢骚需要人关心,但老母亲总是更关心她自己。当然,她也需要人关心,要是他们之间的情况好一些的话,爱牢骚是很愿意关心她的。要是她一点儿都不关心他,他是不会多么关心她的。

老母亲在卫生间里待的时间出奇得长。等她出来后,爱牢骚问她是不是生他的气了。不过,这一次她是在剔她牙齿里面的红莓籽。

15

塞缪尔·约翰逊
很愤慨

苏格兰的树那么少。

16

新年决心

我问我的朋友鲍勃他的新年决心是什么,他耸了耸肩(表示答案会很明显或毫不出奇),他说:少喝点儿酒,减肥……他问我的是什么,但我还没有准备好回答他的问题。我又开始学禅了,虽然是很放松地在学,因为假期里我有些抑郁,虽然只是轻度抑郁。一块奖牌或是一个烂西红柿,都是一样的,我正在读的这本书里这样说。考虑了几天以后,我觉得对朋友鲍勃的问题最诚实的回答是:我的新年决心是学着将自己看作一个什么都不是的人。这是否说明我的竞争心很强?他想减掉一些体重,我想将自己看得什么都不是。当然了,有竞争心和任何佛教哲学都是相抵触的。一个真正什么都不是的人是不会有竞争心的。但我不认为我那么回答是出于竞争心理,在那个时刻,我是真正谦卑的。或者说我是那么认为的——然而,当一个人说他想要学着将自己看得什么都不是时,他能是完全谦卑的吗?但这其中还有一个问题,好几个星期以来我都想要向鲍勃描述这个问题:终于,在你人生的中途，你变得足够聪明了，你认识到一切都毫无意义，就连成功也毫无意义。但如果一个人先想要将自己看作一个人物是那么难的话，他又怎么能将自己看得什么都不是呢？这令人困惑。你花费自己的前半生学着好歹将自己看作一个人物，现在又要花费自己的后半生学着将自己看得什么都不是。过去你是一个消极的什么都不是的人，现在你想要变成一个积极的什么都不是的人。新年的这几天我一直在尝试，但目前为止还很难。早上我相当接近于什么都不是的状态，但傍晚我的身体里有什么东西开始翻搅发力了。这种情况持续了许多天。到了晚上，我的身体被充满了，而且通常是充满了某种讨厌且咄咄逼人的东西。所以现在我觉得问题是我的目标太高了，一开始就追求什么都不是，这太过了。也许现阶段我应该尝试的是，每一天都把自己看得比前一天渺小一点儿。

17

一年级： 写字练习

当他们将我主钉在十字架上的时候

你在那里吗？[1]

当他们将我主钉在十字架上的时候

你在那里吗？

哦！有时候这想法会让我

战栗、战栗、战栗。

当他们将我主钉在十字架上的时候

（翻页）

你在那里吗？

---

[1] Were you there when they crucified my Lord, 取自一首同名黑人灵歌，于1899年首次收入歌集，很可能为黑人奴隶所作。

18

有趣

我的朋友很有趣但他不在他的公寓里。

他们的谈话似乎很有趣但他们说的是一种我听不懂的语言。

他们两人都被公认为是有趣的人,所以我相信他们的谈话是有趣的,但他们说的语言我只能听懂一点点,所以我听到的只是一些碎片,例如"我明白了""在星期天"和"不幸的是"。

这个男人对他的谈话主题很熟,所以他说的很多事本身可能是有趣的,但因为我对这个主题不感兴趣,所以我对他说的也不感兴趣。

我认识的一个女人正在向我走来。她很兴奋,但她不是一个有趣的女人。让她兴奋的事情不会是有趣的事情,它就是不会。

在一个派对上，一个高度紧张、语速很快的男人说了很多聪明的话，但他谈的是一些我不很感兴趣的话题，例如历史建筑的修复，特别是墙纸的年份。然而，因为他是那么聪明，因为他每分钟向我提供了那么多信息，我并没有厌烦听他说话。

他是一个极为英俊的英国交通工程师。他是如此英俊，表情如此生动，又有如此美妙的英式英语口音，让人觉得他每次开口说话都要说些什么有趣的事，但他说的话从来都很无趣，这一次，他说的又是关于交通格局的事。

19

最快乐的时刻

如果你问她在她写过的故事中她最喜欢的是哪一个,她可能会想很久,然后说可能是她在一本书里看到的这个故事:一个在中国教书的英语老师问他的中国学生,生命中最快乐的时刻是什么。这个学生想了很久。最后他尴尬地笑了一下,说他的妻子曾经去过北京并在那里吃了烤鸭,她经常向他说起这件事,他必须要说他生命中最快乐的时刻就是她的那次旅行,以及那次吃烤鸭。

20

陪审义务

Q.

A. 陪审义务。

Q.

A. 前一天晚上,我们在争吵。

Q.

A. 全家人。

Q.

A. 总共有四个。其中一个不住家里了。但他那天晚上在家。他准备第二天早上走——就是我要去法院的那天早上。

Q.

A. 我们四个人都在吵。用每种可能的方式。我现在才开始梳理它。四个人能吵架的方式组合太多了:一对一,二对一,三对一,二对二,等等。我确定我们每一种可能的组合都用到了。

Q.

A. 我现在不记得了。很好笑。因为当时场面那么激烈。

Q.

A. 这个嘛。我把大的那个男孩送上了公交车，然后去了法院。不对，不是这样。他是一个人待在家的，我放心他一个人在家待几个小时。他应该在家门口搭公交车。这个计划没错，我后来回家的时候他已经走了。据我所知，他什么东西也没拿。

Q.

A. 这就说来话长了。

Q.

A. 小孩子在上学，我丈夫在上班。我九点就得到法院。那天是礼拜一。

Q.

A. 我迟到了一会儿——我找不到停车位。当然停车场满了是因为我迟到了。其他人基本都到了。有几个人是在我之后到的。

Q.

A. 是在上城一栋挺大的旧楼里，非常旧。它也是索杰娜·特鲁斯[1]出庭的那个法院，当时……

Q.

---

[1] 索杰娜·特鲁斯（Sojourner Truth, 1797—1883），出身纽约州一个奴隶家庭，后成为著名废奴主义者和女权主义活动家。原名伊莎贝拉·鲍姆弗里（Isabella Baumfree），自己改名为索杰娜·特鲁斯：索杰娜（Sojourner）为"旅居者"之意，特鲁斯（Truth）为"真理"。

A. 索杰娜·特鲁斯。

Q.

A. 索杰娜。

Q.

A. 她以前是一个奴隶，在 19 世纪 50 年代为争取女权发起抗争。我是在法院门前的一块历史事迹牌匾上读到的。上面还说她是文盲。

Q.

A. 索杰娜·特鲁斯就是在这家法院出庭的，也许就在我们坐着的那同一间审判室里。不过他们没指出这一点，要是好好想想，你以为他们会说的，因为他们告诉了我们这个房间怎么被彻底重新装修过了。事实上他们还叫我们好好欣赏它一下。这有点儿奇怪，在当时那种情况下。

Q.

A. 奇怪的是他们会在给我们讲解当天任务的中途，突然开始谈论那栋楼，它的建筑细节。就好像我们是一个旅游团，而不是必须在那儿一样。

Q.

A. 它就像一间很大的老式图书馆阅览室。或是老火车站里那种有着高高屋顶的候车室——纽黑文就有一个，当然还有中央车站。

Q.

A. 木头长椅,其实是。就像在教堂或是老火车站里一样。不过很舒服。这有点儿令人意外。

Q.

A. 大约175个。

Q.

A. 他们很安静。有人在看书,有人在小声彼此说话,就几个人。我觉得他们是碰到了熟人,要么他们就是在和旁边的人攀谈。

Q.

A. 没有,我基本没有和人说话。有一个意大利老头坐在我旁边。他们说的话他一句也听不懂,所以我就告诉了他我们应该做什么。他说他从前在城里的时装区[1]工作。他是个裁缝。

Q.

A. 大多数人就是坐在位置上东看看西看看,或是盯着前面。他们很安静。他们也非常警觉。我相信他们的感觉和我一样,觉得随时可能有事情发生,我们可能会被叫去做点儿什么,去个什么地方。我们都在等着,所有人,在那个高高的屋顶下。

Q.

---

[1] 纽约曼哈顿的一个街区,位于第五大道与第九大道及34街到42街之间,20世纪初曾是纽约的时装设计与生产中心。

A. 嗯，一开始他们点了名——所有人的名字。大部分都到场了。然后他们告诉了我们接下来要发生的部分事情。然后我们就在那儿等着。

Q.

A. 我不知道——一个小时吧，也许。

Q.

A. 我忘了我们在等什么了。跟法官有关，要不就是跟案子有关。那天我们老是在等。

Q.

A. 之后，一小时以后，又来了一个指示。我想他们是说，要是我们想抽烟或上厕所的话，我们可以出去二十分钟。我对那个意大利人说务必要在二十分钟以内回来。

Q.

A. 在法院工作的某个人，某个公职人员。我忘了他们是否告诉了我们。一开始是一个男的，他告诉了我们这一天我们将要做什么，说了大概，然后这个星期要做什么。然后是一个女人。不过我们还是不完全清楚要发生什么。想想很好笑，但我们都准备好了，他们要我们做什么我们就做什么。要是他们叫我们去另外一个房间坐着，我们也会的。他们还可以再把我们叫回来坐着。他们可以叫一半人去另外一个房间，我们也会照做。我们对他们非常信任。

Q.

A. 很和蔼。很平静，很和蔼。他们会说点儿什么，然后离开，从某扇门走出去，回来，再说点儿什么。他们会从什么文件上抬起头来，用一种亲密的语气对我们说点儿什么，就好像我们不是一大群人一样。而且态度很尊敬。很让人安心。就好像他们要尽量对我们好一点儿，因为他们即将告诉我们什么坏消息一样。我们无法回应他们。他们没让我们回应，反正我们也不敢。

Q.

A. 不，不是。我考虑过这个问题：一开始我想到了教堂，后来我想到了戒酒协会见面会，然后我又想到它有点儿像去听歌剧，或是音乐会。我想到了一个大型市政会议。但它又不一样。它安宁得多。首先，我们没在交谈，几乎没有人在交谈。我们也不应该交谈。它让人感觉安宁也因为我们没在寻找什么，我们不是去那儿寻找某种精神指引，或是某种康复。况且我们也没在做什么，我们甚至不是在等火车，或等待某个约会。事实上，我们是在等，但我们不知道我们在等什么，我们不知道要期待什么，所以在我们面前好像有一堵白墙。

Q.

A. 这堵白墙挡在我们面前，我们不知道接下来这一天大体会怎么样，一般你大体是知道接下来要做什么的。

Q.

A. 是的，但他们没怎么解释，也没有人敢问。

Q.

A. 你没什么情绪。去教堂你会很动感情。去戒酒协会甚至音乐会也会很动感情。但这不需要动感情。这是你能想象的最不动情的一件事。或许这就是为什么这件事这么让人放松。

Q.

A. 在前一天晚上那么厉害的争吵之后。它就像某种治疗，某种护理。就像某种药物。就好像在那样的争吵之后我们被法律要求去到这样一个地方，我必须静静地坐着，旁边的人也都静静地坐着，我们会被友善而温柔地对待，直到我们完全康复。

Q.

A. 不是像我们那样。不是像我们家的人那样。我很害怕。宠物也很害怕。谁知道我们的小儿子会受到什么样的影响啊。

Q.

A. 是的，我们别无选择。我们逃不开。根据法律规定，我们必须去。所以没有产生冲突的可能性——我应该去吗，还是不应该去？而且他们也不是特别需要谁——它一点儿都不个人化，它是随机的，我们是被随机叫到的。而且我们被叫去不是因为我们做错了什么。我们是无辜的。事实上我们不只是无辜。我们是好人。我们是好公民，好到可以去评判别人。法律说我们是好公民。也许这是为什么它感觉这么令人安心的另一个原因。它不是让人动感情的,它不是个人化的,但它给你一种受到肯定的感觉。法律认为你是一个好人,至少是足够好。

Q.

A. 是的,他们在我们进门的侧门检查了我们身上有没有带武器。正门他们不用了。我们是从一个现代化的、丑陋的侧门进去的,然后下了几级楼梯,到了地面以下,又坐电梯上了二楼。

Q.

A. 有金属探测器,一个保安检查了我们的大包和手包。他也是一个友好和善的人。他的笑容很友好。有一个牌子上写着:"武器止步于此。"就好像它也在象征着,我们应该把所有能用来攻击他人的东西留在外面。我们不是去打架的。基本上,根据定义,任何成功通过了金属探测器的人都不是危险的人。

Q.

A. 是的,就好像我们是处于某种悬置状态,我们生活中的一切都悬置了,在等着。我们也在等着。

Q.

A. 是的,我想到了耐心这个词。但不是那个。耐心是你在某种勉强的状态里面需要的东西,那种你需要忍受某种不舒服或困难的东西的状态。但这件事并不难。这是我想要说的:我们必须去那儿,所以它将我们从一切个人责任中解放出来了。我不认为还有什么事和这件事相像。然后你还得感谢那个房间是那么大。想象一下如果那是一个小而拥挤的、屋顶很矮的房间会怎么样。又或者如果周围人很吵，很多话。又或者管事的人很糊涂，很无礼。

Q.

A. 终于那个女人带了一个装有我们所有人名字的圆桶进来。她把圆桶斜过来，从里面抽出一个个名字，被抽到的人要去坐在陪审团席上接受提问。这部分会很有趣——我当时是这么想的。

Q.

A. 没有，我们得待在那儿。剩下的所有人都得待在那儿，以防被问到的人不合格或被免除义务。因为挑选是完全随机的，任何人都有可能被叫到去替换他们，所以我们都得在那儿。

Q.

A. 还是非常和蔼，态度非常尊敬。是叫他们的首名[1]，语气轻柔，就像医生或护士叫病人的名字一样。

Q.

A. 这件事里有一种出人意料的令人兴奋的东西。某种仪式感。她叫出一个名字之前的那种悬念感——每个人都以为下一个叫到的会是自己的名字，当然。等被叫到名字后，他们要在所有人面前走上陪审席，然后他们要回答这些私人的问题，其他人都在听着和看着他们。我们一共有好多人。我们不知道这些人都是谁。

---

1 即 first name，通常西方人称呼对方首名表明两人关系相熟，或是为了表示亲切。

然后其中一些人的生活逐渐被揭开了，其他人都坐在那里听着。我们会听到关于这些人的事，听到他们的故事。现在我们知道了其中一些人的名字。就好像某种印第安人的仪式，某种纳瓦霍[1]庆典。

Q.

A. 哦，有的问题你猜到他们会问，一些一般性的问题，比如，你有工作吗？你是做什么工作的？你成家了吗？然后还有一些更具体的问题。你会开车吗？你出过车祸吗？你有亲戚是当警察的吗？你有亲戚是从事保险业的吗？你熟悉帕利塞兹路[2]吗？

Q.

A. 11号出口北边那一段。

Q.

A. 用了很长时间。我听得不是很清楚。

Q.

A. 非常平静。他们叫的是他们的首名。然后有很多停顿。提问。停顿。一个律师向另一个律师征询意见，其他人都等着，他们是那么安静，那么顺从。这些安静的声音，然后是漫长的沉默，还有这种充满期待的气氛。

Q.

---

[1] 纳瓦霍人（Navajo），美国印第安人中人数第二多的一支，主要居住在美国西南部。
[2] Palisades Parkway，美国新泽西州和纽约州之间的一条高速公路。

A. 嗯，一开始他们感觉是特别的，那些被选中的人。坐在所有人面前。我听到了足够多的回答，足以决定我是喜欢还是不喜欢他们。有一个女人是一名地产经纪，离婚了，是一个冷冷的、紧张的女人，表情严厉。我不喜欢她。然后有一个高个子的、强壮的男人，一个艺术家，居家男人，明显人很好。我立刻就对他产生了好感。还有一个大学生，他担心他会缺太多天课，然后他们对他说庭审期会很短，要是他不好好坐在陪审席上，他可能会缺更多课。他于是决定留在陪审团里。当他坐在陪审席上你会发现他很特别，因为他是那么年轻——他在里面就像一个孩子，一个神童，尽管年轻，却拥有足以评判他人的智慧，而且他会得到其他长者的关照。然后，过了一段时间以后你甚至会开始讨厌他、憎恶他，因为他是那么年轻，因为他的冒昧，他竟然当着所有人的面说他可能不会做这件他被要求做的事，因为他是一个神童，如此年轻聪明，受到长者的关照。

所以这些人，这些留在陪审团里的人是被选中的人。那些被免除义务的人，在所有那些问话之后，当他们被免除义务时，他们要在所有人面前走回自己的座位，他们是未被选中的人，他们失去了那种特殊地位，他们又变得普通了，不再是特别的了。又或者说，那些因为明显或技术性原因被拒绝的人仅仅是普通。但那些因为某些神秘的原因，因为那些透露了他们生活和人品中不好层面的原因被拒绝的人，他们如今不再是普通的了，他们被认为是不合格的。其他人还是坐在那儿。

Q.

A. 没有,没有很多。大概三四个吧。其中有一个,我觉得是因为他没有工作,并且有十一年没开过车——不对,比那还要长,他从1979年就没开过了。他骑自行车。我们得知他在1979年出了车祸,或造成了一起车祸。他被告了,但是他胜诉了。你听到的当然只是故事的一部分。

Q.

A. 他比其他人穿得都要正式,他穿了一套深色西装,打了领带。不过他的头发很长,扎成了马尾辫,而且他的眼镜是带颜色的。他们问起了他的眼镜。

Q.

A. 我不奇怪他们不要他。他没工作。而且结果他也没有结婚,没有小孩。但是他们不用说为什么不要他。我在想他回座位的时候在想什么,这一天余下的时间又会想什么。他打扮得那么仔细,我觉得他可能本来是为自己被叫来尽陪审义务感到骄傲的。结果他们到底没有要他,他可能会觉得很难堪,觉得受到了侮辱。

Q.

A. 是的,他们没要另一个人,因为他有一个侄子是警察。

Q.

A. 这个嘛，午饭之前他们就把人都选好了，所以我们被允许离开一个小时。他们在那些被选去陪审的人身上别了胸卡，并指示他们不要和我们说话，也指示我们不要和他们说话。

Q.

A. 是的。我刚好经常和其中一个陪审员去同一家咖啡馆，所以我对她笑了，她也对我笑了，她知道我为什么对她笑，她看起来很友好，但我都不敢和她打招呼。

Q.

A. 是的，我确实看到了一些。我觉得他们是从隔壁被带进来的。我觉得监房就在隔壁，也许有一条地下通道和这里连着。不管怎么样，我记得的是，早上我刚进来的时候，在地下室，我在等电梯时看到有一队人从走廊那儿的一扇门里走了出来，然后又从电梯旁边的楼梯上楼了。他们的前面和后面各有一名警察。然后，在我们去吃午饭的时候，我们坐电梯下到地下室，再从后门出去，他们也被带下楼，从地下室走廊的某一扇门出去了。之后，我们吃完饭回来的时候，他们又被带了上来。我们下午离开的时候我没看到他们。我猜他们是在哪里出庭。

Q.

A. 总共有四五个，全是男人，穿橘黄色的囚服。他们戴了手铐，每个人手里都拿着一只纸制文件夹，举在面前。他们没在说话，看起来都很镇静。他们排成单行往前走。因为戴着手铐，他们都得将胳膊、手臂和手里的文件夹保持同样的位置。所以他们看起来有点儿像在舞台上表演，动作很协调。

Q.

A. 是的，它让我更觉得我是个好人，或者不是坏人。它让我觉得事情很简单，有些人是好人，而有些人就没那么好。有些人按正确的方式生活，这可以通过提几个问题得到证实。有些人则没有按正确的方式生活。

Q.

A. 不过你会觉得和其他人有某种联系，休息时间一起站在外面的时候。你会觉得你们是一起在做这件事，被命运扔到了一起。

Q.

A. 是的，当我们午饭时一起出去的时候，我有了某种感觉，但我不确定它具体是什么。后来我意识到是瓢虫。你可以订购一袋瓢虫，然后收到一袋几百只虫子。你把它们放在冰箱里，等天暖的时候再把它们放出来，让它们在你的花园里觅食。有的会留在附近觅食，有的会飞走。这就是当时的情况。我们被一起放到这个社区，总共两百人，大多数人都对这个社区不熟悉，我们都要出去找地方吃饭。大多数人留在了法院附近吃饭。

Q.

A. 我们到两点钟才被允许回家。午饭后他们又让我们等着，以防需要为另一个案子再选人，但后来不用再选了，所以他们放我们走了。他们让我们晚上六点钟打电话过去，这周剩下的每晚也要打电话，看我们第二天是否需要去。后来我每晚都打了电话，但我不用再去了。在某种意义上，这也像某种治疗，或者说像某种纪律。就好像我需要准备好做这个工作，但如果我准备好了，遵循正确的程序，我就能被免除这个工作。所以，每天晚上我都做了正确的事，每天晚上我都被免除了这个工作，第二天能待在家里。

Q.

A. 不，不完全是。我很愿意做陪审员。我很感兴趣。但同时我也有很多需要在家做的工作。

Q.

A. 是的，就这些。我不需要做别的了。而且两年内我都没有资格再去了。

Q.

A. 是的！

21

双重否定

———————

在她生命中的某个时刻,她意识到与其说她想要一个孩子,不如说她不想不要孩子,或是没有生过孩子。

22

旧字典

我有一部旧字典，它大约有120岁了，我今年因为某个工作需要用到它。字典边缘的纸页是棕黄色的，很脆，字典很大。每一次翻页我都冒着撕裂它的风险。打开字典还有撕开书脊的风险，它本来就已经裂开一多半了。每次想要查阅字典时，我都要想一想为了查某个词进一步损坏它是否值得。既然这个工作我需要用到它，我知道我一定会损坏它，不是今天就是明天，等我结束这工作时它的状况会比之前更糟，如果没有完全毁掉的话。不过今天我把它从架子上拿下来时，我意识到我对它比对我年幼的儿子用心多了。每次用它时，我都极小心不去损伤它：我的首要目标是不让它受到损伤。今天我突然想到的是虽然我儿子理应比那本旧字典重要多了，但我没办法说每一次和我儿子在一起时，我首要的目标是不让他受伤。我首要的目标几乎总是别的事情，比方说弄清楚他的作业是什么，要不就是做饭，要不就是打完某通电话。如果他在这个过程中受了伤，这对我来说好像没有比把

事情做完更重要，不管我在做什么。为什么我对我的儿子还没有我对那本旧字典好呢？也许是因为字典显得太过脆弱。如果某一页的一角裂开了，你不可能看不到。但我儿子看起来就没那么脆弱，在他俯身玩某个游戏或是蹂躏我们的狗的时候。他的身体显然是强壮而灵活的，不会轻易受到我的伤害。我把他弄淤青过，然后他好了。有时候我明显能看出我伤害了他的感情，但我不太容易看出他有多受伤，而且这伤害也会愈合。我也很难看出它是完全愈合了，还是永久存在轻微的伤害。如果字典受到损伤，它无法愈合。也许我对字典更好是因为它无求于我，它不会发起反击。也许我对那些不会对我有所回应的事物更好。但事实是我家的绿植对我也没什么反应，但我对它们也不好。植物只有一两个需求。它们对光的需要已经被我放置它们的位置所满足了。第二个需求是水。我会给它们浇水，但不是定时浇。有些因此长得不好，有些死掉了。大多数长得奇怪而非好看。有些在买来的时候很好看，但因为我没能很好地照顾它们，现在长丑了。大多数还是长在买来时的丑陋的塑料花盆里。我其实不是很喜欢它们。还有什么原因让你去喜欢一盆绿植吗，如果它长得不好看的话？我是对长得好看的东西更好吗？但我也可以善待一盆植物，即便我不喜欢它的样子。我应该能够善待我的儿子，即便在他看起来不漂亮甚或不是很乖的时候。我对狗比对植物好，尽管它更多动，要求更多。给它喂粮喂水并不难。我会遛它，尽管次数不够。我有时候还会打它的鼻子,尽管兽医说头部任何地方都不能打,也许他说的是哪儿都不能打。我唯一能确定的是狗在睡觉的时候我没有忽视它。也许我对非活物更好。或者说,对于非活物来说无所谓什么好不好。就算我不关注它们,它们也不会受伤,这一点让人感到放松。如此放松甚至是一种快乐。积灰是它们身上唯一能体现的变化。但灰尘不会让它们受伤。我甚至可以请人来给它们掸灰。我儿子也会变脏,但我没法把他弄干净,我也不能付钱请人来把他弄干净。想让他保持整洁很难,连让他吃东西也很难。他睡得不够,也许部分原因是我会花太多精力让他睡觉。植物只需要两样或三样东西。狗需要五六样东西。我很清楚我给了它几样东西,没给几样东西,所以我很清楚我将它照顾得好不好。除了照顾他的身体,我儿子还需要很多东西,这些东西凑到一起,或是不断改变。它们在你说一句话的当口儿或许就变了。虽然我常常知道他要什么,但我不总是知道。就算我知道我也不一定能给他。每一天他需要的许多东西都是我没有给他的。我想我为那本旧字典所做的某些事,尽管不是全部,我也可以为我儿子做。比方说,我可以慢慢地、沉稳地、轻柔地对待它。我会顾及它的年纪。我会给予它尊重。在使用它之前我会停下来想一想。我知道它的局限。我不会要求它做它能力之外的事情(比如说将它平摊在桌子上)。大多数时间我都不去碰它。

23

赞美虚拟语气

———————

它后面跟着的一定是某种绝对美好与正当的事物,尽管它不总是会替代它。

24

多么困难

许多年来我母亲一直说我是一个自私、粗心、不负责任的人，等等等等。她为此经常很烦。如果我和她争辩，她就用手捂住耳朵。她想尽办法想要改变我，但这么多年来我都没有变，又或者说如果我变了我也不能确定，因为我的母亲从未说过"你不再是一个自私、粗心、不负责任的人了，等等等等"。现在我会对我自己说："为什么你不能先想着别人，为什么你不留心你在做什么，为什么你不记得需要你做的事呢？"我为此很烦。我很理解我母亲。我是一个多么难相处的人啊！但是我无法对她说这些，因为就在我想对她说的时候，我又在电话的这一头，挡在我们两个人中间，听着她的话，随时准备为我自己辩护。

25

失去记忆

你向我问起伊迪丝·华顿[1]。

好吧,这个名字听起来很熟。

---

[1] 伊迪丝·华顿(Edith Wharton,1862—1937),美国女作家,代表作有《欢乐之家》《纯真年代》。

26

写给殡葬馆
的
一封信

亲爱的先生：

　　我写信来是为了反对 cremains[1] 这个词，在我父亲去世两天后，你们的营业代表同我和我母亲见面时用到了这个词。

　　我对你们的营业代表本人没有什么意见，他礼貌友善，懂得照顾我们的心情。比方说，他并未试图向我们推销什么昂贵的骨灰瓮。

　　让我们感到惊骇不安的是 cremains 这个词。这个词想必是你们从业人员自创的，你们对它一定习惯了。但我们公众却不常听到它。我们一生中并不会失去至亲密友太多次，幸运的话，这中间会间隔许多年。在他们去世后与家人好友商量怎样处理后事就更非常事。

　　我们注意到，在我父亲去世之前你和你们的代表用了 loved

1　意为骨灰，由 cremate（火化）和 remains（遗体）两个词紧缩而成。

one[1] 这个词来称呼他。这个词让我们觉得舒服，虽然我们爱他的方式是复杂的。

然后我们坐在起居室的椅子里，你们的代表坐在我们对面的沙发上。我们努力控制自己不在他面前哭出来，而且我们很累，一开始是因为一直坐在我父亲身边，然后是担心他死之前是不是舒服的，然后是思虑他死后到底身在何方，然后你们的代表开始叫他"the cremains"。

一开始我们都不知道他在说什么。之后，我们反应过来了，老实说我们很生气。Cremains 听起来就像是咖啡里用来代替牛奶的某种人造添加剂，就像 Cremora 或是 Coffee-mate[2]。它听起来也像某种用碎牛肉做的菜。

作为一个靠文字为生的人，我承认有些生造词，例如 Porta Potti[3] 或 pooper-scooper[4] 都给人一种愉快甚至欢快的感觉，但我得说你发明 cremains 这个词的时候肯定没有想过这一点。事实上，我父亲本人，现在被叫作 the cremains，但他从前是一名英语教授，他会对你指出 Porta Potti 压了头韵，pooper-scooper 也成韵。然后他会告诉你 cremains 和 brunch[5] 属于同一类型，它们叫作紧

---

1 心爱的人。
2 两个咖啡伴侣的牌子，前者由美国波登（Borden）公司出产，后者由雀巢公司出产。
3 便携式厕所。
4 长柄粪铲。
5 早午餐，由 breakfast（早餐）和 lunch（午餐）两个词紧缩而成。

缩词。

  造词并没有什么错，特别是在商业领域。但一个悲痛的家庭还没有准备好接受这个词。我们甚至都还没有习惯我们所爱之人的离去。你们大可以继续使用 ashes[1] 这个词。我们从《圣经》里熟悉了这个词，它甚至会给我们带来安慰。它是不会造成什么误会的。我们会明白这些灰与壁炉里的灰是不同的。

  你的诚挚的。

---

1 灰（ash 的名词复数），延伸意之一为骨灰。

27

甲状腺日记

今天晚上我们要去参加一个派对,庆祝我的牙医的太太大学毕业。这么多年来,在牙医为我修补牙齿的时候,他的太太在大学里修学分,每次只修几分。每个学期,除了修其他课,她还在跟我的丈夫学油画,我丈夫在这所大学教油画和素描。她向他学习是以私人辅导的方式。她是一个狂热的园艺爱好者,画画也主要是画花。她写下关于她的花园的文字来搭配她的画。我丈夫告诉我她的一幅以花为主题的画被偷了,画是毕业典礼时期挂在艺术大楼里的——他觉得是一个学生偷的,要不就是学生家长。

在我收到这个派对的邀请之前,我都不知道她是在修学位,这个派对是她的一个朋友办的,那个朋友是一位教员秘书。收到这个邀请几天后,我们又从同一个女人那里收到了另一份邀请,但日子不同。我确信她是弄错了。但事实上她就是要办两场派对,我们两场都被邀请了。

现在我得想一想为什么我那些复杂的、没完没了的牙齿治疗停了——它们确实停了——就在牙医太太毕业前的几个月。牙医宣布我的牙不需要再修补了，但我以为我至少还有两个齿冠要弄。我不记得什么时候我的牙是不需要进一步修补的。

不管怎么说，我一直都为这件事中的经济关系感到困惑，因为我会付钱给牙医，假定他会给他太太钱付她在大学的学费，她会付钱给大学，大学会为她的补习课付一笔专门的钱给我丈夫，然后我丈夫会给我看牙医的钱，我会付钱给牙医，牙医会给钱给他太太，于是这一切又将继续。我觉得要是谁也不付谁钱，事情也会按同样的方式运转，但那似乎也不太对。

这个春天，牙医将交易弄得更复杂了一些，和他太太一样，他也是一个园艺爱好者，但他种的是蔬菜和葡萄，还有一个小苹果园。他向我丈夫提议他们一起邮购一些花圃植物，因为大量购买会更经济一些。他说他们可以一起买两种西红柿，一些洋葱和甜椒。我丈夫考虑了一下，同意了。通常他对于任何形式的合伙都是很警惕的，但是他也有兴趣省钱，这一次他接受了牙医的好意和信任。

我们今晚要去的派对是在那个教员秘书的家里，她家在河对面的一个小镇上。但我一说出这件事就意识到我弄错了。这不是为牙医太太办的那个派对，而是另外一个。这次是为教员秘书的侄子办的，他要去做一次长途海上旅行。好多年来，他都是一段时间生活在陆地上，一段时间生活在水上，现在他卖掉了房子，准备住在他的帆船里，不过他还是有一个住在陆地上的女朋友。我应该记得这件事的，因为我丈夫和我午饭时还在讨论应该给他一件什么送别礼物。我们在考虑三个选项：一本理查德·亨利·达纳的《桅前两年记》[1]，或是我丈夫发现的一本关于打绳结的书，或是一瓶红酒。我丈夫还建议可以送他一瓶优质的白兰地，但我觉得这只会鼓励我们的朋友在船上独饮。

如果我把这些都弄混了，那可能是因为我的甲状腺不活跃了。甲状腺不活跃的一个症状就是脑子转得慢，但我无法判断我的脑子是不是比以前转得更慢了。因为我的头脑是我唯一能用来判断我思考能力的东西，我无法做到完全客观。要是它转得慢，它也不一定知道它转得慢，因为它会是以一种对它看似合适的方式转动的。

再说，我的脑子总有一些时候想事情不是太灵光。总是有一些日子我的脑子是迷糊的，或是我会忘东忘西，或是我觉得自己像是身处另一个小镇或另一栋房子——所以我的周围或者我身上有什么东西不太正常。

医生向我解释我的情况时，我记了笔记。我需要打断她一两次，让她重复之前说的内容，这样我好把它记下来。我说这有助于我的记忆。她说如果我的甲状腺更活跃一些的话，我就不需

---

[1] 理查德·亨利·达纳（Richard Henry Dana, 1815—1882），美国作家、律师，《桅前两年记》（*Two Years Before the Mast*）为其名著，于1840年出版，书中讲述了作者的航海经历。

要记笔记了。这句话让我有点儿生气，但我没有辩解。我没有反驳她是因为，其一，自助医学手册上总是告诉你和医生见面时要记笔记；其二，我反正也有记笔记的习惯，尤其是在打电话的时候，即便是在一场完全没必要记录的谈话里，在我听到的信息没有必要被记住的时候。我会把我刚刚对别人说的事记下来。我会把自己用过的词记下来，例如友好的男人或负责任的。我会写下我家人的名字，还有我自己的电话号码。

我确实注意到，有一天晚上，在我和家人玩桌上游戏的时候，我老是忘掉该轮到谁了，也不记得我的那块木板在什么地方。这可能跟我不活跃的甲状腺有关。

我以为我并不担心我的甲状腺，因为我相信一切问题都能用合适的膳食方案解决。但我归根到底可能还是担心的，因为自从医生打电话给我后，上个星期我都睡得不是很好。不过，我睡得不好可能也和不活跃的甲状腺有关。

我的医生并不是一个真正的医生，就像我丈夫马上指出的那样：她不过是一名医生助理。他这么说就好像她不知道自己在说什么一样。他这么说是为了替我开解，就好像为了保护我不受到她或我的病情的伤害一样。但我觉得她是尽责而有能力的，我信任她。现在晚餐我只吃蔬菜，准备开始我的膳食计划。我确实相信只要给予适当的饮食和治疗调理，人的身体上的一切毛病都能自愈。我只要这周再做几个检查就能为自己制订一个护理计划了。我知道不管我选择哪种膳食计划，我都应该滴酒不沾，不过我已经决定为今晚的派对破例了。

我的医生助理告诉我甲状腺控制着人体的每个部位和生命现象——不仅是大脑和心脏，还有消化、新陈代谢、血液循环，还有许多我可能已经忘掉的东西。要是你的甲状腺很不活跃，一切都会慢下来。我的心跳很慢，消化很慢，头脑可能也很慢，我的体温很低，手和脚都很冷。有时候我的心率会降到五十甚至以下。我之前从来不知道甲状腺是做什么的。现在我发现它是如此重要，如果我任由它这么糟糕地运转的话，我早晚会死——我的意思是，会早死。我之前从没注意到身体里像甲状腺这么奇怪的部位，所以我感觉我的身体好像突然变得陌生了，或者说我本人变得陌生了。

现在我对我自己的问题懂得多了一些，我不再相信身体能够治愈它的一切问题了。或者说，我仍然相信这是一个大的原则，但我不认为我的身体这一次能够自愈，因为好像没有人对我的病懂得足够多，它是一种自体免疫性疾病。它叫作桥本氏病，不过我丈夫老是叫它黑泽氏病，或是长崎病[1]。

现在我已经去过第一个派对，那个为我们的水手朋友办的派对，以及第二个派对，那个为我们牙医的太太举办的派对。这两

---

[1] 这里是围绕日语开的玩笑，桥本氏病是根据日本医生桥本策（Hakaru Hashimoto）命名的，"黑泽氏病"和"长崎病"分别取意日本导演黑泽明（Akira Kurosawa）和地名长崎（Nagasaki）。

个派对非常不同,尽管它们是在同一个人家里举办的。多年生花木的花床里开着不同的花。第一个派对不是那么正式,对于一个水手的送别派对来说很合适。穿着便装的邻居们穿过林中小径走上草坪。第二个派对上有餐饮公司提供的一盘盘餐前小点和一个穿制服的女服务员。在这个派对上,我得知在毕业典礼时期被偷的牙医太太的画不止一幅,而是两幅。我得知这些画比我想象的要小得多。这一系列的其中一幅就挂在教员秘书家的墙上,它小到你可以把它放在口袋或手包里。牙医坐在安有玻璃门的门廊上的一把柳条椅里。在那里而不是在他的办公室里看到他并不让我觉得奇怪,但我在公共场合对他又无法像对其他人那样微笑,因为他对我的牙齿是那么了如指掌,尤其是我左上的那颗门牙。

在教员秘书家的前院里,一条纤细的小溪边种着一棵龙爪柳。在第一次派对上,她从龙爪柳上剪下了一根枝条,让我带回去种。我忘记带回去了。第二次派对上,我又要了几根,但回到家后我把它们放在车库里的一只水桶里,把它们忘在了那儿好几天。之后我说要把它们送给一个朋友,但我忘了给她,然后水桶里的水蒸发掉了,柳条枯萎了。

我还去奥尔巴尼[1]的一个专家那儿看了几次,我的丈夫认为我没必要去那么多次。我丈夫认为那个专家其实只要去读我档案里的数字以及看血检结果就行了,但像其他医生一样,为了多赚

---

1 美国纽约州首府。

钱他会安排你多去几次。但我的一个朋友又说:"针对腺体的问题,他们喜欢查看你的身体。"我不记得这是哪个朋友说的了。

但这个专家似乎不想查看我的身体。至少刚走进房间的时候他没有这么做——相反他低下头来看我的档案。他最后确实看了看我,他的头微微偏向一边,脸上带着轻微的笑意,好像在表示他被什么事逗乐了,虽然他这么做不完全是不友好的。但他是在已经要告诉我他的意见时才查看我的,这些意见他在看我档案里的数字时就已经形成了。

与此同时,我丈夫的西红柿出了一些问题。牙医给了他四五株健康、丰满的西红柿,它们整齐地栽在泥炭花盆里,生长良好。作为交换,我丈夫应该给他四五株另外品种的西红柿。但这批寄来的大多数已经半死不活了。有一些已经死了,有两株长得还行,剩下的虽然没有死,但却不长,至少看不出它们在长。我丈夫不想把仅有的在长的那两株给出去,但他也不想把那些弱不禁风或病怏怏的给牙医。他在等待,时间在一点点流逝,但那些不好好长的并没有长得更好一些。

我想要搞清楚我的脑子是不是比以前转得慢了。比如,我发现在我的翻译工作中,我有时会在理解了法语单词的意思之前就去寻找英语中对应的词。然后我意识到我不懂法语单词的意思,试了好几次还是不懂,我会无精打采地在同一段落里东看西看,希望这个词的意思会自动冒出来,因为有时候它确实会的。但是今天并没有，于是我的思绪到处游走。我又回到了我的工作上，再一次查看字典，我把一个很长的条目里的每一个字都读了，但字典里那些东西都帮不到我。我想先放一个词在那儿，随便什么词都行，只要在这地方做一个记号，然后我就可以继续翻译，过后再回来解决这个问题。我需要放一个错得很明显的词，这样之后我就能发现这个地方需要改动，但我想到的所有词都差得让人难为情。我不明白我为什么会觉得难为情，因为也不会有人看到它，但我就是觉得难为情，我没法继续工作，除非我找到一个过得去的、哪怕是错误的词。不过，今天早上，在我为了看我是不是真的想用难为情这个词而仔细研读字典的时候，我至少对这个词有了更多的了解，我知道了它早期的、更具体的意思是"累赘"和"障碍"。

还有一次，虽然我六点钟就醒了并且已经工作了一小时，一个不认识我的人，事实上是医生办公室的一个工作人员在电话里对我说："你听起来好像还没起床。你起来以后再打给我吧！"我并没有生气，但我有点儿担心。我在电话里显然听起来头脑很慢，虽然我不这么认为。这样的话，如果我要做这个翻译，这是一个重要的项目，而我的脑子又不那么清楚，但我却不知道我的脑子不是那么清楚，那么我的翻译可能不会太好——虽然我不会知道。如果我做得不好，这会很不幸，因为我未来的部分收入要从那儿来。

事实上，那个前台或护士觉得我脑子慢可能是因为别的原因，是因为我现在对医护人员有了一种更随便的态度。我过去对他们十分尊敬，而且稍微有点儿害怕。现在我发现我想开那些男的玩笑，和女的说笑，或者我应该说，我和男的女的都会说笑，只不过在男的面前更夸张一些。

我是几年前第一次意识到这一点的，在我的口腔外科医生那里。我喜欢他，尊敬他，但我注意到一段时间后我开始不再能够以一种直接、礼貌的方式与他相处了，而是需要讲这样那样的笑话。这一点让我很吃惊，因为一直以来我对医护人员都很敬重，至少表现得很敬重，不管我私下里是怎么想他们的。那些笑话直接从我嘴巴里蹦了出来，就好像是别人短暂地接管了我的身体。比如，有一次，我在他的办公室里看到一个头骨，于是说了那个很明显的笑话——我说那肯定属于以前的某个病人。他大吃一惊，不过好像并不介意。还有一次，他往我的牙龈里打了很长的一针，让我疼痛万分，我重重地咬了他的食指。那不是一个玩笑，我也不是故意的。他的两个女助手都觉得很吃惊，但是又觉得很好玩。尽管医生疼得皱起了眉并在空中挥着手，但他表现得很好，他说这种事以前也时不时会发生，它其实是因为某种条件反射。我现在的医生，或者说医生助理对我稍微有点儿不高兴，因为我说我不喜欢吃药，原因是我不想形成药物依赖。要是我在丛林里迷路了，又没带那些甲状腺药怎么办？我问她。事实上我真的认为有一天我可能会在丛林里迷路，虽然我们不再叫它们丛林，而且它们也越来越少了，所以丛林这个词成了一个概念。她回答说在我找到出丛林的路之前不吃药也没事。

不过，最近有一次小小的意外事件，那一次我没有产生开医生玩笑的想法。那是一个年轻的医生，我欣赏他的果决和他的医术，而且我保持安静是因为疼痛。我严重擦伤了手指，他要做的是将指甲底下的压力释放一些出来。他用了他自称的最佳方法，也是一个老式的方法，这个方式只要用上一支蜡烛和一个大书夹。

这天早上，那个前台或护士之所以认为我还没有"起床"，是因为我不知道我的甲状腺药的精确剂量和名字。但我没注意这些信息是因为我对医护人员的态度随便了，而且我不想掩饰这种态度。我并不是想对她个人不礼貌。但她说了那句话之后，我注意到有两件事可能说明我的大脑真的运转不良。这天早上晚些时候我打电话给一个房产经纪，她认为我也是一个房产经纪。我问她为什么这么觉得。她答不上来，但我猜可能是因为我的声音缺乏热情，或是太冷漠。之后，更晚些时候，在和我丈夫打电话时，我表现得是那么令人困惑、自相矛盾、啰里啰唆，他将我比作他在读的一份案情摘要。这份文件有五十页纸，是一个针对某保险公司提供虚假信息的集体诉讼案。

在考虑了几个星期以后，我丈夫告诉我他会向牙医解释，那些西红柿里没有一株足够好的，当然这并不是真的。然后，几个小时以后，他又说他改变了主意。他准备把浇水管修补起来，再给那些西红柿一点儿时间。

不过，我又想到可能我的大脑是能正常运转的，只是比平常慢了一些。或许我的工作质量会不错，但我需要花更多时间保证它的质量。我的甲状腺药物的剂量已经增加过一次，但没有多大效果，或许它很快会被增加到一个合适的水平，那么等我的翻译做到终稿的时候，我的大脑又能敏锐而快速地思考了。然后我又想我的思考能力会不会比这个病开始之前更好，因为这段时间我的大脑会那么努力地工作，在没有甲状腺帮助的情况下，或许会有新的细胞长出来。但我对大脑的构造了解得不够多，无法判断这是不是有可能。

又或许有时候我工作得很快，但完成的工作质量并不好，而有时候我做得很慢但质量更好，所以这就成了一个选择：要么慢慢做，做好一些，要么做得快却做得马虎。但话说回来，我又意识到，这是翻译工作中一直存在的两个选项，所以我现在应该说我的选择是：做得比以前更慢一些，以期做得足够好，或是做得很快但是真的很糟糕。

但运气好的话，药物剂量会渐渐增加到合适的水平，那么在几个月内我将能够既快又好地工作，足够好或是非常好。这个剂量不能增加得太突然，不然我的心脏会受不了。

一开始我在想，如果在没有足够甲状腺激素的条件下我的大脑也运转得这么好，激素足够的情况下它会有多棒啊！但我又开始怀疑这个想法了，因为认为我的工作做得好的那个大脑正是缺乏足够剂量甲状腺激素的大脑，这个大脑的判断很可能是错的。

我最近在想的另一个问题是这个：我近来的想法变得很悲观，这是因为世界现状就是如此吗？因为现状很坏，并且还在迅速恶化，毫无让它变好的希望，所以我变得很恐惧？还是说这仅仅是因为我的甲状腺激素水平比较低，这意味着世界现状也许不是那么坏，只是在我看来很坏？于是我可以对自己说：记得你甲状腺激素水平低，你要相信这个世界其实没问题？

我于是想，仅仅是身体中的化学物质在决定我的思想，这个我如此看重、如此努力地想要控制它的走向的思想，这对它是多么大的侮辱啊。像化学物质水平这样简单的事就能让大脑朝某个方向运转，这对神奇的大脑是多么大的侮辱啊。然后我又想，不对，这不是一个侮辱，我不应该将它看作一个侮辱，而是应该将它当作另外一个令人惊叹的系统的一部分。我应该说，我更希望将它看作一个单一的、有趣的系统。然后我又想，不管怎么样，是这个神奇的大脑才会对愚蠢的身体如此宽容啊，因为是它在这么想。然后当然也可能是这个愚蠢的身体中的化学物质在允许神奇的大脑这么宽容的。

我又去了牙医那里做清洁和检查,他说他发现一颗补过的牙裂了一个大口子,而这颗牙应该给它安一个齿冠或齿套的。他说他好几年前就预计这种情况会发生。但当我反对做大手术,要求推迟它时,他同意用嵌体给那颗牙做修补固位,虽然它不一定挺得了多久。我有点儿惊讶他竟然同意了我的要求。我怀疑他是不是失去了热情,或者失去了这种信心——这种情况在我所有的牙医身上似乎都发生了——即相信我的牙齿需要的工作越极端、越完全越好。我还注意到他很反常地对西红柿保持沉默,对他花园里的其他作物和他的收成也不置一词。我们谈的是拥挤不堪的度假场所,以及19世纪美国的西进运动。其实他的祖父经历过西进运动,他祖父过去也会对他讲起那时候的事。他说很奇怪它是那么晚近的事。

在我去前台付账的时候,我们的谈话还在继续,我还从那盒免费铅笔中拿了一支铅笔。他说,考虑到人口增加得这么快,他死后不想获得重生。我说我也不想重生,但我又加了一个限定条件,至少不是作为一个人重生,我相信,如果我们必须要重生的话,作为蟑螂重生会更稳妥。在听我们说话的前台和洗牙师听到这句话时都一脸惊讶。

秋季学期开始了,办那两个派对的女人回到学校工作了。几乎每天我都会收到她寄给全体教员的通知。她的思想灵活有趣,受过良好的教育,背景也很有趣,但她的通知都故意写得不带感情，而且都是事务性的。有些是关于可以免费领取纸盒子的，有些是关于校园里的流浪猫的，很多是关于对复印机的不当使用的。只有偶尔，从她提到落在她办公室里的一页十四行诗，或是她修辞平衡的句子里，或是她对于 criterion[1] 这个词的使用中，我才会意识到她是一个多么聪明的人。

既然牙医太太已经拿到学位了，她就不再跟我丈夫学习了，但我不记得她现在是在做什么，虽然有人告诉过我，这个人很可能是我丈夫。

我们已经在吃菜园里的西红柿了，不过收成没有其他年份那么好。一只土拨鼠从栅栏底下打了一个洞，洞口通往西红柿丛里，它们一直在吃那些长熟的果实。我丈夫往洞口填上沉重的石头，但晚上又被那只土拨鼠挪开了。

我以为这个故事到这里就结束了，我不会再听到关于牙医以及这一季收成的事了。我以为一直以来都存在某种小小的尴尬。不过上周我丈夫去做了每三个月一次的牙齿清洗，回来时带着一袋洋葱，他说问题被他们默契地解决了，他和牙医谈论了过去那些来得不是时候的漫长的干旱期，谈到这个夏天的气候对西红柿的生长有多么不利。牙医本人种的那些也长得不好。昨天，在做黏合补牙的时候，牙医告诉我怎么做葡萄果酱。得知原来他没有生气，我松了一口气。牙医给的洋葱很漂亮，个头不大，但很新

---

1 意为标准，因其复数形式 criteria 更常用，故常被误写为 criteria。

鲜。我会想想怎么做它，好让它们显得更突出。

我的心脏跳得似乎比平常快了一些。如果我的大脑真的比从前转得慢了的话，在过去的几个月里，我还是学了一些新东西，并且记住了。我忘了我们最后给了那个水手朋友什么礼物，我知道我还忘了其他一些事，还有一些我肯定是忘掉了。但我还是学到了难堪这个词以及许多其他词的历史，我知道了龙爪柳这种树，我知道了黏合补牙这个名词，我还从字典中学到了许多新的词义，比如 flense 这个动词的意思是"割开鲸鱼"，作为形容词的 next[1] 是 nigh[2] 这个词的最高级。在我熟悉的领域里我学到了两个新概念，在音乐中，是阿尔贝蒂低音[3]，在语法中，是连续逗号[4]。我对于美国的西进运动有了新的看法。两天内我两次听到人用 dead solider 这个表述，我知道了它的意思是空瓶子。或许它的意思是指对人已经不再有用的东西，因为我第一次听到它是从一个在苗圃工作的女人那里，她正在检查一大筐瓜，把坏的扔出去。我从牙医那里学到做葡萄果酱时，需要先将白糖在烤箱里烤化再加到葡萄汁里。我从牙医办公室的一本杂志里知道了许多关

---

1 最常用的意思是"下一个的""紧接其后的"。
2 形容词，意思是"近的"。
3 一种分解和弦伴奏音型，通常由左手依序奏出低音、高音、中音和高音。因意大利作曲家多米尼科·阿尔贝蒂（Domenico Alberti, 1710—1740）而得名。
4 指在英语中，有三个或三个以上的名词时，直接放在连接词之前的逗号。如"法国，意大利，和西班牙"中"和"字之前的逗号。

于肯尼迪家族的事情，尤其是爱德华·肯尼迪[1]。在补牙的时候，我几分钟后就听出了电台上播的是德沃夏克的《新世界交响曲》。许多年前我读过理查德·亨利·达纳的《桅前两年记》，但我忘记了我读到了什么，在读了它的简介之后，我再次得知了这本书的来历。达纳当时是哈佛大学的学生，但他得了重病，无法继续学业，于是出海疗养，之后写了这本书记录他的经历，所以这是一本关于一个年轻人的书，但因为它早已是经典了，我一直以为它是关于一个年纪大得多的人的书。我仍然不明白的是为什么我老是在二手书店或图书馆特卖会上看到它。

---

1 爱德华·肯尼迪（Edward Kennedy，1932—2009），美国民主党参议员，任职长达47年，为美国总统约翰·肯尼迪和参议员罗伯特·肯尼迪的弟弟，他两个哥哥均被刺身亡。

28

来自北方关于
冰层的信息

每只海豹会使用多个冰孔，每个冰孔会被多只海豹使用。

29

波希米亚凶杀案

在波希米亚一座叫作弗里德兰特[1]的城市里,所有人都像鬼魂一样苍白并穿着深色冬衣。一位老妇人再也无法忍受她的人生将不可避免陷入赤贫与耻辱的命运,她发了疯,出于同情她杀了她的丈夫、她的两个儿子、她的女儿,出于愤怒她杀了她家旁边和对面的两家邻居,对面那家人曾辱骂过她的家人,为了复仇她杀了那个需要她苦苦哀求才赊账给她的杂货店店主、当铺老板、两个债主,然后是一个她不认识的电车司机,最后——她带着长长的刀子冲进了市政厅——杀死了年轻的市长和一位议员,他们正坐在一起为一条修正案大伤脑筋。

---

[1] Frydlant,捷克北部利贝雷茨州的一座城市,位于波希米亚历史区域。

30

快乐的记忆

―――――

我想象等我老了,我会独自一个人住,身上带着病痛,我的眼睛会虚弱到无法读书。我害怕那些漫长的日子。我希望我将来的日子是快乐的。我试着去想有什么办法能让我愉快地度过那些艰难的日子。听广播电台或许足以消磨时间了。有个老妇人很喜欢电台,我是这么听人说的。我还听说除了电台,她还有她快乐的记忆。在她的身体没那么痛的时候,她可以回想她快乐的记忆,从中获得安慰。但前提是你必须拥有快乐的记忆。困扰我的是我不知道我拥有多少快乐的记忆。我甚至都不知道什么才算快乐的记忆,那种既足以安慰我,在我无事可做时又可以给我带来快乐的记忆。我现在喜欢做某件事不代表它算得上快乐的记忆。事实上,我很清楚我现在喜欢做的许多事日后都不会是快乐的记忆。我喜欢我的工作,喜欢一个人坐在桌前。我的工作占据了每天的大部分时间。但等我老了,又总是一个人待着时,光想想我过去做的工作就够了吗?我喜欢做的另一件事是晚上一边看书一边一个人吃糖,但我也不认为它会成为快乐的记忆。我喜欢弹钢琴,我喜欢看三月初院子里冒出来的植物;我喜欢遛狗,喜欢看它的脸,它的好眼和坏眼;我喜欢看傍晚的天空,特别是在11月份;我喜欢抚摸我的猫,喜欢听它们的叫声,喜欢抱着它们。但我怀疑关于宠物的记忆也还是不够的,就算我很爱它们。有些事会把我逗乐,但那通常是糟糕的事情,它们也不会成为快乐的记忆,除非我拿它们和什么人分享。那么就并不是娱乐而是分享娱乐才构成快乐的记忆了。一个快乐的记忆似乎要有其他人参与其中。我试着去想我认识的所有人。我试着去想和他人所有愉快的交会。大部分我在电话里交谈的人都是友善的,就算我拨错了号码。有一次我在马路边停下了车,和一个女人开心地聊起了她的花园。我会和邮局及药店的职员聊天,在银行大厅安上自动取款机之前,我还会和银行的人聊天。一个男人来我家地下室修除湿器,我们聊起了这个小镇的历史。我喜欢和也住在这条街上的图书馆馆员交谈。我喜欢二手书店寄来的温暖的信。但我不认为这些交会会在我年老时安慰我,成为我快乐的记忆。或许快乐的记忆里不能只有陌生人或不太熟的朋友。在你又老又浑身病痛、独自一人的时候,你不能只记得那些已经忘了你的人。你希望在你的快乐记忆中的人应该是那些也希望你在他们的快乐记忆中的人。一个热闹的晚宴无法成为快乐的记忆,如果晚宴上的人都不怎么在乎其他人的话。我试着回想和亲人好友在一起的那些愉快而有意义的时光，想看看它们是否算得上快乐的记忆。阳光晴好的日子在火车站见一个朋友似乎算得上快乐的记忆，尽管我们后来谈起了不那么愉快的事，例如挨饿和脱水。和朋友们一起在树林里采蘑菇似乎能算快乐的记忆。有几次全家人一起打理花园可能也算很快乐的记忆。一起做一顿复杂的晚饭目前来看也是快乐的记忆。某次去逛一家商场也很开心。坐在一个垂死的人床边其实也可能是快乐的记忆。我母亲和我有一次带着一块煤坐火车去了纽卡斯尔市[1]。我母亲和我在某个等船的雪天早晨和几个码头搬运工一起玩了牌。从前我在某座国外城市住过，我一次又一次回到某个植物园看某种原产自黎巴嫩的雪松树，那是一个快乐的记忆，虽然我是一个人去的。在一个服丧期，我对街的邻居某次送来了一盘糕点。但我知道如果有一天我和她疏远了，它将会毁掉这个快乐的记忆。我于是发现快乐的记忆是能被抹掉的。一个快乐的记忆能被抹掉，如果其他时候你做同样的事时不那么开心，比方说另外一次你们一起种花或做饭的时候你心情很糟。我发现如果一件事开始时很好但结束得很糟，它也不会成为快乐的记忆。如果一件事有好有坏，如果你们两个人出去玩得很开心，但第三个人却因为你们回家晚生了气，那么它也不能被称为快乐的记忆。不管用什么办法，你必须确保，一件事发生的时候没有什么会毁掉它，之后也没有什么会抹掉它。我认为我能够拥有快

---

1 位于美国宾夕法尼亚州。

乐的记忆。我认识到当我和其他人在一起，当我怀着温暖的感情而对方也希望我存在于他们快乐的记忆中时，这件事能构成快乐的记忆。而我独自一人做的那些事，尤其是在我怀着野心、骄傲或权力欲时做的事，即便它们本身是好的，它们也不会成为珍贵的快乐的记忆。喜欢吃糖没什么错，但我必须记住关于吃糖的记忆并没有什么快乐可言。如果我和亲人好友玩桌上游戏玩得很开心，我一定要确保在游戏结束前我们不吵架。我必须确保之后我们再玩时不会不开心。我应该时不时停下来想一想，确保我不是太常一个人待着，或是太常和别人发生不愉快。我应该时不时把它们累加起来，问问自己：目前为止我拥有哪些快乐的记忆？

31

她们轮流使用
一个
她们喜欢的词

"真是不同凡响。"一个女人说。

"真是不同凡响。"另一个女人说。

32

玛丽·居里，如此值得尊敬的女人

前言
*

一个骄傲、充满激情、勤奋的女人，她是她那个时代的女中豪杰，因为她拥有配得上她能力的野心，以及实现野心的能力。最终，她也是我们这个时代的女中豪杰，因为在玛丽和原子弹之间，联系是直接的。

况且，她是因它而死的。

个性
*

一生下来，玛丽就拥有三种值得探究的、为大学教授们所珍视的素质：记忆力、专注力以及求知欲。

"当我想到我那被浪费的天资时，我的心都要碎了，不管怎样，它应该有所作为啊……"

然后呢?"普通女性的命运"?她从未想过她要走向这种命运。

在扎科帕内[1]的小屋里

*

在1891年的9月,她独自住在扎科帕内的小木屋里,在喀尔巴阡山脉伟岸的黑松林中忧郁地走着,患了流感,总也不好。这时候,一个男人,卡西米尔,是可以带她走的。而且在某种程度上她也是这样期待着。

两个月后她就二十四岁了。

她很穷。她现在还不美。她只有一张波兰的中学毕业文凭。她凭什么能成为一个"人物"呢?而且她爱卡西米尔,她在等着他。

四年并没有让这个年轻男人的感情冷却,反而可能因阻碍而加深了……而且他的魅力也丝毫未减……

当他提到他们共同的未来时,他还不知道他现在有了一个竞争对手。多么强大的对手啊!一间实验室。

她是从哪里来的呢?这个紧张的女人,身上奇异地结合着羞怯与自信。是大地的女儿,需要空气、空间、树木。她和自然的关系几乎是带着肉欲的。植物知道这一点,它们会在她手指下

---

[1] 波兰最南部城市,位于塔特拉山北坡的河谷中,是通向喀尔巴阡山区的铁路终点站。

盛放。

在另一方面,她拒绝承认的是她身上动物性的一面。比方说,她突然倾泻的怒气,就像一团闪电一样,将她努力控制的风暴暴露出来。

贫穷
*

可是,现在她的父亲失去了职权,他们失去了住的地方和他一半的教书机会。

他们有什么办法可想呢?

他苦恼万分。啊!

让她心烦的事不是她只有一条裙子,这裙子还得找裁缝来改,而是她看不出走出当前困境的任何办法。

然后她的姐姐救了她。

在巴黎学习
*

玛丽·斯克洛多夫斯卡[1]来到巴黎,为的是吮吸法国科学的乳汁,法国科学只有一个伟人,巴斯德[2],他即将抵达生命的终点。

---

[1] 玛丽·居里婚前的名字。
[2] 路易·巴斯德(Louis Pasteur, 1822—1895),法国微生物学家、化学家,近代微生物学的奠基人。

在巴黎，她的闲暇时间是和姐姐布朗尼娅以及姐姐本人的卡西米尔一起度过的。他们努力工作，但他们也懂得玩乐，以斯拉夫式的热情。围着他们的俄式茶壶，在钢琴边，他们进行了一场又一场谈话，讨论怎样改造世界。

他们会举办派对，奉上业余表演，活人画[1]：一个年轻女人穿着石榴红的束腰长裙，她的金发垂下肩膀，象征着冲破束缚的波兰，这时帕德雷夫斯基[2]在一旁弹钢琴：表演的是玛丽，被选中让她觉得骄傲。

不过，她永远也学不会与人快乐地闲聊。

简朴

*

她生活简朴，有时接近自虐的边缘。有一天晚上，她没有生火的房间里太冷了，她把箱子里的所有东西都拿出来盖到了床上，外加一把椅子。水盆里的水冻住了。

有时候她会晕倒，因为她只吃萝卜和茶。布朗尼娅和卡西米尔会给她带来牛排。

---

[1] Tableaux Vivant：指以活人扮演的静态画面。
[2] 伊格纳西·帕德雷夫斯基（Ignacy Jan Paderewski, 1860—1941），波兰钢琴家、作曲家和政治活动家。

语言
*

夏天过去了。她的法语好了许多。开学的时候，她使用的词汇里已经不再有任何"波兰性"了。只有轻微卷舌的"r"的发音会暴露她的斯拉夫背景，这一点她会终生保留，不过这也为她已然迷人的声音增添了某种魅力。此外，就像全世界所有人一样，她算数的时候也是用母语。

学位
*

她不仅通过了考试，而且按名次宣布成绩的时候她的名字是第一个被念出来的。玛丽·斯克洛多夫斯卡获得了巴黎大学物理学的学位。这令人称羡。

恋爱
*

考试前夕，第三共和国总统萨迪·卡诺在他的马车里被一个意大利无政府主义者刺杀，她是不是根本就没注意到？

也许她只是没有和她当时已交往了几个星期的物理学家谈起，一次都没有。其他人会送巧克力，而他，在他来她的房间和她聊天时，带来的是一篇叫作《论物理现象中的对称性，即电场与磁场中的对称性》的论文副本。这份小册子是"献给斯克洛多夫斯卡小姐"的,"来自作者 P. 居里,带着敬意与友情"。

他们无休止地谈话,但仅仅是谈论物理学或是他们自己。

当然,所有人都知道,能忍受一个人对你讲述他的童年你必然是爱上他了。

之前的恋爱对象
*

玛丽二十六岁,快要二十七岁了,在巴黎住了三年,在布朗尼娅那里,在学院里,在实验室里,她不是没有碰到被她的魅力吸引的男性同胞。为了让自己在她眼中显得有趣些,一个痴迷于她的波兰学生曾经想过吞食鸦片酊。玛丽的反应:"那个年轻人对什么是重要的事毫无概念。"

不管怎么说,他们对于什么是重要的事有着不同的看法。

皮埃尔
*

皮埃尔·居里来到玛丽人生舞台上的时间是完全合适他出现的。

1894 年开始了。玛丽确信她 7 月份能够拿到学位。她开始为未来做打算,她的空闲时间更多了,春天很美。皮埃尔早已被这独特的小个子金发女人迷住了。

很显然，在崇高的事物和理论物理学领地跋涉多年，三十五岁的皮埃尔依然是孤身一人。玛丽·斯克洛多夫斯卡在他眼中很快成了那个独一无二的人，能够和他一起深入那些领地。

但高深的思想却只得到微薄的回报。三十六岁时，皮埃尔在物理学院的年薪是三千六百法郎。

一团闪电

*

玛丽写下他们初次见面的经历时已经五十多岁了，就像葡萄牙修女一样，她不是一个喜欢表达自己的女人，至少不喜欢公开地表达。但是，在传统的文辞与自始至终的克制之下，人们无疑可以感受到一点点这样的东西，就好像两方面都射出了一团闪电。

玛丽还会有很长时间都确信她的独立会受到限制，就算是和这个眼神清澈的物理学家在一起。

皮埃尔·居里对她说："科学，这才是你的最高使命。"科学，意味着为了实用目标做研究。

在那本献给他的文笔生硬的书里，玛丽写道："皮埃尔·居里1894年夏天一直给我写信，总体来说令我感到欣慰。"

有一封信里皮埃尔加了一句附言："我把你的照片给我的哥

哥看了。我做错了吗？他觉得你很好。他说：'她有一种十分坚定，甚至是固执的表情。'"

固执，哦，多固执啊！

她总是穿灰色，温柔却又严肃，孩子气却又成熟，性情好却又不妥协……这个波兰女人。

他……

他们……

家庭生活

*

皮埃尔人生中接受过的唯一的竞争是和波兰，他刚刚赢了。

是在1894年7月玛丽开始跟布朗尼娅学习一门新课程，而且是偷偷摸摸地：烤鸡怎么做？炸薯条呢？要怎么喂饱你的丈夫啊？

我们知道，所幸有一个表亲想到了这么一个好主意，给了他们一张支票做结婚礼物。他们用支票上的钱买了两辆自行车。而这"小皇后"，这被整个法国宠爱的新发明，成了居里先生和居里夫人蜜月期的代步工具。

自行车，就是自由。

研究

*

想要从沥青铀矿中提炼出铀元素,那时候在工厂里就能进行。但想从中提炼出镭,需要一个在"棚屋"里工作的女人。

她确信她的方法是对的。但她拥有的条件简陋得可笑。

研究镭

*

玛丽生了一个女儿,但她还是没有停止工作。艾琳长第七颗牙的时候,居里一家在欧鲁租了一所房子消夏,但他们到的时候怎么那么疲惫呢?

他们没有力气在河里游泳,也没有力气骑车。玛丽的指甲裂开了,很疼。她不知道,皮埃尔也不知道,他们正在研究的放射性物质已经开始伤害他们了。

是在第二年12月,在一本黑色笔记本中一页没有标明日期的纸上,皮埃尔第一次写下了"镭"这个字。

现在他们要做的就是证明这种新元素的存在了。"我希望它有漂亮的颜色。"皮埃尔说。

事实是,纯镭盐是无色的,但它们放射的光会将玻璃试管染上蓝紫色的光泽。达到足够的量时,它们会放射出在黑暗中可见的光。

当黑暗的实验室亮起这种光时,皮埃尔很开心。

孩 子
*

玛丽去做果酱和为女儿们做衣服都是为了节省。不是出于热情。

关 系
*

就数学这一科,他认为她比他强,他从不介意大声说出这一点。而她则欣赏她的伴侣"逻辑上的自信与缜密,他转换研究对象时那出人意料的灵活自如……"

两个人对对方都有着极高的评价。

同 事
*

他们身上有一种光芒,引人入胜,令人钦羡。他们的工作引起的回响,皮埃尔的魅力,玛丽的激情,因为这个年轻的金发女人包在黑罩衫下的身体日渐消瘦而更加令人感动。他们之间的默契,他们对科学那种宗教般的献身精神,他们苦行僧般的生活,所有这些都吸引着他们身边的年轻研究者。

那个衣衫不整的化学家，安德烈·德比恩[1]将会进入居里夫妇的生活，并且再也不会离开。

玛丽·居里既非圣徒，也非殉道者。她的年轻时代是大多数女人在悔恨和歇斯底里间摆荡的时代，她们要么是出于内疚，要么是"脱离了自己的身体"。

天才发现：放射性

*

事实上，两位德国研究者提出放射性物质对人有生理影响。皮埃尔马上将手臂放到了放射源下。他高兴地看到一处损伤形成了。

得到同行的承认——居里夫妇自然是享受这种满足感的。更何况，它是"公平"的。

现在，情况是她会半夜起床，在寂静的房子里走来走去。皮埃尔为她患上梦游症感到担心。又或者是他因为疼痛而睡不好？玛丽看着他，忧惧却无力。

她的外表呢？玛丽坐在开尔文男爵[2]身边，穿着她的"正式裙装"。她只有一件，还是十年前的那件，黑色的，领口保守。

---

1 安德烈·德比恩（André Debieme, 1874—1949），法国化学家，锕的发现者，在1906年皮埃尔·居里去世后与玛丽·居里继续工作，二人于1910年分离出纯净的金属镭。
2 威廉·汤姆森（William Thomson, 1824—1907），第一代开尔文男爵，苏格兰数学家和物理学家，热力学温标（绝对温标）的发明人。为纪念他对热力学所做的贡献，热力学温标的单位为开尔文。

事实上，她不热衷梳妆打扮倒是好事，因为她对时装毫无品位，而且以后也不会有。黑色——这令她与众不同，因为不合时尚风气——选择灰色则是为了方便，这两种颜色就解决了她的需要，而且很配她麻金色的头发。

名声

*

轻视荣誉有个限度，过了就有装模作样的危险了，玛丽·居里和皮埃尔一起获得了诺贝尔奖，她的总体态度却是抱怨，人们很难不觉得她是跨过了这条线。

他们是两条被取出鱼缸的金鱼，因窒息而奋力扑腾。不，他们不想要宴会；不，他们不想去美国游览；不，他们不想去参加汽车展。

不过，他们都是瓦格纳的死忠仰慕者。

皮埃尔之死

*

他是星期一晚上坐火车从乡下回来的，手里拿着一束花毛茛。

玛丽是星期三晚上回来的。巴黎又开始下雨了。

第二天，星期四，皮埃尔从他的出版社戈捷-魏拉尔回来，走在去学院的路上。雨又开始下了。他撑开伞。多菲内街很窄，车很多,他在一辆四轮马车过去后开始过马路……

像往常一样,皮埃尔是心不在焉的……一个车夫驾着一辆由两匹马拉着的马车从对面驶来,他是从码头那儿进入多菲内街的,他看到一个穿着黑色衣服,撑着伞的男人出现在左边那匹马前面……男人吓了一跳,他用力去拉马具……因为被伞绊住了,他摔倒在两匹马中间,尽管车夫用尽全力想要抓住那两匹马,但因为那辆拉着军用装备、长达五米的马车是那么重,他被一直往前拖。是马车的左后轮碾碎了皮埃尔的脑袋。现在,这个著名的大脑,这个世人爱戴的大脑淌到了潮湿的石头路上……

在警察局

*

尸体被移到了警察局。一位警员拿起了电话。但不会有人再拿这样的话来烦皮埃尔了,不管是生前还是死后,他都属于会惊动内政部的那少数人。

玛丽

*

玛丽僵住了,之后她说:"皮埃尔死了?皮埃尔完全死了?"是的,皮埃尔完全死了。

反 响

*

电报从世界各地潮水般涌来，信件堆积如山，慰问来自皇家、共和国、科学界，它们是正式的，或许也有感情真挚而真诚的。死亡残酷地收割了名声与爱……

一个恶毒的新名号被加在了玛丽已有的那些名号后面。从今往后她将只被叫作"那位显赫的寡妇"。

十一年——那是很长的时间。长到足以让爱之根扎得那么深，如果那树本身足够强健的话，即便它干枯了，它还能继续生存。

给皮埃尔的信

*

她开始给皮埃尔写信，一种用来抒泄痛苦的实验笔记。

"我的皮埃尔，我昨晚睡得相当好，起床后相对平静。但还不到一刻钟，我就又想像一个野兽那样号叫了。"

夏天来了，当人内心的一切都是黑色的时候，阳光是那么令人受伤……

"我从早到晚都待在实验室。再也没有什么能给我带来欢乐了，除了科学工作——但那也不行，因为如果我成功了，我不能忍受你将无法知晓。"

她会成功的,并且她能够忍受。因为那是生活的法则。

在索邦大学任教

*

当她接替皮埃尔第一次在这里讲课时,在这个小小的黑色身影面前,阶梯教室里的人从上到下都动情得呆住了,眼睛湿润了,喉咙紧了起来。

到那一天止,这个来自华沙的小个子波兰学生第一次走过索邦大学的庭院时,是十五年前。玛丽·居里新的人生开始了。

《日报》[1]上这样写道:"这是女性主义的巨大胜利……因为如果女性能在高等学府同时教两个性别的学生,从此我们怎么能说男性比她们更高等呢?事实上,我要告诉你们:女人被当作人看的时代就要到来了。"

通过提取镭,证明该种元素的存在

*

玛丽是那个唯一做到了的人。因为她那带有悲伤色彩的名望,她的沉穆,因为她内敛的仪态、清晰的目标,她打动了一个人:安德鲁·卡内基。

他决定为她的研究提供经济资助,他知道怎样优雅地做到这

---

1 *Le Journal*,一份法国日报,在1892年到1944年间于巴黎发行。

一点。

在国际科学界的眼中,她是一个坚毅的人,在自己的领域内她是没有对手的绝对权威,一颗耀眼的明星。因为她是一个女人,在科学的星群中闪耀。

但是她"神经很脆弱",来开会的某位医生这样告诉她。神经从来不会脆弱。他们说人只会是身体某些部分生病了。

但在1910年,没有人知道一个叫弗洛伊德的医生已经在给朵拉做心理分析了。

是去恩格丁[1]的旅行让她恢复了。

悲伤以及她的孩子

*

许多年以后,等女儿们大了她才能和她们谈起她每天在做些什么。如果说她从不谈起她们的父亲,也不允许别人在她面前提起他的名字,那是因为新鲜的伤口太容易出血,而一个人怎么能在她的孩子面前流血呢?

通过闭口不谈来控制她的情绪是她的规矩,她严格照做。这对沟通当然是不利的。

但她理解什么是重中之重:一贯性。

---

1 恩格丁山谷,瑞士境内阿尔卑斯山的一段。

第二个诺贝尔奖

*

同一年的夏天，1911 年，瑞典学院的评委会愉快地再次颁给她诺贝尔奖。这次是化学奖，只颁给她一个人。

但收到消息时，她的心中充满了风暴，相比之下，学术界的这一点小小涡流不过是一场春雨。简单说来，因为和某个已婚男人——朗之万[1]——的关系，玛丽·居里一度不再被认为是一个令人尊敬的女人了。

和实验室工作人员的冲突

*

工作上也不总是一帆风顺。例如，有一天实验室的头目大敲她的门并喊着：

"骆驼！骆驼！[2]"

无疑她可以是。

她什么事都做得出来。

---

[1] 保罗·朗之万（Paul Langevin，1872—1946），法国物理学家。曾是皮埃尔·居里的学生，后成为玛丽·居里的情人。
[2] 在法语中，将某人叫作"骆驼"带有侮辱色彩。

中场休息

*

多亏了玛尔特·克莱因,她发现了南法的美,8月的晚上,人们睡在阳台上,在地中海温暖的海水中,她又开始游泳了。游客很少。海滩上只有几个英国人……

她唯一的占有欲是对于石头的,而这种激情变成活生生的了:她要在布列塔尼买下一栋房子。

她还是那么纤瘦、苗条、灵活,走路时光着双腿,穿着帆布鞋,举手投足间就像一个少女。根据状况不同,她有时候会比实际年龄看起来年轻十岁,有时候则是老十岁。

她戴眼镜已经有一段时间了,但这不是再正常不过的吗?

请求得到一克镭

*

在证据面前,勇气、决心、自信都是无用的,就算它们让这位放射性女皇两度赢得诺贝尔桂冠:巴黎是一场盛宴,但法国科学是贫血的。她能向谁,向什么寻求帮助呢?

科学界最活跃的那些人一有机会就会发出警告,用自己的声音,用笔:不管是为了国家地位、产业竞争还是社会进步,一个不投资科研的国家必将走向衰落。

这一点,每个人或多或少知道一点儿——是少而不是多——

在今时今日。

小姐

*

后来，在 1920 年 5 月的某个早晨，玛丽在居里馆她的办公室接待了亨利-皮埃尔·罗什，一同来的还有一个有着大大的黑眼睛、头发花白、略有些跛脚的女人：马丁利·梅洛妮太太[1]，她的朋友们叫她小姐。这身材娇小的小姐是一份有着良好声誉的女性杂志的编辑。

谁也未曾料到的事情将要发生了。这是一种神秘的共鸣，如 C 大调和弦一样坦荡。一段友谊开始了，它的影响是不可估量的。

玛丽对这个奇怪的小东西十分友好，谁知道是因为什么呢。

请求得到一克镭

*

总而言之，居里夫人很穷。这个国家也很穷。

不可置信！这会让第五大道两旁小屋里的人大吃一惊的，当然。

小姐心地很好。她喜欢崇拜别人，而玛丽在她看来是一个值

---

[1] 玛丽·马丁利·梅洛妮（Marie Mattingly Meloney, 1878—1943），美国女记者、社交名媛，是居里夫人和埃莉诺·罗斯福（美国第 32 任总统罗斯福的妻子）的朋友。

得崇拜的人。因为这种性情,再加上她极为实际,小姐将自己比作一辆火车头,要是移不动山的话也至少能移动好多节火车车厢。

一克镭需要多少钱?一百万法郎,或者说十万美元。为一项崇高的事业,一个高尚的人提供十万美元——这一定能办到。小姐相信她能从一些有钱的同胞那儿筹到这笔钱。

她动员了石油大王约翰·D.洛克菲勒的太太,时任副总统、后来的总统卡尔文·库利奇的太太,以及几个同样级别的女士。

她迎难而上——也就是说,她争取到了每一位纽约报纸编辑的同情。

美国之旅

*

小姐获得了成功,但看来玛丽要亲自去拿她的那克镭了。同时,一本广泛宣传的自传也会给她带来可观的版税收入。小姐本人会从中得到什么利益呢?完全是道义上的。

是这样吗?毫无疑问。

友谊

*

她们之后的通信,有时候是每天都有的,它们证明了这两位武士之间友谊的坚固性,她们同样虚弱,也同样无畏。

要是有谁对自己的评估是她真正的价值,那个人是玛丽。要是有谁准备好了支付它,那个人是小姐。但是要小心:两方面都必须是可依赖的。

玛丽说她会自己去取那一克镭。她确认吗?她确认。她说她会写自传。她确认吗?她确认。很好。

小姐说,比利时国王和王后待了六个星期。镭女皇这次访问的规格可不能比前者低。

健康
*

她在给布朗尼娅的信中说:"我的视力退化了许多,或许没有什么可以做的了。我的耳朵也老是嗡嗡作响,经常很厉害,很折磨人。我很担心:我的工作可能会受到牵累——或者将变得不可能。也许我的问题和镭有关,但我不能确定。"她为发现镭感到内疚了吗?这是她第一次提到这一点。很快她将会获得她的两只眼睛都患有白内障的确切消息。

美国之旅
*

居里夫人将要从美国总统的手中得到那神奇的物品,一克镭,这是一次得到全国性关注的交接。

她和许多人握了手,后来有人弄伤了她的手腕。

那天晚上,小姐确切无误地知道了玛丽是谁。对方也是。

绝妙战果:玛丽获得了五万美元作为自传的预付金,不过这本书会是枯燥无味的。小姐每一次都实现了她的承诺,甚至更多。

离 别
*

她美丽而清澈的麻灰色眼睛一天比一天浑浊了。她确信自己很快就要失明了。玛丽和小姐抱着彼此哭了起来。

不过,还是让我们先说出来吧,这两个苗条的、快要死去的人却还是要见面的。那是在七年之后,还是在白宫里……

小姐和玛丽无疑属于同一种人。不能被征服的人。

时 光 流 逝
*

如今,布朗运动的发现者佩兰[1]的红色发卷已经变白了。

---

[1] 事实上,布朗运动是 1827 年由英国植物学家罗伯特·布朗发现的,后佩兰用实验证明了其真实性。

科学会议

*

这些要她到处跑的会议对她造成了很大的负担。她从中只得到一个乐趣：因为依然喜欢旅行，她会跑开，去发现各地的美景。她做了五十多年的隐士，几乎什么都没有看过。

她在世界各地给她的女儿们写信，描述她的所见。南十字星座是"一个非常美丽的星座"。埃斯库里亚尔[1]"十分壮观"……格林纳达[2]的阿拉伯宫殿"十分漂亮"……多瑙河的岸边连着山。而维斯瓦河[3]……啊！维斯瓦河！河边的沙滩是那样迷人，等等。

玛丽的病

*

1934年5月的一个下午，玛丽来到实验室里预备工作，但她咕哝道："我发烧了，我要回家……"

她在花园里走了走，查看了一下她种的玫瑰，有一株长得不太好，她叫人立刻着手处理……她这天不会回来了。

她怎么了？据说什么问题都没有。但是她没有力气，还发着烧。她被送到了一家诊所，然后又被送到了山区的一家疗养院。烧经久不退，但她的肺是完好无损的。她的体温还在上升。她已

---

1 西班牙卡塞雷斯省的一座城市。
2 位于东加勒比海的岛国，人口11万。
3 波兰境内最长的河流。

经抵达接受天恩的时刻了,但就算她是玛丽·居里,她还是不想接受这个事实。事实是她即将死去。

玛丽之死

*

在查看小手里握着的体温计的时候,她将最后一次愉快地微笑,她看到她的温度突然下降了。但她不再有力气去做记录了,尽管她是从来都不会落下任何数据的人。下降的体温宣告了终点的到来。

医生来给她打针的时候,她说:

"我不想打针。我想一个人静静待着。"

直到十六个小时之后,这个不想死去的女人的心脏才停止跳动,不,她不想死去。她六十六岁。

玛丽·居里-斯卡洛多夫斯卡的生命旅程终结了。

在她的棺木入土的时候,布朗尼娅和她们的哥哥约泽夫往上面扔了一把土。波兰的土。

这就是一个令人尊敬的女人的故事的终结。

玛丽,我们向你致敬……

总 结
*
她属于在单一的领域里深耕的人。

附 言
*
不管怎样,几乎整个物理学家和数学家群体很长一段时间内都会强烈拒绝打开朗佩兰所称的"永恒的新窗口"。

33

黑森人[1]米尔

黑森人米尔后悔杀了他的狗,他把它的头拧断时还在痛哭。可是除了这条狗还有什么可吃的?在这个冻死人的深山里,周围一个人也没有。

黑森人米尔跪在石头地面上,大声咒骂,骂他的坏运气,骂他破产的公司,骂他战火中的国家,骂他参战的同伴,骂允许这一切发生的上帝。然后他开始祈祷:这是他唯一能做的事。在孤独中,在仲冬里。

黑森人米尔在石头间蜷起身子,手夹在双腿间,下巴缩在胸口,战胜了饥饿,战胜了恐惧。他被上帝所遗弃。

---

1 指的应是美国独立战争期间英国政府从德国黑森地区征来的雇佣兵。独立战争期间,英国从德国共征来三万雇佣兵,占英军总人数的四分之一,其中一半是黑森士兵。

狼群将黑森人米尔的骨头扔得到处都是,将他的头骨带到了水边,将一根踝骨丢在了山上,将一根股骨带回了洞里。狼群之后是鸦群,鸦群之后是圣甲虫。圣甲虫之后,是另一个士兵,他也是一个人在山里,与世隔绝。因为战争还没有结束。

34

我在国外
某地的邻居

院子正对面住着一个中年女人,她是我们这栋楼里的小头头。有时她和我会同时打开窗,我们有一瞬间会带着惊骇看着对方。每当这时,我们当中的一个人会抬头看天,就好像是要查看一下天气状况,另一个则低头看着院子,就好像是看看迟到的客人来了没有。两个人都努力避开对方的目光。然后我们会从窗边走开,等待一个更好的时刻到来。

不过,有时候我们两个谁都不想退让:我们垂下眼睛,一连好几分钟都站在那里,距离近得几乎都能听到对方的呼吸声。我旁若无人地给窗台花箱里的植物剪枝,她也同样全神贯注地莳弄着窗台上排成一排的西红柿,将养在一个瓶子里发黄的欧芹理好。我们俩都是那么安静,屋檐上鸽子的翻腾扑棱声都显得很响。我们的手在颤抖,这是表明我们知道对方在场的唯一证据。

我知道我的邻居过着无可指责的生活。她整洁,有秩序,保持着稳定的习惯。她的生活习惯和这楼里的其他女人没有什么不同。我一直观察她,我知道情况就是如此。

比如,她起得很早,起床后会给房间通风;然后,透过她半开的活动窗板,我会看到一个像大白鸟一样的东西在她昏暗的房间里上下翻飞,我知道那是她在铺被子。上午晚些时候她强壮的白手臂会往客厅窗外挥动几次,那是她在掸一条干净的抹布;中午,穿着居家服系着围裙的她会把窗台上的植物拿回家,然后我很快会闻到做饭的香味;两点钟她会把一条洗碗毛巾夹在厨房窗外的短绳上;黄昏时分她会把所有窗板关起来。每隔一周,她会在周日下午招待客人。我知道的就是这些,但剩下的不难想象。

我自己和她以及这栋楼里的其他人一点儿都不像,虽然我一直努力学习他们的生活,以期赢得尊重。我的窗户是脏的,窗沿上积着一层蕾丝花边似的煤灰;我很晚才洗衣服,中午下暴雨前才会把它们挂出去,这时我的邻居们早已把衣服叠好收起了;天黑时,听着四面关窗板哐哐作响的声音,我知道我也应该把窗子关起来,但我做不到,我会让窗子继续开着好享受最后一点天光;午夜,所有人都睡着时我还是不停地走来走去,木地板的吱呀吵到了楼下邻居;我很晚才会把垃圾桶拎到楼下院子里,这时所有的垃圾箱都是满的:然后我抬起头,发现楼门已经关上并被闩上了,就好像是为了防止外人闯进来一样,而这时只有隔壁的房子里有几盏灯还亮着。

我很怕现在对面的那个女人已经发现了关于我的一切,对我形成了一些不那么好的看法，并且将要和她在楼里的朋友们一起采取行动。我已经看到过她们聚在楼道里说话，听到过她们充满恶意的嘀咕声在楼梯上回荡，每天早上她们买东西回来时都会在楼梯扶手上靠着休息一会儿。她们已经公开地用嫌恶与怀疑的眼神看我了，她们随时会相互传阅一份针对我的投诉书，就像所有我住过的楼里的其他邻居一样。之后我又得再找一个新住处，为了尽快离开，那地方会比我现在住的地方还要差，在一个更穷的街区。我需要告诉房东我要离开的事，房东会假装对邻居做了什么一无所知，但他一定知道发生了什么，他一定收到并读了那封投诉书。我需要再次把东西打包装箱，雇一辆货车来帮我搬家。就在我把一个个箱子搬到等着的货车前时，就在我艰难地打开从公寓到街上的一道道门，留意着不要刮到什么木构件、打碎什么玻璃板时，我的邻居们会一个个走出来送别我，就像从前的每一次一样。他们会对我微笑，为我拉门。他们会提出帮我搬箱子，对我表现出一种真诚的兴趣，就好像一直以来，只要有一点点机会，他们就会愿意和我做朋友一样。但事到如今情况已经太糟了，我没办法再回去了，虽然我很想。我的邻居们是不会理解我为什么要那么做的，在我们之间又会竖起一堵憎恨之墙。

但有时，当楼里的气氛变得太过苦涩压抑，让我无法承受时，我会到城里去，走回我曾经住过的那栋房子。我会站在阳光下和我从前的邻居聊天，在他们温暖的迎接中找到安慰。

35

（打着嗝的）口述史

———

我姐姐去年死了，留下了两个女儿。我丈夫和我决定收养她们。大的三十三岁，在一家商场做买手，小的刚满三十，她在州政府预算部门工作。我们有一个孩子住在家里，而且房子也不大，所以会有一点儿挤，但为了她们着想，我们愿意这么做。我们会让我们十一岁的儿子从他的房间里搬出来，让他住进那个小一点的缝纫机房。我会把我的缝纫机放到楼下。我们会在我儿子的房间里为女孩们放一张双层床。那个房间不算小，有一个衣橱和一扇窗户，卫生间就在走廊那边。我们必须要求她们别把所有东西都带过来。我猜想为了融入这个家，她们愿意做出这种牺牲。她们也必须注意她们在晚饭桌上的言辞。有我们的小儿子在场，我不希望有任何公开的冲突。我担心的是几个政治问题。我的大外甥女是一个女权主义者，而我丈夫和我都觉得如今饭桌上的谈话都太针对男性了。另外，我的小外甥女可能比我的大外甥女或我丈夫和我都要更加亲政府。不过她经常不在，因为她经常出差。再说为了应付我们自己的小孩，我们也学到了一些谈判技巧，所以对她们两个，我们也应该能应付得过来。我们会试着保持坚定的立场和公平的态度，就像在我们的大男孩离开家里之前我们对他的那样。要是我们不是马上就能应付过来，她们总是可以回到自己的房间去冷静一下，等她们态度文明了，准备好出来了再说。不好意思。

36

病人

病人刚入院的那天,年轻的医生就对她的近端结肠做了手术,他确信这是她的病症所在。但他受的医学训练不够好,教他的医生都是些粗心大意的人,他很快就被送出了学校,因为他很聪明,这个国家又很缺医生;医院人手严重不足,由于政府管理不善,医院大楼也日渐破败:碎裂的石膏堆满了走道。因为这一切,或者某些其他原因,女人的病情不仅没有好转,反而迅速恶化了。年轻的医生什么办法都试过了。最后他承认没有什么他能做的了,女人即将死去。死掉第一个病人这件事让他极为痛苦和内疚。但他同时又感到一种奇异的激动,他感到自己加入了重要的男人的行列,就像上帝一样,手里掌握着他人的生命。然而,令人费解的是,女人并没有死。她进入了早期昏迷,无比安静地躺在床上。时间一天天过去,女人的情况丝毫未变,年轻的医生对这一动不动的女人越来越愤怒。他夜不能寐,眼里布满血丝。他食不下咽,变得日渐憔悴。最后他再也控制不了他的挫败了。

他走到她的床边,对着她黄瘦的脸一拳又一拳地打下去,直到她变得失去人形。最后一口气从她的嘴巴里吐了出来,青肿变形的她死去了。

37

对 与 错

她知道她是对的,但是在这个情况下,说出她是对的就是错的。在某些情况下,虽然你是对的,但说出了这一点就是错的。

在某些情况下,她可能是对的,而且她可以说出来。但如果她过多地强调这一点,她就错了,错得连她的正确都连带变成了错误。

在她的生活中,她依据自己的理念行事是对的。但在大多数情况下,向别人讲述她的正确行动就是错的。那么,连她的正确行动都连带变成了错误。

如果她表扬她自己,尽管她所说的可能是对的,但在大多数情况下,选择说出来就是错的,它会抵消或反转她所说的话,因此,尽管她做的某件事的确是值得表扬的,总的来说她却不配受到表扬了。

38

排版员阿尔文

阿尔文和我都在布鲁克林一家周报当排版员。我们逢周五上班。那是里根当选总统的那个秋天，报纸的每个人为此都有一种不祥的预感，并且心情抑郁。

老旧的灰色排版机上布满了划痕，它被放在厕所旁边一个小小的房间里。整天不断有人从厕所跑进跑出，我们耳朵里总是有冲水的声音。当我们在键盘上弯腰工作的时候，我们周围的软木公布板上钉着的一丛丛纸条不断加厚。潮湿的纸条上印满了铅字，等干了以后，它们就会被拼版的人拿走，变成报纸上的一栏栏文字。

我们的工作并不难，但它需要耐心和细致，而且我们总是有压力要工作得很快。我排的是稿件，阿尔文排的是广告。只要机器有几分钟不响，老板就会下楼来查看是什么拖延了我们。所以阿尔文和我吃午饭的时候也在打字，在我们聊天的时候，我们时不时也会聊聊天，我们都是偷偷摸摸的，眼睛越过机器看着对方。

我们都是蓝领工人。每次想到我们是蓝领工人这件事我都很吃惊，因为只需要一点点运气，我们也会是表演艺术家。我会拉小提琴。至于阿尔文，他是一个脱口秀喜剧演员。每个星期五阿尔文都会和我谈起他的演艺生涯和他的生活。

七个月以来他一直在一家知名的俱乐部试镜，不过毫无结果。最后经理终于心软了，给了他一个位置。现在他每周日凌晨会在一个奇早的时间表演五分钟，以结束一天的节目。观众有时候喜欢他，有时却一点儿反应都没有。要是经理偶尔让他表演到十分钟或是给了他一个早一点儿的时间，比如九点半，阿尔文就觉得他的职业生涯有了重大进展。

阿尔文无法描述他的艺术，只能说他不事先准备台词也没有常规套路，他不知道舞台上会发生什么，且这种无准备是他表演艺术的一部分。不过，从他对我说的几段独白来看，他的一些段子是关于性的——他讲了一些关于奶油和精子的笑话——还有一些是关于政治的，此外他还喜欢模仿。

他表演时通常不用道具。11月份，在选举日的那一周，他在表演时头上戴了一块红、白、蓝三色美国标志的带有爱国主义色彩的方巾。不过，大多数时候台上只有他自己，就好像他严肃的长脸是一副面具，或者他的身体是一具被上面牵着的线控制的提线木偶，纤瘦、松散、浮在地板上。他的姿态、他的沉默、他的秃头和他的着装让他显得很突出。他上台时穿的是和上班时同样的衣服：深色的正装裤，上身则常常是廉价的合成材料做的衬衫，白色背景上印着棕榈树或松树的图案。

我到办公室时，阿尔文通常已经在他的机器前坐着了，脱了鞋，他瘦长的鞋子躺在我的机器旁边。要是阿尔文心情不好，我们两个谁也没有什么话。要是他兴致高昂，他就会控制不住地不断从机器上俯过身来，和我说话。有时我在和他说话，他却只是目光空洞地看着我。之后他会对我承认他一连好几天都在抽大麻。

在排版机的滴答声中阿尔文告诉我他和他的妻子、儿子分开了。阿尔文的儿子不喜欢他的朋友，也不喜欢他吃的东西，并一再以同样的理由拒绝和他见面。他对我描述了他的那帮朋友——一帮住在布鲁克林的素食主义者。他打算和这群素食主义者一起吃感恩节晚餐，圣诞假期则打算住在基督教青年会里。他对我讲述他的旅行——去波士顿和新泽西某些地方的旅行。他想要我和他出去约会，说了好多次。我们去看了一次马戏表演。

他告诉我有一个排版员经纪公司一份活儿都没给他找到。"在你眼里我是一个有雄心的人吗？"他问。他向我抱怨我们办公室里的混乱，抱怨交给我们排的稿子写得很差。他说改正拼写和语法错误不属于他的工作。他激愤地说他不会做不是他分内的事。他和我都觉得我们的上司不如我们，但我们却经常被当作没文化的人来看待，于是我们的情绪就更强烈了。

因为阿尔文心地很好，也因为他对报纸的其他同事毫无保留，因为他的风格是掩藏他的真实自我，将自己呈现为一个搞笑人物，所以很多人都很喜欢他，但他也很自然地成了一些人攻击的目标：比如，制作部的经理就一直催他放快手脚并老是让他重排广告，还在他背后说他坏话。在这种刺激面前，阿尔文保持着受伤的骄傲。但比制作部经理更坏的是报纸老板，一周里的大部分时间他都待在楼上的办公室，但在出报日他会下到制作部来，和其他员工一起坐在凳子上。

他是一个留着红色小胡子、戴眼镜的小个子男人，穿着蓝色牛仔裤，法兰绒衬衣塞到裤腰里，激动起来身上会散发出一股除臭剂的味道。他总是走得很快，进出厕所比谁都迅速：厕所门刚在他身后关上我们就听到了头顶水箱的巨大轰鸣，然后他马上又从门后冲了出来。一周里的大多数时间他都和他的员工有说有笑，虽然不是对我们这些排版员，他也会容忍他的人像漫画在墙上贴得到处都是，容忍厕所墙上关于他的评语。然而，在出报日或是报纸出了什么问题的时候，他会被一种灾难感驱使，对我们一个接一个大发脾气，用难听的话训斥我们，这时大家都一声不吭。除了这种待遇更让人难以接受的是我们的报酬很低，而且我们的薪水支票经常会被退票。楼上的会计老是搞不清楚报纸的钱都在哪里，而且她要用手指头来算数。

阿尔文受到的待遇最糟，而且他很少为自己辩护："我以为你说的是……我以为他们要我……我以为我应该去……"他的每一次回应都会引发老板的又一轮攻击，直到阿尔文停下不说。我为他这么没骨气感到难为情。他担心会丢掉工作。但圣诞节过后他的态度变了。

假期里阿尔文和我都去表演了。我在一场《弥赛亚》选段的音乐会上拉小提琴。阿尔文是在附近一个朋友办的俱乐部里表演脱口秀，唱歌，一个人演了一整个晚上。演出前他给大家发了一张复印传单，上面印着倾斜的文字和一张他本人头戴贝雷帽的照片。在宣传语中他称自己"广受好评"。演出的票价是五元。我们的报纸登了一张广告，所有同事都对它表现出了强烈的兴趣，然而那天晚上到来时，报社一个人都没去看。

演出之后的那个周五阿尔文来上班时，有那么几分钟他成了众人注意的焦点，他的身上带着一圈名人的光环。但他说那天的情况其实很惨淡。现场只有五个观众。其中有四个是他的演员同行，第五个是他的朋友艾拉，她在整个脱口秀表演过程中一直在说话。

阿尔文将他的失败描述得绘声绘色。他描述了那个房间，他的主人朋友，还有他的朋友艾拉。他说了五分钟。老板也在和其他人一起听，但他变得越来越烦躁，越来越分心，他对阿尔文说还有工作在等着他呢。阿尔文退让地举起一只手，回到了排版间。制作部的人回到了他们的凳子上,在纸页前弯下腰。我们的机器又开始轰响起来。老板匆忙上楼去了。

然后阿尔文停止了打字。他的瞳孔放大了,表情漠然。他站起身来,走了出去。他对整个制作部的人说:"听着:我有工作要做。但我还没有开始。我想先为你们表演一段。"

制作部的大多数人都笑了,因为他们喜欢阿尔文。

"现在我要模仿一只鸡。"他说。

他站到了一张凳子上,开始扇动双臂,并开始咯咯叫。房间里很安静。制作部的人像一群休憩的鹭鸶一样坐在高脚凳的边缘上,盯着这只秃头的鸡看。没有掌声,阿尔文耸耸肩,跳下了凳子说:"现在我要模仿一只鸭。"然后他弯着膝盖并着内八字的双脚摇摇摆摆地走过房间。制作部的人一个个面面相觑。他们的眼神像麻雀一样到处闪动。他们稀稀拉拉地为阿尔文鼓起了掌。然后阿尔文说:"现在我要模仿一只鸽子。"他摆动着肩膀,脑袋前伸后缩,像一只求偶的鸽子一样打着圈大踏步地走。他成功地展现出了一只雄性鸽子那种炫耀的神态。他突然停下来,对他的观众说:"好了,你们就没有活要干吗?你们在这里傻坐着干吗?这些活儿昨天就应该弄完了!"他头上剩下的那一点点头发向前伸着,就像通了电一般。他咽了一口口水。"我们就是这种东西,"他说,"一群傻鸟。"

观众脸上的笑容消失了。光秃秃的12月底的消沉,对于一个削弱的政府的恐惧，对它的压迫性的畏惧又一次压在了我们的心上。

这突然的沉默被对街教堂的钟声打破了。制作部经理条件反射地看了一下表。阿尔文的身体塌了下去。他转过身，回到了我们的小房间。他的后脑勺上都显示着挫败。

有那么一会儿所有人都无比惊奇地看着他。他重重地倒在了排版机前，孤独地，脸上冲刷着街上荧光灯的灯光，被刚刚的表演弄得筋疲力尽。他的表演不是那么好笑，事实上，他是个坏演员，但他的表演中有一种令人印象深刻的东西：他沉重的决心，他狂暴的感情。制作部的人一个接一个回去工作了：石头桌面上，纸页响动着，剪刀咔嗒着，收音机响着，人们互相嘀咕着。我坐在我的机器旁，阿尔文抬起耷拉的眼皮看着我。他的表情中显示着过去几个月里全部的伤害、耻辱和嘲笑。他正色说："他们觉得我一文不值。他们爱怎么想就怎么想好了。我自有计划。"

39

特别

我们知道我们非常特别。但我们一直想弄明白是怎样的特别:不是这样,不是那样,那么到底是怎样?

40

自 私

───────

做一个自私的人好处是当你的孩子受伤时你不会那么介意，因为你本人没事。但如果你只是有一点自私的话就没有用。你必须非常自私。情况是这样的。如果你只是有一点自私，你会为他们费一点心，给他们一定的关注，他们大多数时候都有干净的衣服穿，头发也经常剪，但是上学需要的文具不全都有，或是他们需要的时候却没有；你喜欢他们在身边，他们讲笑话你会笑，但是他们淘气的时候你会很没有耐心，你有工作的时候会嫌他们烦，他们很淘气的话你会很生气；你理解在他们的生活里为什么一定需要某些东西，你理解他们和朋友一起做的某些事情，你问问题，但是不是很多，不会超过某个限度，因为时间是那么少；然后麻烦开始了，但你没有注意到它的征兆，因为你太忙：他们偷东西，你会疑惑家里怎么会有那个东西；他们把偷来的东西拿给你看，在你提问时，他们会撒谎；他们撒谎，你信了他们，每一次都是，因为他们看起来是那么真诚，因为查明真相需要花费太多时间。好吧,如果你是自私的,这就是有时候会发生的情况。但如果你不够自私的话,这之后,当他们碰到大麻烦的时候你会受苦,但尽管受苦你还是会继续自私下去,因为长期以来习惯如此,你会说,我要发疯了,我的一生完了,我还怎么活下去呀?所以如果你想自私的话,你必须比那更自私,就是说尽管你会为他们碰到麻烦感到遗憾,真诚而深切地遗憾,就像你会对你的朋友、熟人和家人说的那样,但私底下你会为那件事不是发生在你自己身上而感到解脱、高兴,甚至是欣喜。

41

我的丈夫和我

我的丈夫和我是连体双胞胎。我们的额头是连在一起的。我们的母亲喂我们吃饭。当我们有欲望交合时,我们的下体也连在了一起,形成像是某种墙树的圆环。时间一天天过去。我和丈夫的下体分开了,我生了一对双胞胎,他们不像我们那样是连在一起的。他们在地上扭动。我们的母亲在照顾他们。他们在大多数时候都是不对称的,即便是在他们睡着时、躺着不动的时候。醒着的时候,他们总是离彼此很近,就像被皮筋绑在了一起一样,他们离我们和我们的母亲也很近。晚上这联系变得更加紧密,我们贴在一起躺成一堆,我丈夫坚硬的肌肉靠着我柔软的肌肉,靠着我们的母亲一条条老化的肌肉,以及我们的小孩纤小的肌肉,我们的手臂像是许多条蛇一样缠在一起,我们身后的田野里传来遥远的砰砰作响的音乐。

42

春日的怒气

我很高兴叶子长得那么快。
很快它们就能把邻居和她哭叫不停的小孩给挡住了。

43

她的破坏

———————

厨台上堆着一堆塑料包的酸梅酱、酱油和芥末酱,那是他们去中餐馆吃晚餐后带回来的。愤怒中她被这些光滑咻溜的小包刺激了,她一拳冲着它们打了过去。有两三包裂开了。她流着眼泪,什么也看不清楚。她的浴袍袖口染上了芥末酱,第二天早上他在屋顶、两扇窗户和一面墙上发现了酱油渍,又或者是酸梅酱。她把窗户清理干净了,但屋顶上的却弄不掉,因为酱渍浸透了白色的涂料,等她放弃尝试时她又发现带清洁剂的水滴滴到了木地板上,染花了地板表面。

几天后,手里抱着孩子的她在这栋旧房子的餐厅里一脚踩空了,那块木板因为闹白蚁被移开了。她的胳膊严重擦伤,不过孩子没有事。后来她早上做咖啡时又用咖啡粉把咖啡机堵住了,带咖啡粉的水漫到了厨台又滴到了地上。她用水池上的活动喷头喷到了自己的侧脸。往烧木头的壁炉里添柴时她烫伤了手。孩子翻到了床边,掉到了地上。在零下的天气里,她在近傍晚时带孩子出去散步,孩子的脸变红了,痛苦地哭叫着。那是在假期里。

他们在晚餐前平和地说着话。他说她也许需要多睡点觉。她正等着烤箱预热,但她忘了转烤箱转钮。

晚饭时,他指出酱油还溅到了水果碗里的苹果上和餐桌边的地灯上。他又提醒她她还弄坏了厕所坐垫。那是一只昂贵的红色瑞典产厕所坐垫。马桶盖从她手里滑了出来,掉下来砸裂了坐垫。他马上将整个坐垫卸了下来,换了一只绿色的。

他还换了露台门上的塑料薄膜,因为她在冷风里忘了关门,薄膜被吹坏了。然后她第二次弄断了卧室门上面一根电线的连接。他站在一把椅子上修理它,她问要不要她帮忙打手电筒,他说不用,下次发脾气的时候不要摔门就好了。

最近发生的一件事是她拍了一卷筒照片,但相机里没有胶卷,不过这没有费什么钱也没有造成什么伤害,只是小孩摆了很多姿势很累,她为那些损失的照片感到可惜,她能清楚地记得其中的许多张,最后一张是一艘拖船拖着一艘油驳船穿过初冬的冰面逆流向她驶来,她站在窗口,开始意识到相机里没有胶卷。

44

工人

因为我们现在住在乡下，我们接触到的便只有来为我们干活的工人。他们独立、自主，他们很早就开始干活，很卖力，中途也不停下来休息。上周来的是比尔·布雷，他来帮我们安装洗衣机。下周会是杰·尼克博克，他要来帮我们拆掉前门廊。今天是汤姆·塔特。汤姆·塔特的活儿是帮我们拆除一些电线。但是他在哪儿呢？清早我们一起站在厨房里想着。汤姆·塔特在哪儿呢？我们走出门去。他的活儿已经干完了，他正在用一把小黑钳剪电线呢。

45

在某个北方国度

马金[1]年过七十了,身体也不太好。他的腿瘸了,肺也比较虚弱。要是他的妻子还在世,她是不会让他去的。实际上他的朋友也让他在家等他的弟弟迈克回来。但是他从来都是除了他妻子的话谁的话也不听,现在他是谁的话也不听了。

他已经接近希利特了,如果特尔斯克国土办公室的地图没弄错的话。他从一大早就开始走路了,走得很慢,脚已经走酸了。午饭时间他才看到这个镇子,他弟弟的明信片就是从这儿寄出来的。那么,卡索维应该就在这儿的北边几英里远。

他把包放到雪地上,开始揉搓他抽筋的手指。他抬头看希利特镇:街道两旁的房间很狭小,窗上的窗板是关着的。许多人家的屋顶塌陷了,塌到了门槛边。在街道顶头的水井边,几棵松树底下,两个老女人坐在长凳上打毛衣。他拿起包向她们走去,她

---

[1] 这篇小说是作者创造的一个想象世界,故绝大多数人名与地名都是虚构的。译文为译者参考《世界人名翻译大词典》与《世界地名翻译大词典》做的近似音译。

们停下来盯着他看。

她们一直没听懂他在说什么,直到他放开喉咙大喊。然后其中一个人张开了嘴,但是没有说话,只是朝街对面指了指。

在屋檐下的阴凉处,一个男人坐在那里用一把破梳子梳理他的棕色胡子。他的目光停在了马金身上。他身旁的小道上停着一辆敞篷车。

马金过了街。"你能送我去卡索维吗?"他用特尔斯克语问。男人停下了动作。

"没有这么个地方。"他说。

"一定有。"马金说。他拿出他弟弟寄给他的那张折了的明信片,送到男人眼前。

"没有。你弄错了。"

马金把包放下来,照着男人的脸挥了一拳,明信片被弄皱了。他不想和男人争辩。"我没弄错。"他大叫道。他的嗓子都哑了。

男人吓到了。"好吧,"他说,说着往手掌里啐了一口,擦到靴子上,说,"我不常去那儿。"

马金气得发抖,血直往他太阳穴上涌。"多少钱?"他问。

"就收五十吧。"男人说。马金从裤子后面的口袋里抽出钱包,往男人手心里放了两枚硬币。

马金拿起包,跟着男人往车那边走去。男人爬到了司机的座椅上，目光直视前方。马金将包举上了后座，自己也爬上去坐在旁边。他坐下来时，弹簧一下子沉了下去，他感觉就像坐在了一根铁杆上。他没有动。

引擎突然发动，车子向前一冲，将马金甩到了座椅靠背上。车子滑到了雪地中的车辙里。每一次拐弯，为了躲避打向他的树枝，马金不得不一直往两边闪避。车子开过去时，两只鸽子扇动翅膀飞走了。

司机表现出的敌意让马金很不解。车子在一成不变的树林里开了一个小时，他变得越来越不安。他的寻找可能是无望的。他弟弟已经好几个星期没有消息了。况且他自己也不知道能挺多久。"这简直是疯了，"他突然对自己说，"我一只脚都已经入土了，我还大冬天跑到这个北方国家来，指望能把这件事办成。玛丽一定会笑我的。"他将外衣的领口往下巴底下拉了拉。

他们终于到了卡索维。在他们驶进一大片空地时，马金看到一些穿着黑衣服的女人像影子般从雪堆丛中穿过。许多男人在家门口蹲着。

马金拿起包跳下车，背靠在车门上。他抬起头，看到几个人正围在一起朝他看。女人们慢慢往前挪：她们的目光从他的脸上移到他的包上，但是谁也没有说话。马金在那些表情呆板的男人中间寻找村庄首领，人们开始变得不安。他们不知道他要做什么。

"怎么回事？"马金问司机，后者坐在位置上没有动。"他们在那里等什么吗？他们为什么盯着我看？他们怎么不说话？"

"他们为什么要说话？"司机终于开口说，"再说你也听不懂他们的话。没人能听懂他们的话。他们连特尔斯克语都不会说。"他往方向盘上捶了一拳。"我还送过一个老头到这里来。那是几个月以前的事了，那以后没有人听到过他的消息。"他往雪地里吐了一口痰，鄙夷地看了那些村民一眼。马金还没能开口说什么，他就往喇叭上一倒，掉转车头往林子里开走了。

马金不知道接下来要做什么。村民一个个转身走了，不过他们有时还会回过头来看他，一只脚停在半空中。还有两个女人没有走。一个年纪很老了，瘦瘦的，穿得破破烂烂。另外那个年轻一点，结实一点。年老的那个开始往前走了，她把她的头巾紧了紧，张开嘴笑了一下，嘴里一颗牙也没有。另一个抓住了她的袖子。

"尼尼尼尼尼。"年老的女人说。她的舌头顶着上颚，眼睛从头巾底下闪躲地望出来。她挣开了年轻女人，又开始往前走了。年轻女人轻轻抓住她的肩膀，冲她嘶了一声。老女人转过头，吐了一口口水，然后又走开了，她的裙子在身后的雪地上拖着。

年轻女人示意马金跟上她。他们转上了一条小路，马金主要用一只脚撑着。走在树底下，他感觉寒冷像一把钳子一样夹住了他。他咳嗽了。呼吸时他的喉咙里浑浊不清。

小路穿过石头小屋蜿蜒向前。许多门前都趴着长着厚毛的狗,在马金和女人路过的时候冲着他们低吼。女人的小屋在路的顶头。她一只手放在门栓上,一边迅速回头看了马金一眼。站在她身后的马金闻到了一丝脏衣服的臭味。她开了门,马金想也没想就跟了进去。他被脏衣物的臭味熏倒了。慢慢地,屋外的空气换进来,他能够比较顺畅地呼吸了。

等他的眼睛适应了从屋后小窗及石头缝隙里透进来的微光时,他发现屋子被一块薄木板隔成了两间房间。左边的房间稍大一些,他看见里面有一张桌子,一只橱柜,几把椅子,一张床,后墙上挂着一只相框,里面是这个国家的首领穿着军装的照片。右边是一间小屋,没有门。他只看到一张窄窄的小床的一头,除此之外别无他物。女人站得离他很近,她推了推他的肩膀。

"呃,呃。"她说,并且点了点头。他走进了小屋,把包放在床边。他累坏了,连他自己的衣服的重量都承受不住了。他想躺一会儿,但身后的女人让他觉得不好意思。

他向窗外望了望,然后回过头来。女人已经离开了。他躺下来,紧紧地闭上眼睛。他已经不记得自己为什么会在这里了。在真正入睡之前他已经开始做梦。他梦见他坐火车穿过法国,不过那已经是几天前的事情了。随着火车的运动,他妻子的头发从发夹下滑落了下来。她在给他读报纸,就像小女孩一样,戴着过时的眼镜,穿着不合身的衣服。但在他的梦里他觉得自己才是那个身处错误地点的人。

不到两个小时以后,他醒了过来,他在房间一角的一个架子上看到了他弟弟的录音机。他等着这个形象消失不见。

现在这种情况经常会发生,随着他的记忆力逐渐衰退,他会重造出他记忆中的事物,将它们放置在它们本不存在的地方。

不过,录音机并没有消失,在它旁边他还看到一排整齐放着的笔记本,几件衣服,一只针线盒,一双拖鞋,一双靴子和一把刀。他的弟弟有可能在这间房间里住过吗?马金没有动,他担心他弟弟的东西又会消失不见。

大约十五分钟后,马金完全醒了。他起了身,走到了架子边。他触摸着他弟弟的东西,觉得很安心。这就是他弟弟的房间:他经常在他弟弟不在的时候来到他待过的房间里,不过这个房间和以往的所有房间都不一样。但这就是他弟弟的房间,这意味着虽然他弟弟已经不在这里了,但是他还会回来。

不过,如果是那样的话,那个女人为什么会允许他在这里躺下睡觉呢?也许她仅仅是想让她看一下这个房间,而不是想让他睡在那里。又或许她觉得他会在那里等他弟弟。不管怎样,这就是他现在在做的事。

但那些衣服有一股长期被闲置的衣服的霉味。笔记本粘在了一起,马金去碰其中一本时,它们那一堆都动了。也许他弟弟已经走了很久了。他肯定没有死,不然那个女人会把他的东西收起来的。除非这就是她放置它们的地方。

他走出房间的时候，女人正在往桌子上摆饭。马金抓着她的手臂，把她带进了小房间。他指着他弟弟的东西问她："这些东西的主人去哪儿了？"

她朝那些架子上的东西比手势，马金不理解那些手势的意思。她只说了一两个词，他无法将它们和特尔斯克语联系起来。他有点失望，但是并不吃惊。他弟弟来这里就是为了记录这种语言的。他曾说过它正在消亡。

马金放弃了，他不知道下一步该做什么，于是跟着女人回到了桌边。窗外，树底下拖着长长的紫罗兰色的影子。他坐了下来，觉得肚子很饿。他看了看食物。一块方方的干肉，旁边放着一小截面包。他知道他的老牙是咬不动那硬肉的。他拿起面包，一点一点地吃着，先让它在嘴里软化了才开始咀嚼。他的饥饿感渐渐消失了。

女人收拾桌子的时候，他点起了一支细细的便宜雪茄，但马上就开始咳嗽起来。想到已经走到了这一步，他感到了某种满足。不过他不知道要怎样才能找到他的弟弟：他发现自己很无助，因为语言不通。他摁灭了雪茄，把剩下的那截收进了盒子里。

女人穿上了外套，指了指门的方向。马金心里突然生起了希望，他想她现在要带他去找迈克了。激动中，他忘记了自己房间的方位。他愣愣地站在那里，直到女人把他往正确的方向推。他穿上外套，跟着她往外走。

屋外，鸟儿已经安静了下来；天上几乎没有一丝光了，空气很寒冷。匆忙中马金被看不见的树根绊了一下。他和女人快速地走过一个个门口，那些狗都已经不见了。马金以为他们离那个林中空地还很远，但天空一下子开阔了起来。他们来到最大的一间屋子前，窗口透出橘红的火光。马金感到有些口干。他吞了吞口水，跟着女人进了屋子。

他还没站稳，女人就不见了。一开始火光让他有些头晕。他低下了头。一条狗肚子贴着地、扭着身子朝他爬过来。房间里人很多。他们一言不发地看着他：在火堆旁边，男人们蹲在矮凳和长椅上，有节奏地往他们拉到脚踝的厚袜子里掏，抓挠着自己的头皮和耳朵；远处，女人们散乱地坐着，一边做针线活一边嘶嘶地叫着，不时地摇着头，嗫着嘴。

狗开始嗥叫起来，寂静一下子被打破了：一个长着鹰钩鼻的高个子男人朝着狗跑过来，它正趴在马金脚边，亮出了牙齿。一条长凳倒在了地上。男人朝狗的肚子踢了一脚。狗叫了一声，从人腿和凳子底下钻出去了。火堆旁的男人开始咆哮起来，女人们像动物一样奇怪地叫着。那条狗蠕到了一个角落。男人朝马金看着。

马金用特尔斯克语说："我是到这里来找我弟弟的，他是一个学者。我弟弟迈克是来研究你们的语言的。"他停下了,因为男人显然听不懂他的话,并且转开了头。男人在人群里寻找那个带马金来的女人,然后指了指她,他说的话喉音很重,在马金听来只是噪音。女人站起身来说了很久,足以解释她了解的一切了。男人抓着马金的袖子,让他在火堆旁的一条凳子上坐下来。他去和房间一角一个蹲在棋盘前的老人说了几句话,然后走开了。男人并没有回答。

马金点上了那根雪茄屁股,静静地坐了一会儿,他不知道接下来会发生什么。女人们安静地做着针线活,偶尔对彼此耳语一下。男人之间传着一只罐子。他们往一只陶制杯子里给马金倒了点酒。他们挠着头,说着话,时不时地朝马金笑笑,点点头。偶尔会有一个男人走过来,对他说几个英语单词,把马金吓了一跳。"不,不。天空。"一个人会说。另一个会说:"不,对,这儿。第二卷录音带。"

马金将烟头扔到了火堆里,盯着角落里的老人看。棋赛就快要结束了。每次俯在棋盘上时,老人长长的白发都会扫过对手坑洼不平的光头。老人每走一步,对方核桃一样的脸都会愤怒地拧紧。马金又点起一支雪茄,并咳嗽了起来。他太累了,都快坐不直了。突然间秃顶的老男人站起身来,他的头顶在火光下闪闪发亮。

"拉卡库。"他大声叫道,一拳打在了棋盘上。棋子——红色和黑色的圆盘以及几个石块和木块——飞了起来,像一阵冰雹一样落在地上。白发老人平静地笑着,他的鼻子差一点就贴着下巴了。

终于他望向马金,有点不情愿地走过来,在他身边坐下了。马金摁灭了雪茄,将烟头放回了盒子里。

"找老人?"白发老人用特尔斯克语问。

"我在找我的弟弟。"马金说。

"弟弟在这儿。"老人说。

马金变得兴奋起来。"这儿?"他指着地面说。

"不,不,不。"老人不耐烦地举起手,"弟弟在这儿。然后:弟弟走了。弟弟和男人走了——北边。迷路了。走了,迷路了。走了,死了。也许。"他用一只手指划过他的脖子。

"什么男人?"马金问。

"首领,表兄。"老人指了指他自己。"打猎去了。"他做了一个扣动来福枪的手势。

"多久了?"马金问。他在点雪茄烟头,虽然他并没有意识到这一点。所有人都很安静,不过他们什么都不懂。

"走两天,两夜。后来很冷,下雪了。走五个星期。"他抬起手,伸开五指。他又指了指自己,"我首领,很快。"他笑了。

马金开始咳嗽起来,老人走开去拿酒喝了。马金感到呼吸急促,他的双眼湿润了。然后他不可抑制地哭了起来。他喝了太多的酒。

后来,女人们收起了针线活儿,就着几支摇曳的烛光披上外套和披肩。男人们将烟斗里的灰敲出来,捶着彼此的背走向门边。女人们在后面跟着。等他们都离开后,马金在昏暗难闻的房间里坐了几分钟,试图整理自己的思绪。这很不容易。他一度觉得自己是身在"工程师俱乐部"的吸烟室里。而他在等着哈里从衣帽室出来。他觉得头晕目眩。终于他记起自己是身处何处了,于是赶快站起来,生怕自己又会忘记这一点。

在屋外,他将视线越过昏暗的白雪,望着那些树。他不记得应该往哪个方向走了。他试图在一片昏黑中找到一点熟悉的东西。他听到了一点极微小的声音,回过头时看见小小的影子在雪地上移动。一开始走到他身边的是一条小白狗,它停了下来,身体僵住了,鼻子朝他的方向伸过来。它的旁边是一条大狗,大狗走得很艰难,它的肚子肿胀起来,拖着它的黑皮就像拖着一面大鼓。它们一条又一条地走上前,一个狗群在他身边形成了。他没有什么可以给它们。他弯下腰,开始抚摸白狗的脑袋。手掌下它的头骨是浑圆的。狗没有动。因为害怕它会突然吠起来或是咬他,他收回了手,小心翼翼地走开了。他的心激烈地跳起来。他看到空地边缘有一棵歪歪扭扭的松树,那树他是认得的。在树的附近他找到了那条小路。

那群狗在他身后几英尺[1]的地方跟着他,它们的脚步声被雪盖住了。他觉得不太舒服。当小屋出现在他的视线之内时,他身后有一条狗低吼起来。他回过头,白狗用牙咬住了他的裤腿。那条狗又开始低吼起来,向两边摇着头。马金的裤腿被咬破了,他开始跑起来。他的两条老腿没法跑得很快。那些狗前冲后跑,猛咬他的脚踝。他终于跑到了小屋门口。等到他用力去开门闩时,它们就往后退了。一进门他就停下来大口呼吸,空气割着他的喉咙。窗外,他看到狗群不停地打着转,嗅闻着他的足迹,然后蹲坐下来,守着门。马金走到他的小床边,点上了一支新雪茄。他和衣坐在床上抽烟,试着恢复镇定。他在地面的土上摁灭雪茄,将自己裹在薄毯子里,躺了下来。很久之后他才睡着了。

大半夜里,寒冷让他不断醒来。快到早上他终于睡熟了,但不久又睡得很轻,他梦到了他胸口的疼痛。他的梦变得越来越真实,等他睁开眼睛看到窗上粉红的光时,他知道他左肺里的疼痛并不是一个梦。他无法下床。他想抽烟,但是又不敢。他一动不动地躺着,眼睛盯着上方,一边努力地压制着痛苦,抵抗着它的每一次袭击,直到痛感消失后才放松下来。

奇怪的是,他前一天晚上得知的事在白天显得不那么致命了。村庄首领和他弟弟一起走了。村民在选一位新首领,因为他们觉得之前的那个已经死了。他们觉得他的弟弟也死了。但还

---

[1] 1英尺约为0.3米。

是有其他可能性：他弟弟可能是病了，或是受了伤；在某个地方可能有人照顾他，那里无法寄信；但马金又很担心他决定到这儿来是愚蠢的，他将无法逃避它的后果。他试着深呼吸，但胸中的疼痛阻止了他。在和痛苦作战的时候，他意识到自己其实别无选择。他不可能待在家里。在家里他什么也做不了。如今，找到他弟弟就是一切。疼痛逐渐消失了。半小时过去了，太阳渐渐升高，房间里充斥着黄色的阳光，马金现在能坐起来了。

他的衣服又皱又黏地贴在身上。自从三天前离开河边他就没有换过衣服了。他将手伸向床下，打开了他的包。包里有一叠干净衣物。他又把包合上了。他在口袋里找到了一只别针，用它别住了裤腿。呼吸间他闻到了自己身上霉腻的气味。他用手指梳理着头发，一边站了起来。疼痛明显让他的身体变得虚弱了，在他走向隔壁房间的时候他的膝盖都在发抖。

那群狗不见了。门前错乱的脚印让女人大吃一惊。马金指了指他撕开的裤腿，以此暗示她发生了什么。她拿起一把破旧的树枝做的扫帚将脚印扫掉了。树底下，雪被染成了黄色。

早餐时马金吃得比前一天晚上还要少。他很想喝咖啡，但是只喝了几口冷茶。他点了一支雪茄，但只是把它夹在指间，不敢吸。然后他没穿外套就出了门。阳光刺眼，他举起双手遮挡，他的眼睛暗淡了，而且很敏感。在树林里，他断断续续地听到了男人说话的声音。鸟儿不停地叫着，打破了林间的寂静。他沿着小路往前走,脚底下的地面很平坦。

走到林中空地的时候,他看见对面灌木丛里有两个男人正艰难地将一头死鹿往外拖,鹿很大,在雪地里犁出红色的犁沟。他看着男人们将鹿开了膛,取了内脏,他的喉咙紧了起来。几条狗蹲坐在不远处,随时准备往前扑。女人们带着锅和桶来接鹿血和内脏。另有几个男人围到尸体旁边,抚摸了一下鹿角,抬起了它的四肢。马金走上前,他们转过头来朝他笑了。那棕色的动物被摊在雪地上,脖子弓着,肚子缩在里面。那是一头年轻的公鹿。个子最小的那个男人用他软绵绵的湿手抓住了马金的手腕,拉他去摸鹿角。它们摸起来毛茸茸的,被阳光晒得很温暖。马金研究着鹿角,感觉到他的肺又开始疼了。那个长着鹰钩鼻的高个子男人拿着一把锯子走上前来,马金向后退了退。男人跪下来开始锯鹿角。一层薄薄的尘屑飘落到雪地上。看着阳光下的这番景象,马金感到头晕。他的双膝软了下去,两个男人抓住了他,扶着他站着。鹰钩鼻男人任凭圆圆的、光光的鹿头滚落下去,他站起身来,一手握着鹿角,一手握着锯子。马金在一块大石头上坐了下来。

几个男人在地上生了火,开始烤鹿的内脏。火焰在正午的阳光下几乎看不见。靠近树林的地方,几条狗在争抢鹿肚和鹿肠。老人来到马金坐的石头边,他的手里握着一把烧焦的棍子。棍子的一头穿着一只肾。他在马金身边坐下来,用一把钝刀割下一块肉，夹在手里递给马金。

"吃。"他用特尔斯克语说。

马金不大情愿地接过那块肉，吃掉了，虽然他感到恶心。他在雪里擦了擦手，又在裤腿上擦干。其他男人像狗一样迅速地吃掉了肉，懒洋洋地站起来，开始将鹿切成块。

马金胸口的疼痛又加剧了。在一个不痛的当儿，马金问身边的老人："你觉得我应该怎么办？"

老人不紧不慢地嚼着肉，并没有看马金。等他回答的时候，一阵痛感袭来，马金没有听到他说的话。等不疼了，他把手放在了老人的胳膊上。老人一边将肉塞到嘴里一边说："等着，等着。之后会有消息。"他用舌头移动着那块大肉。"一个月，两个月。"

马金失望地坐着。老人吞着肉，慢慢睡了过去。马金重新点燃了手里那支熄灭的雪茄。抽了第一口，他的胸就剧烈地痛起来，他咳了起来。手帕里的痰是粉红色的。他意识到他是真的病得不轻了。他突然想到他可能是没办法带着他弟弟离开这里了，或者他根本就无法离开。马金一直都有办法离开一个地方，而他的弟弟也一直活着，他也知道他弟弟人在哪里。只有他太太的去世是在他意料之外的。

后来，树林深处传来的猎枪的响声将他从自己的思绪中带了出来，他看到一个大圆碟一样的影子穿过林中空地。他没注意到老人是什么时候走的。他很冷，但是一开始并没有感觉到，直到他发现他的手就像雪地上的影子一样蓝。他喉咙里的空气很割人，走上小路时他发现自己的双腿没有什么力气。他时不时会停下来休息一会儿。快到小屋的时候，他听到附近的灌木丛里有响动。他看见一头母鹿站在树林里，她的身上冒着气。她大口大口地喘着气，在她身下，血从伤口里流下来，在雪地里溶出了一个大洞。她的眼睛湿湿的。出于好奇，马金离开了小路，推开树枝走进雪地，来到了她躺着的地方。

她一动不动地躺着，只抬了抬眼皮。但当马金来到她身边时，她又开始扑腾起来，后腿在树丛里蹬着，头用力向前冲。血从她的身体侧面喷涌出来。然后她又不动了，大口喘着气，马金俯下身子，同情地看着她。毫无征兆地，她收回了后腿，发着抖，然后猛地一踢，击中了他的肋骨。

马金往后倒在了雪地上，一下子被踢得半昏不醒了。雪浸入了他的头发。

过了很久，一些昏暗的形象开始朝他靠近，围着他打转。他感到耳朵和脸颊上有热乎乎的气息冲刷着，他闻到了营养不良的动物臭烘烘的口气。他听到了男人的说话声，狗的低嗥声和吠叫声。有人把他搬起来，一阵剧痛让他失去了知觉。

他是很晚才从他自己床上醒过来的，他什么都不记得了。他的身体裹在毯子底下，艰难地忍受着高烧。胸中的疼痛像一块巨石一样压着他。脑袋底下的枕头硬硬的，硌得他骨头疼。他烧得发抖，皮肤刺痛，潮湿的衣服贴在身上。他的眼睛又肿又干，胸口艰难地起伏着。他努力想要战胜疲倦，担心自己会在睡着的时候停止呼吸。但慢慢地他还是被疲倦打败了。高烧扩散了。他四肢发抖，床板也跟着抖起来，汗水把身下的床垫浸湿了。

一片耀眼的雪原。一阵寒冷的北风吹过，在地面上吹出小洞，所过之处带起一条条雾气。洞里钻出许多鹿，个头并不比老鼠大。它们在雪光中柔弱地眨着眼，用蹄子踩着雪。一头小鹿跳出洞口，一条狗马上跳过去，抽筋似的头一扯，将它吞了下去。马金跑过去赶狗，但却一脚踩进了一个洞里。他往前一栽，眼前的视线被雾气遮挡住了。寒冷侵入骨髓，他止不住地颤抖起来。在薄暮中的房间里，他伸手去找毯子。毯子在他的手里感觉很烫，他用尽全力才把它拉起来盖到身上。

他的目光停在了灰暗的窗户上。迟升的月亮照在窗沿上，在地面上投下一层灰光。腐烂的地板软化了，开始往下塌陷。就在木头往下掉落的时候，马金在黑暗的地下室看到了一个浅色头发的男人的脸。他的皮肤是钢灰色的，斑斑驳驳，就好像他在那儿住了很长时间似的。马金注视着他，那个死去的男人窸窸窣窣地动着，然后他睁开了双眼。

马金醒了过来，他的心猛烈地跳动着。他看见圆圆的大太阳挂在窗外的天上。他回过头来寻找暗处，这时看到那个女人站在门口，但是他没有认出她是谁。她向后退去。小屋里有影子在动。他闻到了恐惧的味道。

"别走。"他说。墙后面传来他自己低沉的回声,他感到困惑了。

"我在这儿。"他说。

回声消散了。有着空洞眼眶的一张张白脸从他门口掠过,好奇地望着他。细细的手指指着地面上的坑和地里的男人僵硬的、象牙色的脸。太阳更烈了,羊毛毯子发起烧来,让他窒息。他想从缠着的毯子底下出来,但却只是扯裂了自己的衣服,双手困在了那堆破布里。他哼叫着,抓挠着自己的皮肤,试图从他自己发烫的身体中挣脱出来。阳光又暗了下去,他感到筋疲力尽。他陷入了无梦的沉睡。

等他再次睁开眼睛时,房间里又是一片黑暗。他听到了女人打鼾的声音。他感觉口渴。"醒醒。"他说。但他的声音太轻了。他浅浅地吸了一口气,胸口又疼了起来,但他又说了一次。他咳嗽了起来,又被一口痰呛到了。女人只是在床上翻了翻身。他又躺回床上,准备等她早上自己醒过来。慢慢地他将毯子从他发烫的双腿上弄下去了。一阵凉风吹过他的身体。

早上,疼痛爬上了他的喉咙,他每次吞咽都要疼得掉出眼泪。就好像是要嘲笑他的黑暗处境似的,阳光照在床上,衣服的破口底下,他的皮肤被照亮了。他看着自己的身体,知道它已经报废了:手臂上的血管暴突出来,肌肉凹陷下去,皮肤则像羊皮纸一样。他的肺几乎吸不进气；他的胸膛几乎没有什么起伏。

他在早晨的空气中仔细聆听，搜寻着某种能让自己找到在这世界上的位置的声音。鸟儿们在林中忽近忽远地唱着歌。一条狗叫了一声。一个男人叫了一声，近处的一个男人应答了。马金听到有人朝他的方向踢了一脚土，他抬头看见女人正站在门口。

"宁。"她笑着说。

马金试图从床上坐起来，但是他的胳膊一点力气都没有。

"哦不。不，不，不。"女人用英语说，脸上带着惊恐的表情，脸向后甩着。

"听我说。"马金说。

女人吸了一口气，又急促地开始说话。

"不：突。厄克，厄什。"

马金转开了头。他痛得根本什么也听不见。

女人摇晃着快速走到门边，大喊："拉库库。突！不，不！"马金听到有人过来了：一开始是轻微的乱响，接着他门口的地都动了起来。

人群一起涌进小屋，带来一股烧木头和烟草的味道。

"突。普什特厄瑞尔。"一个男人轻声说。

看着身前的那群人，马金缩了缩身子。

"宁。"女人说。

"不，突，不是普突托瑞。"另一个男人说。他俯在马金身前，往他脸上呼着气。

时间一点点过去，马金极度渴望周围能静下来，他的恐惧也加深了。他想一个人待着，去怀念玛丽，去呼吸，去睡觉。

房间里几乎没有什么空气了。马金的视线昏暗了。他努力想在身前的那些面孔中找到白头发的老人但却没有找到。那个女人友好地对他笑着。他想把胳膊抬起来，但它们太重了。他盯着女人看，然后用特尔斯克语说："给我点水。"

她没听懂，收回了脸上的笑容。

站在附近的一个黑胡子男人抽着烟斗，若有所思地静静地看着马金。马金几乎无法呼吸了。他的口很干，连口水都无法吞咽。

"水。"他又说了一遍，声音很粗。

"水。"几个声音一齐回答。

然后黑胡子的男人从喉咙里哼出几个词，人群开始热烈地交谈。"厄克。"一个小个子男人说。"不对，塔特克拉克！"另一个人叫道。那些狗紧跟着男人们也来到小屋，它们变得兴奋起来，一个接一个在屋外尖声叫着。马金晕了过去。

等他醒过来时，屋子里空荡荡的。他想好好思考一下，但他的想法会很快消失，他抓不住它们。痛苦紧紧地裹住了他。他的喉咙在灼烧。他看着里墙，研究着木头的纹理。木头是深色的，上面布满水渍。他看着地面。泥地的坑洞里落着一团一团的雪。他抬头看着天花板,只看到房梁上光线越来越暗。他又转去看着外墙,一块石头一块石头地看过去,最后看着窗外。在那儿,在窗玻璃的外面有一大群人脸,正专注地盯着他看。

　　他吓得转过头去。他听到手指划过窗沿的声音。雪花飘落到窗户底下。他用手握着床垫边缘,想要试试自己还有多少力气,一边等着那些声音再次响起。

46

离家之后

她已经好久没有使用比喻了!

47

陪伴

我喜欢我的学生们。我喜欢他们的陪伴。我喜欢有他们在——如果他们能待在无限远的将来的话。他们必须待在将来的某个时刻,不然他们就不存在,无法成为陪伴,在这种陪伴中有时我能整天对他们说话。但这将来必须永不到来。因为在教室里和他们会面是那么困难。但问题是如果我想要得到他们的陪伴,在我的想象中,我就必须付出代价接受未来的到来,这未来确实会来,带着我要面对的所有困难。

在那些我没有回复的信件中又有另外一种陪伴。如果我回了信,那些耐心地或焦急地等着我回信的人对我来说就不在场了。如果我回了信,我猜有时我就是在陪伴那些人。不过,尽管我没有把这个当作理由,我还是不去回信。这当然是自私的,而且也是不礼貌的。事实上,我也会回一些。但大多数还是会几个星期、几个月,超过一年、几年,甚至永远都没有回。有好几次,我等了太久才回信,收信的人已经搬走了。还有一次,我太久才回一张明信片，我的朋友已经死了。

但那些人也许早就没有在等我的回信了；也许他们的注意力早就不在我身上了，那么这种陪伴仅仅是一种幻想：这些友好或中性的话语仍存在于不同信封里的不同纸页上，但在写下了这些未被回复的信件的人心中，他们想着我时所用的那些话语——如果他们确实想过我的话——就不再是友好或中性的，而是不友好的，否定的，甚至是厌恶的。我以为我拥有这种陪伴，但我其实并没有，除非仅仅是我那么以为就够了，当然在某种意义上我确实拥有这种陪伴，不管那些人是怎么想的。

在我回掉一封这样的信时，的确，有时候我收到的只是一封简短的、无精打采的回复，在好几个星期以后。但更经常的情况是回复来得很快，信很长，很温暖，甚至很热情。之后，仅仅因为它是如此温情而美好的陪伴，它可能又会在我的床头或书桌上和一堆信件一起待着，几个礼拜或几个月或更久都得不到回复。

48

财务问题

———————

如果他们想要加加减减,看看他们的关系是否平等,这是办不到的。从他这一方来看,他付了5万美元,她说。不对,是7万美元,他说。这不重要,她说。对我来说很重要,他说。她交付的是一个半大的孩子。那是一项资产,还是一项债务?这么说来,她应该对他感到感激吗?她会感激,但没有负债感,不觉得她欠他的。这关系必须是平等的。我就是喜欢和你在一起,她说,而且你也喜欢和我在一起。我很感激你在供养我们,我知道我的小孩有时对你是个麻烦,尽管你说他是个好小孩。但我不知道该怎么计算。如果我付出我的所有,你付出你的所有,这难道不是一种平等吗?不是,他说。

49

变形

这不可能，但它毕竟发生了；不是突然发生的，而是十分缓慢地，不是一个奇迹，而是一件非常自然的事，尽管不可能。我们镇上的一个女孩变成了一块石头。但是的确，在此之前她就不是一个普通女孩了：她是一棵树，一棵在风中招摇的树。但在 9 月底的某个时候，她不再在风中招摇了。有好几个星期，她动得越来越少。之后她不再动了。当她的叶子落下来时，它们落得很突然，发出吵闹的响声。它们砸到鹅卵石地面上，有时裂成碎片，有时还是一整块。它们落下的地方会发出亮光，旁边会有一些白色粉末。虽然我没有，但有人会把她的叶子捡回家，放在壁炉台上。没有哪个小镇会像这样，每家的壁炉台上都有石头、树叶。之后她开始变灰了：一开始我们以为是光线的原因。我们二十个人站成一圈围着她，皱着眉头，遮着眼睛，嘴巴大张着——我们嘴里都没有几颗牙了，这对我们来说是值得一看的事——我们说是因为一天中的时刻的原因，或是季节的变幻让她

看起来很灰。但很快事情就很清楚了，她现在就是灰色的，就是那样，就像几年前我们不得不承认她就是一棵树，不再是一个女孩了一样。但一棵树是一回事，一块石头又是另一回事。你能接受的事是有限度的，即便是对不可能之事。

50

两姐妹（Ⅱ）

―――――

1
*

妹妹在店里很无聊，所以按了铃。姐姐缓慢地下了楼，问妹妹为什么按铃。

原因很简单：为了看姐姐下楼。因为她是那么胖并且走得那么慢；楼梯在她的脚下变弯并且吱呀作响，她呼吸困难，她握着扶手就好像那就是她父亲的手，她胖大的膝盖撞到了一起。妹妹觉得这很好玩，打破了早上的沉闷无聊。

她不会这么说。她说的是："昨天的账目有个错误。"但是姐姐当然没有发现什么错误，尽管她把账目看了一遍又一遍。她的裙子在胳膊下勒得很紧，她的脚踝因为站了太久肿了起来。

妹妹不能老是玩这个把戏，不然她会被发现。但正因如此，这个游戏让她更兴奋了。

2
*

两姐妹已不再年轻,但她们被迫睡在同一张床上。她们做着不同的梦,早上起床时小心地向对方掩藏自己的梦。她们有时会在床上不小心碰到对方,这时她们会像被烫到了一样飞快弹开。她们睡得不好,早上不觉得头脑清醒。一个醒得早,去了一趟厕所,结束后希望回去继续睡觉。但看到自己的姐妹像母猪一样躺在清早的暑气里,回去睡觉这件事就没有任何快乐可言。

3
*

我妹妹的腿像柱子。她吃马铃薯的样子就好像她要在它们中间发动起义,就好像它们就是人民。不对,那她这种激情又是从哪里来的?我的晚餐摆上桌时,她浑浊的目光变得锋利的样子很可怕。我害怕她不仅会吞食掉我的晚餐,也会吞掉我可怜的生活。和她的笑声比起来,我的就好像藤蔓中鸟儿的唧唧声。不对,她从来不笑。我也从来不笑。不过,她的沉默比我的强大得多,相比起来我的就好像雨云中的一缕烟。

4
*

一天妹妹打了姐姐一巴掌。她这么做是出于对她自己人生的失望和厌烦。打完,她立刻就后悔了。不是因为她伤害了她姐姐,姐姐僵直地站在那里,手捂着脸,帽子滚到了地上,而是因为她姐姐为了羞侮和激怒她,将会连续几个月不停地哭泣、抱怨、重提这件事。她想找个办法轻贱她姐姐,甚至是毁掉她,但相反却给了她新的威风。

5
*

就像石头一般,两姐妹彼此不说话。除了拥有同一对父母,她们没有任何相通之处。一个起得早,一个起得晚;一个不吃肉制品,一个不吃全谷物制品;一个夏天会起疹子,一个不能穿羊毛;一个因为害怕陌生男人而不愿去电影院,一个不看电视;每次选举她们的选票都会彼此取消,所以她们什么都不是。只有在互不信任这一点上她们是相似的。

51

火炉

我的父亲听力不好,不喜欢接电话,所以我总是给我母亲打电话。有时候她会在和我说话的中途突然停下来,我会听到她那边有声音,她会说出我的名字,然后等着。然后我知道我父亲在她打电话的时候进了房间,他在问她在和谁说话。有时候,到了这时,他会插进来一个给我的问题,但通常他是要问她一个跟我完全无关的问题,而我得在电话另一头等着。等她和我又开始说话时,他可能又会回来,因为又想起了要跟她说的什么别的事。听到背景中他的声音,我会停止跟母亲说话,等着。

有时候她会强迫他接电话。"你自己和她说。"她会说。他拿起电话,也不打招呼就开始跟我说他想说的,走的时候也不说再见。她重新接起电话说:"他走了。"

尽管他从来都不喜欢接电话,但他总是很喜欢写信。他喜欢在信里为人提供某种指导,或者至少是传播某些他认为是新信息的内容。有一段时间我们两人会定期写信,这在我们家是很罕见的，因为在我们家没有什么是定期和系统化的。然后我有几个星期都没有他的消息。也许是我没有回他的最后一封信。我让我母亲告诉他我想收到他的信，然后他给我发了一些从当地报纸的《案件追踪》栏目剪下来的剪报。在剪报上方的空白处他写道："剑桥生活的背面。"有些地方他在页边用黑笔做了粗粗的记号。

……一个住在杰斐逊公园的男人加入了争执，用某种不明武器划伤了那个少年的右眼下方。就在此时，那个住在杰克逊转盘的男人偷走了那辆自行车。后来，警方发现一个住在杰克逊街的人在骑这辆车。警方分别逮捕了住在杰斐逊公园、杰克逊转盘和杰克逊街的这三个男人，指控他们持危险性武器（刀）进行抢劫。

在另一份剪报上他画了这些句子：

警方找到了两把武术剑和一把切肉刀。

晚上十点，剑桥酒吧的一个工作人员报了警，称被他们拒绝进入的嫌疑人攻击了她，朝她扔了一只玻璃杯。

一个剑桥居民报告说某嫌疑人用一只指甲剪攻击了她，此人在埃迪公寓的门厅里乱扔垃圾。

一个住在林奇大道的居民报告说她的女儿用玻璃杯砸了她的头部。

一个住在林奇大道的居民报告说她被两个邻居用一只长钉攻击了。

在这些剪报的纸页上缘他写道："奇怪武器部门。"

之后他又给我寄了一篇他写的文章。他偶尔会给报纸写一篇文章或一封信，话题与《圣经》或其他宗教主题有关。这些文章和信写得很聪明，现在我本人也对《圣经》和其他宗教主题感兴趣了。

这篇文章是关于割礼的，题目是"最为不善的手术"，并且以一个有关"男性器官"的句子开头。他用细而不稳的笔迹在文章上方写了一个说明，说我不用觉得我有义务读它，我的丈夫也不用这么觉得。他是真诚的，但他经常在他寄来的文章和信里附上这些免责声明，而我总是不理它们。

不过当我开始读这篇文章时，我发现要我去读我父亲写的关于男性器官的整篇文章实在很难。我问我丈夫能不能读一下它，然后告诉我它的核心内容，但是他也不是很想读。我不知道该怎么办，因为这件事要向我父亲提起都很难，但是因为我长时间没有采取行动，我开始把它淡忘了。我父亲可能早就把它忘了，因为，就像他和我母亲都指出过的那样，他的记忆力越来越靠不住了。

但有一段时间他给我的信是关于他成长起来的家庭环境的：他的父母之外，家里还有两位祖母、一位有点疯癫的祖父、女佣、厨子、不定期过来的清洁女工，他祖母的女护理、祖父的男护理，这个男护理也是不定期过来的。房子是他祖母的，也由她管事，他的母亲为此很不高兴。我见过那幢房子，它还立在离我父母家不远的地方，在我看来它不是一栋大房子，里面竟然住过那么多各式各样的人。房子上一次出售时，我父亲在报纸上读到了交易信息，他写了一封信给那位新房主，告诉他他就是在二楼前面的房间里出生的，那个小谷仓里的干草棚是他玩耍的地方。新房主收到他的信时很高兴，还给他寄了一些房子的照片。

他的信写得很详细，中途他会道歉，说紧接下来的东西会很枯燥，如果我想的话我可以快读或跳读。他说他只是想重新发掘某些他近一个世纪都没再想过的事情。但我会在回信中请他告诉我更多细节，因为我想尽量接近一种对我来说十分珍贵的生活方式，这有几个原因，其中之一仅仅是因为有关它的记忆也正在流逝，因为经历过它的人已经越来越少了。

最近我们开始了关于他长大那幢房子里的火炉的通信。他说他住在那里的时候房子里发生了一些变化,但它们都是添加上去的,已有的东西都会保留。比如,在厨房里的煤炉旁边加了一只油炉。他的祖母觉得在某些方面烧煤炉会更经济。地下室里也装了一只油炉,但那个巨大的煤炉还留着。后来通电了,照明不再只是用油。他的祖母两者都要保留,她警告他们说,在风暴来临的时候,电可能不保险。

他记得有一个清洁女工会在傍晚时在厨房里梳理她的长发,因为她想在回家时看起来整洁一些。她会把梳子上的头发顺下来,她不是把它放到炉子里,因为需要费力把铁盖子打开,相反她会把它放在炉盖上。头发会被烧成灰,积成可观的一堆,直到有人想起来把它清走。

他说,那时候,早上七点会有一个"火炉工"到家里来,他会摇晃那个大炉子,取走炉灰和煤渣,往炉子里装新煤,煤是装在两个箱子里的,箱子侧边的木板垂到地窖里,立在地窖的地面上。早年有一个火炉工叫弗兰克,她祖母的记忆力退化后会把后来的所有火炉工都叫作弗兰克。在严寒的天气里,火炉是一件总是让人担心的事。就算他的父亲在家,他的祖母也会下楼去询问,然后,为了强迫他父亲采取行动,她会故意在它上面弄出响声。他会大声喊道,"母亲,母亲",一边在地上跺脚,然后快速跑下地窖。她是不应该下地窖的,因为楼梯上没有栏杆,而且地面上两边都有一个洞。地窖里仅有的光线来自厨房打开的门，从一楼几扇又小又脏的窗户，还有从天花板上接下来的油管里冒出的淡而弱的火光，他母亲就在她自己的房里靠这种火光加热她的卷发棒。

在取灰日，火炉工要爬楼梯把灰桶从地窖盖板门下抬出来。冬天里，会有一条木板路从街上通到盖板门上。在全市的取灰日里，火炉工会将灰桶顺着木板路斜着推出来，要是木板路没铺好就顺着那条软软的石子路。煤也是顺着同一条木板路运进来的，这件事需要一个两人组成的团队：一个男人会把煤铲到另一个男人肩上扛着的容器里，第二个男人会把它扛到院子里，一扭身将它从肩膀上放下来，然后将它倒入斜槽。在我父亲小的时候，煤是用马和马车运的。他说在工作日他家那条街上总是至少有三匹马和三辆马车，送冰、煤、牛奶、食品、水果和蔬菜，或特快邮件，或是沿街叫卖，或是收报纸和废铁。街上还有一个驾着马车的手摇弦琴艺人。

他关于他家火炉弯管的描述让我下到地下室仔细查看了一番我们自己的火炉。我们的房子有一百年或一百五十年的历史，取决于我们愿意相信哪一份县志文献。煤炉大约在四十年前被改成了汽炉。弯管还在那儿，煤箱的底部有一只斗，墙上挂着几根带尖头的铁棍，是用来打开炉盖的。我抬头看到了煤箱上面放着两块长而结实的大木板。读过我父亲写那些男人怎样在雪天里把煤从街上运进来后，我确信这些木板也是运煤时要铺上的。这一发现让我兴奋。

我回信给我父亲告诉他我的发现，但我知道，出于某些原因，他对我家的火炉不会像对他自己的记忆那样感兴趣。一个老人沉陷于自己的记忆，对当下不那么感兴趣，这是很自然的。但他从来就对他自己的想法比任何人的想法都更感兴趣。

虽然他喜欢和人聊天，听他们说话，但是他并不知道要用他们的想法做什么，除了将它们用作发展他本人的更好的想法的起点。他本人的想法当然是有趣的，常常是在一个给定情况下最有趣的。他在晚宴上总是一个有趣的客人，尽管随着年龄的增长，他后来需要中途离开桌子，躺下来休息一会儿。

从一开始，晚宴就是我父母生活中的一个重要部分。参加别人的晚宴是有技巧的，请客也是有技巧的，特别是你需要懂得引导桌上的谈话。鼓励害羞的客人或控制多话的客人都是艺术。我父母在社交上还是活跃的，但年龄为他们制造了障碍，他们现在出去得比较少了。现在他们主要是请人来喝茶而不是吃晚饭，而且，茶喝到一定时候我父亲也会离开房间去躺一会儿。

我母亲还会去听音乐会和讲座，我父亲却很少去了。他们共同参加的最后一个活动是一场在公共图书馆办的盛大的生日派对。共有四百个人受邀，他们来自世界各地。我母亲对我提起了这件事，还告诉我我父亲在派对上摔倒了。他并没有受伤。他摔倒的时候她在别的房间。

他的腿脚不稳,过去几年间常常摔倒或是险些摔倒。一个医护技术人员去了他们家,提议将家里重新布置一下,好对他俩更安全一些,当时我也在场。技术人员观察了一会儿我父亲在家里的行动。我父亲的脑袋大而重,他的身体却纤瘦虚弱。技术人员说他注意到我父亲喜欢往后甩头,这会让他失去平衡。技术人员说他应该试着改掉这个习惯,而且他在家里也应该使用助行器。虽然那个技术人员很友好而且提供了帮助,但因为他太兴奋,说话很大声,我父亲最后变得烦躁起来,走开去躺下了。那次之后,我母亲告诉我父亲开始用他的助行器了,但他经常把它忘在各种地方,所以常常要在没有助行器的情况下走着去找它。

要是我在电话上问我母亲父亲怎么样,她回答时总要压低声音。她经常会说她很担心他。她已经这么担心好几年了。她总是会担心他不久前或最近开始的某种行为。她似乎意识不到这些行为并不总是不久前或最近才开始的,也意识不到她总是在担心什么。有时候她担心是因为他情绪低落。有一段时间她担心是因为他常常会失控地大怒起来。不久前她说他对拼字游戏有了一种不正常的兴趣。之后她又说他开始失忆了,他忘记了他们共同生活中的一些事,老是把某个家人叫成另一个人,有时候则根本想不起来叫某个名字的人是谁。

上次摔倒后,他必须去一家康复医院待一段时间,因为要做物理治疗。让我母亲大吃一惊的是,他并不介意和理疗小组的其他成员一起玩接球游戏或比赛扔沙包。她说这不像他：她在想他是不是正在往儿童期退化。她怀疑他享受在那儿受到的关注，还有食物。她告诉我，回家后他吃饭不是很好。她很生气因为他好像不再喜欢她做的饭了。但另一方面，他又确实完成了一篇文章。

一年前，我母亲本人也曾经病重住院，在回医院陪我母亲之前，他和我一起出去找饭馆吃晚饭。那是一个寒冷多风的5月的晚上。我们在下城，在一个有许多医院的街区，周围都是高耸的、灯光明亮的大楼。我们的头顶上有天桥，四面都是地下车库，但却一家餐馆都找不到。商店都关门了，街上没有什么车，人行道上也几乎没有行人。因为我父亲脚不稳，所以我得留意所有马路沿和路上每一处不平的地方。他决意要找到一家他能喝到酒的餐馆。最终，我们从一个通道进了一栋高楼，走进了一个从外面看起来像是被遗弃了的地方。我们走下了一条空荡荡的走廊，经过了几家空荡荡的商店，上了几级台阶后发现了一家餐厅，里面有酒吧，不少人在欢呼，顾客兴高采烈。在走过外面那些空荡荡的街道后，我们很惊讶。我们在一张桌子上坐下来，说了一会儿话，但我父亲的心思全在他的酒上，所以他一直在张望服务员，那服务员忙得顾不上我们的桌子。我在想的是这顿饭可能是我和我父亲在外面餐厅吃的最后一顿饭了，而且一定不是一顿让人高兴的晚饭。

在附近某一座高楼的高层，我母亲在因为某种罕见的血液病以及其后的种种治疗而受苦。我们以为她就要死了，不过我父亲却好像时不时会忘掉这一点，或者说，要是她哪一天看起来好了一点，他会马上高兴起来，又开始说说笑笑，就好像她一定会变好一样。第二天他来到医院时发现我们哪个人在哭，他的脸会沉下来。

我父亲等着点他的酒等得不耐烦了，他用他颤抖的双腿站了起来，用拐杖支撑着自己。服务生来了。我父亲点了他的酒。他那么想喝的原来是一杯完美型罗布罗伊[1]。

他的听力不是很好，他的视力也不是很好，有一段时间当我问起他怎么样时，他会说除了他的眼睛和耳朵，他的平衡，他的记忆力，他的牙齿，他还不算坏。为了看清某些字体的字，他得摘掉眼镜，把纸页拿到鼻子前面一两英寸[2]的地方。过去我问我母亲父亲怎么样时，她有时候会说："他今天能去神学图书馆了呢。"后来他不再去任何图书馆了，因为他看不清书名，也很难弯下腰去看底层的书。后来他的平衡差到他再也不能独自出门了。有一次他在街上摔倒了，磕到了后脑勺。一个开车经过的陌

1　罗布罗伊（Rob Roy），一种以苏格兰威士忌为基底的鸡尾酒，分为"甜型""干型"和"完美型"。"甜型"和"干型"分别是加甜味和干味美思调制而成，"完美型"则是加等量甜味美思与干味美思调制而成。味美思（Vermouth）是一种以芳香植物浸液调制而成的加香葡萄酒。
2　1英寸约为2.54厘米。

生人用自己的手机打电话叫了救护车。正是这次摔倒之后他去做了物理治疗，回来后他就不再独自出门了。我最近某次去看他是在圣诞节，他说他需要一只放大灯来读客厅里的那本大字典。

他一直都喜欢查字典，尤其是词语的历史。现在我母亲说她在担心他是因为他对词语的历史不仅是感兴趣，简直是痴迷。他会在和来喝茶的客人的谈话中途站起身来，去查她刚刚用过的一个词。他会打断谈话，报告这个词的词源。他一直偏爱带插图的字典。他喜欢研究照片，尤其是俊美女人的照片。圣诞节的时候他向我展示了他的最爱之一，冰岛总统。

我又到楼下去看火炉了，因为几天后它就会被移走，换上一台新的。那个旧煤箱里积着厚厚的灰色尘土。四面的木板颜色厚重，连接处很光滑。那只旧煤斗和送煤槽的一些金属部件掩埋在土里。我问我丈夫来安装火炉的那个男人是否会将煤箱四面的木板拆掉，他说他觉得不会。

在我写信告诉我父亲木板的事后，他又写来一封关于他童年的信，其中也有一个有关送煤人的记忆，不过这次是他长大以后的事。他说他正开车载着我姐姐，然后撞见了一起车祸。他说那两个人正在送煤。送煤车是斜着停在车道上。司机在和房主说话，大概是在说这批煤的事。另外那个男人，也就是他的助手背对着车子站在车道底端，面朝着街道。卡车的刹车显然不灵了，车在车道上往后倒过去。要么是没有人看到，要么是看到了也来不及叫出来,总之送煤人的助手被撞倒并被碾了,他的脑袋被碾碎了。我父亲说他已经开过一些距离了,但他停下了车,指示我姐姐待在车里,他自己走回去看。他看到了那个男人的脑子,就在他碎掉的脑袋不远处的水泥地上。

我父亲说他知道他跑去看是不对的,他是应该继续往前开的。接着他开始谈论大脑的构造,说这起意外将他一直相信的一个想法戏剧化了。他说他一直相信意识是如此依赖于大脑的物理存在,所以人死后意识与身份的延续是不可想象的事。他承认这个想法在形而上学的层面也许是幼稚的,但他又说这个观察是有他一生中对众多疯狂型或疯狂—抑郁型的人的观察来支撑的,其中有一些是他的家人。他说,他把他自己也算到了疯狂—抑郁型的人当中。然后他谈起了上帝,他将上帝描述成一个大约没有神经细胞的存在。

现在火炉已经被装好并使用了,但是家里似乎并不比从前更暖和。以前让我们觉得冷的房间现在还是冷的。我们走到二楼房间时会明显感觉到温度的变化。唯一的区别是因为新火炉带风扇,开着的时候我们能听到声音。它比旧的那台小得多,亮闪闪的。它会给来地下室参观的人一个好印象,我现在意识到这可能是我们买下它的原因之一,因为我们有一天可能会想卖掉这栋房子。我终于将煤箱清理了出来,我将煤斗和那几截煤槽存了下来,将它们放在了地窖另一处的一个木箱里,那地方我们好久没去过了，那里的东西包括一只老水泵。

我和我父亲关于火炉的通信似乎停止了，那些关于他的家人的通信也停止了。事实上，他的信缩减成了一些字迹小而潦草的纸条，附在更多的当地报纸的剪报上。

他已经给我丈夫和我发过两次同一篇"问问玛乔丽"的专栏文章了，这个文章探讨的是地球的形状，并指出古人完全知道地球是圆的。两次他都在信封背面问我丈夫和我，学校里是不是教我们说古人认为地球是平的。

他也寄了更多"案件追踪"的剪报。

晚上10点半，一个住在帕特南大道的居民说某个不明人士推开后门闯进了他家里。他拿走了一美元。

早上9点12分，一个住在北剑桥麻省大道的男人说有人闯进了他家，但家里没有丢东西。

一个住在贝尔蒙特、在麻省大道工作的居民说一个同事告诉她她被炒了，然后开始抓她的脖子。

这一篇他在旁边写道："为什么？有什么联系吗？"

3月11号，星期五，晚上11点30分，一个住在康科德大道的女人正走在靠近麻省大道的花园街上，这时一个男人问她："你在笑吗？"女人说是，于是男人一拳打向她的嘴巴，她的嘴唇被打出了血，肿了起来。男人没有被逮捕。

凌晨2点50分，三个男人在靠近戈尔街的第三大街因攻击和殴打他人被捕。其中两个是剑桥居民，两人都被控以危险性武器攻击和殴打他人，武器是一只马蹄铁。还有一个比尔里卡居民被控同样的罪行，但他用的武器是一只铁锤。

我父亲在有语法错误的句子旁边画了一个×号。

6月13号，星期二。一个罗德岛居民报告说在早上8点45分和10点之间，在花园街某地址，一个不明人士抢走了她装了180美元和一些信用卡的手包。有人目击到一个藏在桌子下的男人，但受害人认为是一个来自电力公司的人。

在我最后一次去看他时，我父亲的情况看起来比从前任何时候都要坏。当我问他是否在写什么东西时，他说没有，然后缓慢地将头转向我母亲，迷惑地看着她，嘴巴张着。他的脸上有一种像是长期存在的痛苦的表情。她也看着他，面无表情地等了一会儿，然后说："是的，你在写啊。你在写关于《圣经》和反犹主义的事啊。"他还是继续盯着她看。

那天晚上晚些时候，在他上床睡觉之前，他说："这很能代表我的现状：你是我的女儿，我很为你骄傲，但是我没有什么可以对你说的。"

他走开准备上床睡觉了，但又回到了房间里，穿着一身醒目的白色睡衣。我母亲叫我好好欣赏一下他的睡衣，于是他安静地站在那里让我看。然后他说："我不知道我早上起来会是什么样子。"

他上床以后，我母亲给我看了一张他四十年前的照片，照片中他坐在一张讨论会圆桌前，被学生包围着。"看看他那时候啊！"她语带悲伤地说，就好像他变成现在这样子——一个嘴像核桃钳子一样向前突出的老头——是受到了某种惩罚。

说再见的时候，我握他手的时间比平常长了一些。他也许不喜欢我这么做。要知道他的感觉常常是不可能的，但我知道身体接触对他来说一直很难，他一直对此觉得不舒服。由于难堪或心不在焉，他一直轻微地上下摇晃着他和我的手，就好像在抽搐一样。

最近，我母亲说他的情况更坏了。他又摔倒了一次，他的膀胱也不好。他还能工作吗？我问她。对我来说，就好像如果他还能工作他就没事一样，不管他有什么其他问题。不太行，她说。

"他还会写信,但有些里面会有奇怪的内容。也许这无所谓,因为大部分是给老朋友的信。"不过,她说在他把它们寄出去之前,她或许应该检查一下。

是和另一个老妇人的通话让我想起了形容人生中这个时候的一个词,这个词我都已经忘记了。在和我说完她的血管成形手术和糖尿病之后,她说:"好吧,到了暮年你也只能期待这些了。"但我还是很难不去想我父亲的迷惑只是暂时的,而在它的背后,他的聪明而富有批判性的头脑仍是活跃健康的。他会用这个更年轻、更有力的头脑继续读我给他写的信,并给我回复——我们的通信只是暂时中断了。

我最后读到的他的信不是给我的,而是给他的一个孙儿写的。我母亲觉得在她把它寄出去之前我应该读一读。信封是用强力的包装胶带粘起来的。整封信其实是他从报纸上抄下来的一个算数口诀。它是这样开始的:

一打,一罗和一廿
加三乘四的平方根
除七加五乘十一
等于九的平方无更多。

他接下去解释了这些数学名词和这个题的解法。因为他在打这首诗的时候改变了纸的页边距，并且没有改回来，所以整封信都是像一首诗一样写成短行的：

那个除以七的部分是
这样构成的：
12 加上 144 加上 20 加上 3 乘以
4 的平方根。
这些是分数线上面的数字，
除数是 7。上面的加起来是 182，
除以 7 等于 26。
26 加 11 乘以 5（55）是 81。
81 是 9 的平方。一个数的平方就是
用这个数乘以它本身。
9 的平方是 9 乘以 9 等于 81。

他接下去又解释了平方和立方的概念，顺带又讲解了一些词，包括一打、一廿和记分板的词源。他说平方根的数学符号与树的形状有关。

我对我母亲说这封信有点奇怪。她不同意，说它一点问题都没有。我没有和她争论，只说他当然可以把它寄出去。信的末尾没那么奇怪了，除了分了行这一点：

因为我的记忆力和平衡感正在迅速退化。
你们都很年轻,还有大学图书馆
系统供你们使用。我呢,家里
倒是有不少参考书,
有时候也能请别人去帮我
查点东西,但这到底是不同的。
我必须说我的记忆力和平衡感
是越来越差了,
我哪儿也去不了,去不了图书馆
或书店浏览。我们还要付钱
请一个年轻女人和我一起出门
以防我摔倒
不过我会带上一只机动助行器。
我不是说它有发动机驱动。
驱动的是我,我的意思是它
亮闪闪的,由金属制成,还有轮子。

52

年轻而贫穷

我喜欢在婴儿旁边工作,在我的书桌前,在台灯灯光下。孩子在睡觉。

就好像我又变得年轻而贫穷了一样,我想要说。

但我还是年轻而贫穷啊。

53

伊尔恩太太的沉默

老伊尔恩太太的孩子们现在根本搞不懂她了。他们不得不说她是老糊涂了。但如果他们能将他们各种精彩的活动暂停片段，试着想象一下她的精神状态，他们就会明白其实不是那样的。

尽管她长得不美，但在几十年前，那时她最近的那次婚姻给外形平凡的她带来了一层快乐的色彩，她和其他女人一样能说会道，或许是太能说了一些。要是她的丈夫问她他的袖扣在哪儿，她可能会说："我觉得它们在你书桌最上面的抽屉里，但也有可能你把它们拿到餐厅里去了，它们也许还在餐桌上，又或许它们在混乱中掉到地上了；要是它们被踩了的话我可真不知道该怎么办了，我真不知道……"要是她喝了点酒，受到某种触动想对时局发表看法，她会突然冲口而出说："你知道我是怎么想的吗？我觉得这是一种集体的疯狂：我觉得他们都发疯了，我们都发疯了，但这不是我们的错，也不是我们父母的错，也不是我们祖父母的错。我不知道是谁的错，但我希望知道……"

几年后，她和她丈夫两个人已经太熟了，彼此之间不再需要冗长的解释。这期间她的观点并没有发生改变，而是固化为一种偏执而单调的反应，她的丈夫对此一清二楚。她的句子越说越短，她丈夫总是很清楚她的意思，孩子们长大后也都清楚她的意思。等她的孩子们一个接一个地离开家后，伊尔恩太太渐渐感到她的存在在这个世界上毫无意义，她也没有理由活下去了。她再也不知道自己是谁了。她的丈夫已经长在了她的身体里，她不再能将他和她自己分开了，她的句子变成了只有几个字。她会说："在你房间梳妆台的抽屉里"，或是"彻底疯了"。因为她丈夫在她说什么之前就已经知道了她要说什么，就算那几句也是不必要的，慢慢地她也不说了。"我在想我的袖扣去哪儿了。"她的丈夫会柔声说，更是对他自己而不是对她说。在她把头偏向书桌之前，他就已经在他那堆手帕和外国钱币中找起来了。在他早上给她读报时，她会噘起嘴，对他做一个狂躁的表情，他会听到几年前的那个"疯狂"在空中回荡。他本人或许也会停止说话，如果不是因为他喜欢上了对自己咕咕哝哝的话。

由于家里发生的一切都是从前已经发生过的，由于她的孩子们觉得相比自己家里的热闹，她的沉默令人不安，他们已经很少来看她了，于是伊尔恩太太觉得再没有什么理由需要开口说话了，沉默变成了一种深刻的习惯。她的丈夫病重时，她安静地照顾他；在他死后，她从不用言语表达她的悲伤；当她的大孩子邀请她和他们一起住时，她摆了摆头，回家了。

有时候，她觉得有必要向她的孙儿们解释几句，在她透过她的沉默之墙看着他们的时候；有时她的孩子们会恳求她开口说话，就好像这会向他们证明什么似的。这些时候她会像经历噩梦般挣扎着想要发出声音，但是却不能。就好像一说话她就会将她身体中的什么东西打碎似的。

在她的孤独中，越来越多她从未有过的思想涌现出来，甚至是她年轻时代都未曾有过的思想。它们是比"疯狂"更复杂的思想，她能听到那些话在她的体内翻滚上升。周末她的孩子们来和她坐一两个小时的时候，她却很难找到合适的时间开始讲述她的想法，当那个时刻到来时，当他们停止说笑、目光落到她衰老而坑洼不平的脸上时，她却想不起一周以来在她脑海里忽隐忽现的那些话了。如果她果真想起来了，她却再也无法冲破她无言的牢笼。

最后她停止了尝试，她的孩子再来看她时，他们看到她的脸上有了一种新的表情——一种僵硬的、死气沉沉的表情，一种空洞和挫败的表情，反映了她的无望。他们立刻将这种表情当作老糊涂的证据。她对他们的反应感到震惊和受伤。如果他们对她足够耐心，如果他们和她在一起待的时间足够长的话，他们从她身上发现的不会是一个老糊涂。但他们紧紧抓住了老糊涂的想法不放，将她送去了养老院。

一开始她吓坏了,她在心里为即将到来的变化大声哭喊。带着新的活力,她对他们皱起眉毛,做出一个她的丈夫一定会懂的表情。但是他们不为所动。在他们眼中,她的一举一动都可以被叫作老糊涂了。就连很正常的举动在他们看来都是疯狂的,她做什么都不能触动他们。

但等她在养老院住下来后,她却和她的周遭环境和解了。白天她坐在图书室里读书和思考。她读得很慢,盯着墙看的时间比读书的时间还要长。她用读过的书来检测自己的大脑,她的头脑变强了。只是有一点,那里的护士让她感觉不太真实,令人不解:她觉得她们的尖刻爱笑并不真诚。她们不喜欢她,因为她清澈的眼睛让她们觉得不安。但她在她那些毫无血色、皱纹满面的同伴中感觉很舒服,比她从前和任何充满活力的人相处都要舒服。她觉得那拥挤的餐厅中的宁静很合适。她十分理解那些阴郁的男人女人,他们下午在花园小径上艰难地散着步,漫长的夏日清晨,他们坐在走廊上盯着栏杆外的大街看。一开始是半信半疑地,然后逐渐更确定地,她意识到自己差不多成了一个活死人。在这些差不多死了的人当中,她终于开始生活了。

54

即将结束：各自的房间

他们现在搬到了不同的房间。

那天晚上她梦到她把他抱在怀里。他梦到他在和本·琼森[1]共进晚餐。

---

[1] 本·琼森（Ben Jonson，1572—1637），英国剧作家、诗人、评论家、演员，以讽刺剧见长，代表作有《狐狸》《炼金术士》等。

55

钱

我不再想要礼物、卡片、电话问候、奖项、衣服、朋友、信件、书籍、纪念品、宠物、杂志、土地、机器、房子、娱乐活动、荣誉、好消息、晚餐、首饰、假期、鲜花，或是电报。我只想要钱。

56

鸣 谢

―――――

我要补充的只是
这本书里的印版
是由卡夫先生
用心重刻的

困扰种种（2007）

01

她过去
的
一个男人

———————

　　我觉得母亲在和她过去的一个男人调情，这个男人不是我父亲。我对自己说：母亲不该和这个叫"弗朗兹"的男人有不正当关系！"弗朗兹"是欧洲人。我说她不该在父亲不在家的时候和这个人不正当地交往！但我将旧的现实与新的现实搞混了：父亲不会再回家了。他会一直待在弗农之家。至于母亲，她已经九十四岁了。你怎么能和一个九十四岁的女人有不正当关系呢？但我的困惑一定是这样的：尽管她的身体衰老了，但她背叛的能力却依然年轻而鲜活。

02

狗 和 我

━━━━━━

一只蚂蚁也能抬头朝你看,甚至能举起手臂威吓你。当然了,我的狗不知道我是人,它把我也当作狗,虽然我不会从栅栏上跳过去。我是一条强壮的狗。但我走路的时候不会大张着嘴巴。就算天很热的时候我也不会让舌头往外挂着。但我会朝它吠叫:"不要!不要!"

03

智 慧

————————

我不知道我还能不能继续和她做朋友。我想了又想——她永远都不会知道我对此想了多少。我又试了一次。一年以后,我又打了电话给她。但我不喜欢我们的谈话进展的方式。问题是她不是很有智慧。或者我应该说,她对我来说不够有智慧。她已经快五十岁了,但在我看来,她比我二十年前刚认识她的时候并没有多少长进,那时候我们谈论的主要是男人。那时候我不是很介意她没有什么智慧这件事,可能是因为那时我也不是很有智慧。我相信我现在比那时更有智慧了,肯定比她有智慧,虽然我知道这么说的话就不是很有智慧。但我想要说出来,所以我愿意更晚一点才变得有智慧,这样我还可以对一个朋友做出这样的评价。

04

好品位竞赛

丈夫和妻子在进行一场好品位竞赛，评委是他们的同龄人，有着好品位的男人和女人，其中有一位面料设计师，一位珍本书书商，一位糕点师和一位图书管理员。评委判定妻子在家具，尤其是古董家具方面品位更好。在照明器材、餐具、玻璃器皿方面，丈夫被认为整体品位稍逊。评委认为在窗饰这一项上妻子品位一般，但在铺地材料、床上用品、浴巾、大型家电和小型家电上，丈夫和妻子的品位都很好。他们认为丈夫对地毯品位上佳，但对家具装饰布料的品位却平平。丈夫对食物和酒精饮料的品位被认为十分出色，而妻子对食物的品位则相对不稳，时好时坏。丈夫对衣服的品位比妻子更好，不过对香水和古龙水的品位却不稳定。尽管丈夫和妻子两人在园林设计上的品位评分都不高，但他们在常绿植物的数量与种类安排上的品位却相当好。丈夫对玫瑰的品位极佳，对块茎植物的品位却很差。妻子对块茎植物和除玉簪花之外的多数适阴植物的品位更好。丈夫对花园家具的品位上好，对观赏性盆栽的品位却平平。妻子对花园雕塑的品位被认为都很差。在一番简短的讨论之后,评委们判定丈夫的品位更好,因为他总体得分更高。

05

与苍蝇合作

我在纸上写下一个词,
但他加上了那一撇。

06

卡夫卡做晚餐

———————

随着我亲爱的密伦娜要来的日子一天天临近,我变得越来越绝望。我都还没有开始决定给她做什么。我都还没有开始想这个问题,我只不过是像苍蝇围着台灯一样围着它打转,任它灼烧着我的脑袋。

我担心我最后的主意只剩土豆沙拉,这对她一点也不新奇了。一定不能这样。

关于这顿晚餐的想法已经跟随了我一整个星期,压在我身上,就像深海中没有任何地方不处于巨大的压力之下一样。时不时我会调动我所有的精力研究菜单,就好像我被迫将一根钉子砸进一块石头,就好像我既是那个砸钉子的人又是那根钉子。但其他时候,下午我只是坐在这里读书,扣眼里插着一朵桃金娘,书里有一些段落是那么美,我觉得我自己也变得美丽了。

我还不如坐在一间疯人院的园子里,像一个白痴那样盯着空气好了。但我知道我最后会选出一个菜单,买好材料,做出饭来的。在这一点上,我想我就像一只蝴蝶吧:它曲曲折折的飞行是那么不规则,它不断的震颤让人看着痛苦,它整个的飞行和直线相去甚远,但它还是成功地飞了一英里又一英里并抵达终点,所以它一定比它看起来更有效率,或者至少更坚决吧。

当然,这样折磨自己也是很可悲的。毕竟,解不开戈耳迪之结[1]的亚历山大并没有去折磨那结。我感觉我自己就要被这无数思绪活埋了,但与此同时我又觉得我不得不一动不动地躺在这里,既然反正我可能已经死了。

比如,这天早上,在醒来不久,也是入睡不久后,我还记得之前做的梦:我逮住了一只飞蛾,将它带到了啤酒花田,它就像潜入水中一样扎入地里消失了。当我想着这顿晚餐时,我希望我能像那只飞蛾一样在地里消失。我希望将我自己装在脏衣筐的抽屉里,然后时不时打开抽屉看看自己有没有窒息。你每天早上竟然还会起床,这是多么奇怪的事呀。

我知道甜菜沙拉会好得多。我可以为她做甜菜和土豆,再加一块牛肉,如果我做肉的话。但一块上好的牛肉是不需要配菜的,它单独食用会更好,所以配菜可以在之前上,那么它就不是

---

[1] 比喻难解的难题。传说中,小亚细亚佛里吉亚国王戈耳迪打下死结,神谕凡解开此结者便是"亚洲之王",但几个世纪以来无人能解。后亚历山大大帝远征东方时看到此结,亦无法解开,但他果断地拔出利剑将绳索斩断了。故"斩断戈耳迪之结"比喻快刀斩乱麻,以简单或另类的办法解决难题。

配菜而是前菜了。不管我做什么，她或许都不会觉得我做得有多好，她或许一开始就会不舒服，那么甜菜会让她看着没有胃口。如果是前一种情况的话我会极其羞愧，如果是后一种的话我就无计可施了——我有什么办法？——我只能问一个问题：她想要我把桌上的所有食物都拿走吗？

也不是说这顿晚餐让我很紧张。不管怎么样我还是有一些想象力和精力的，所以我也许能给她做一顿她喜欢的晚饭吧。在我为菲莉斯做的那顿悲惨的晚餐之后，还是有一些是过得去的——不过那顿晚饭带来的好事也许要比坏事多。

我是上星期邀请密伦娜的。她当时和一个朋友在一起。我们在街上偶遇了，我一时冲动邀请了她。和她在一起的男人有一张友善、亲切的胖脸——一张很正确的脸，只有德国人才有那样的脸。发出邀请之后，我满城里走了很长时间，就好像它是一个墓园，我的心里是那么安宁。

然后我开始折磨我自己了，好像花在花盆里被风乱吹却不会丢失任何一片花瓣。

像一封布满铅笔涂改笔迹的信一样，我有我自己的缺陷。不管怎样，我本来就不是很坚强，而我相信就算是赫拉克勒斯[1]也曾至少晕倒过一次。一整天我都试着去工作，不去想要做的事，

---

[1] 希腊神话中的大力神，主神宙斯与阿尔克墨涅之子。其力大无穷，神勇无比，曾解救被缚的普罗米修斯。

但它如此费力，我一点用来工作的力气都不剩了。我打电话时表现得那么糟糕，不久之后总台的接线员都拒绝再帮我连线了。所以我最好对自己说，快去把银餐具擦得雪亮，然后把它们在餐具柜上摆好就完了呀。因为我已经在我脑子里整天擦它了——这就是折磨我的事（还有没擦餐具这件事）。

我喜欢用好的老土豆和醋做的德国土豆沙拉，尽管它味道很重，极具强迫性，我在品尝它之前几乎就觉得恶心了——就好像我是在拥抱一种强迫性的、异质的文化。如果我做这个给密伦娜的话，我可能就向她暴露了我本人身上一个令人恶心的部分，它是我最应该向她隐藏的部分，她还没有发现的那个部分。然而，法国菜尽管更美味，却不是那么忠于我自己，它或许会是一个不可原谅的背叛。

我的心愿都是好的，但我却无法行动，就像去年夏天的某天我坐在家中的阳台上，看见一只甲壳虫肚子朝着天，向空中挥舞着脚，无法校正它自己。我对它充满同情，但我不愿离开椅子去帮它。它停了下来，一动不动地躺了很久，我以为它已经死了。然后一只蜥蜴爬过来，滑过了它身上，将它翻了过来，然后它就像什么事都没发生过一样爬上了墙。

昨天我从街上的一个摊子那里买了桌布。那个男人是个小个子，几乎是奇矮，瘦弱，有胡子，独眼。我从一个邻居那里借了烛台，也许我应该说，她把它们借给了我。

饭后我会给她上浓缩咖啡。在我计划这顿晚饭时，我的感觉有点像拿破仑设计俄国战役应该会有的感觉，要是他确切地知道结果会是怎样的话。

我渴望和密伦娜在一起，不仅是现在，而是每时每刻。我为什么是一个人呢？我问我自己——多么模糊的处境！我为什么不是她房间里一个快乐的衣橱呢？

在我认识亲爱的密伦娜之前，我觉得生活是不可忍受的。然后她进入了我的生活，让我知道那不是真的。是的，我们的第一次见面不是什么好兆头，因为是她母亲开的门，那个女人的前额是多么大啊，上面写着："我已经死了，我鄙视所有还没死的人。"对我的拜访，密伦娜似乎挺愉快，但我离开时她要愉快得多。那天我刚好看了一下城市地图。有一刻我奇怪竟然有人建了这一整座城市，因为需要的只是一间给她的房间罢了。

或许，最终，最简单的就是给她做我给菲莉斯做的东西，但是要细心一点，不出错，而且不用蜗牛和蘑菇。我甚至还可以做醋焖牛肉，当然，在我给菲莉斯做的时候我还在吃肉。那时候我还没有为这个想法感到不安，即动物也有权过好的生活，或许更重要的是，有权好好地死去。现在我连蜗牛都不能吃了。我的祖父是屠夫，我曾发誓他有生之年屠宰的量就是我有生之年不吃的量。我已经很久没有吃肉了，不过我会吃牛奶和黄油，现在为了密伦娜，我会再做一次醋焖牛肉。

我本人的胃口从来就不大。我比正常的要偏瘦，但我很久以来都是这么瘦。一个例子是，一些年前，我经常去莫尔岛河[1]上划小船。我会先往上游划，然后躺在船舱里随着水流往回漂。一个朋友有一次碰巧在过桥，他看见了我从桥下漂过。他说那情景就好像审判日到了而我的棺材被打开了。但话说回来，他那时候差不多已经长胖了，可算是巨肥，对于瘦人他除了知道他们瘦之外一点都不了解。至少我双脚之上的重量是我本人的财产啊。

她可能都不想来了，不是因为她善变，而是因为她已经累坏了，那是可以理解的。要是她不来我也不能说我会想她，因为她一直都存在于我的想象里。不过她会是在一个不同的地址，而我会坐在厨房的桌前，双手捧着脸。

要是她来了，我会一直笑一直笑，这一点是遗传了我的一个年迈的姑母，她也会不停地笑，但我们两个人笑都是因为难堪，而不是心情好或是动了情。我会无法说话，我甚至都不会高兴，因为在做完那顿饭之后我已经毫无力气了。又如果，当我手里捧着盛有第一道菜的碗，心中为它思索着不幸的借口，我会迟迟不

---

[1] 捷克境内最长的河流，又名伏尔塔瓦河。

愿离开厨房去饭厅，而如果她同时感受到了我的窘迫，迟迟不愿从另外那边离开客厅去饭厅，那么很长一段时间那个漂亮的房间就会是空的。

啊，好吧——有人在马拉松比赛上拼搏，有人在厨房里奋斗。

不论如何，我现在快要把整个菜单都定下来了，我开始用想象我们的晚餐来为它做准备，想象它的每一个细节，从头到尾。我愚蠢地对自己重复着这句话，我的牙齿都在打战："然后我们会跑到树林里去。"多么愚蠢呀，因为这里根本没有树林，再说我们根本也不会跑什么。

我对她的到来有信心，虽然像往常一样这种信念伴随着恐惧，但不管怎么说，这恐惧是内在于所有信念之中的，有史以来便是如此。

在吃那顿不幸的晚餐时菲莉斯和我并无婚约在身，虽然我们三年前订了婚，一周后又会再次订婚——这当然不是那顿晚餐的结果，除非，因为我想要做好荞麦拌蝴蝶粉、土豆薄饼和醋焖牛肉却不成功，菲莉斯对我的同情进一步加深了。在另一方面，我们对最后分手的解释比它需要的多得多——这很荒谬，但有些内行人士说，这个城里就连空气都会让人前后矛盾。

我很兴奋，因为人总是会因为新事物而兴奋。我当然也有些害怕。我想一顿传统的德国或捷克晚餐或许是最好的，尽管在

7月里吃会有些厚重。有一段时间，在梦里我甚至都是犹豫不决的。我一度打算放弃，准备干脆离开这座城市。后来我决定留下来，虽然在阳台上躺着可能配不上称作一个决定。这些时候我看上去虽是犹豫不决，无法行动，但我的思想却狂暴地在脑子里打转，就像蜻蜓看上去虽是一动不动地停在半空中，但它的翅膀却狂暴地在微风中打战一样。最后我终于跳了起来，就好像是一个陌生人把另一个陌生人拽下了床。

我认真准备了这顿饭这一点也许是无足轻重的。我想做一些有营养的东西，因为她需要增加体力。我记得大清早去摘蘑菇的情景，我在树林里偷偷走着，两个年老的修女看到了我——她们似乎很看不起我，或是我的篮子。或许是因为我穿了一套漂亮的西装去森林。但她们喜不喜欢我又有什么要紧呢。

随着时间的临近，我一度有些害怕她不会来了，而不是害怕我应该怕的，也就是她会来。一开始她说她可能不会来了。很奇怪她会那么做。我就像一个跑腿小工，尽管没法再跑腿了，但仍然期待着有活儿来。

就好像，当林中一只小动物受了惊飞奔向洞口，它会在地上的枝叶间弄出不成比例的巨大响动，或者它并没有受惊而只是在采坚果，人们也会觉得有一只熊正冲进林中空地，但事实上那不过是一只老鼠——这就是我的感觉，那么微小却又那么吵闹。我请求她不要来吃晚饭，然后我又请求她不要听我的，一定要来。

我们的语言经常就像是某些未知的、外星生物的语言。我不再相信任何话语了。就算是最美丽的语言也会带着蛀虫。

　　有一次,我们一起在一家餐厅吃饭,我对那顿饭觉得很难为情,就好像它是我自己做的一样。第一道菜就把我们整顿饭的胃口毁了,就算后来的东西不难吃也没有用了:肥腻发白的牛肝饺子漂在稀薄的汤里,汤的表面上浮着油星。这顿菜明显是德国做法,而不是捷克做法。但我们之间为什么要这么复杂呢?我们为什么就不能安静地坐在公园里,看蜂鸟从牵牛花上飞起来到白桦树上栖息呢?

　　那天晚上,我对自己说要是她不来,我也会好好享受空着的公寓,因为如果生活本身要求一个人能在房间里单独待着,那么一个人想要快乐就必须能在公寓里单独待着。我为了这顿饭专门借了一套公寓。我却并没有享受到空房间带来的快乐。但也许能让我快乐的不是这空荡的公寓,而是拥有两套公寓这件事。她确实来了,但她迟到了。她说她迟到是因为她等着跟一个男人说话,这男人本人也在焦急地等着一个谈话结果,它是关于开一家新的卡巴莱夜总会的事。我一点也不相信她的话。
　　她走进门的时候我多少是有点失望的。如果她是和别的男人吃饭的话她会开心得多。她准备带一束花,但没有带。但和她在一起我是那么快乐,因为她的爱,她的温柔,就像青柠枝上一只苍蝇的嗡鸣那样明亮。

尽管有些尴尬,我们还是开始了晚餐。看着那些菜,我为我消失的体力哀叹,为我出生了这件事哀叹,为太阳的光芒哀叹。我们开始吃了,不幸的是要是我们不把它吞下去它就不会消失。她显然吃得很享受,为此我既感动又羞愧,既快乐又悲哀——羞愧和悲哀于我没有做更好的食物给她,感动与快乐于我做的东西显然已经够了,至少这一次是这样。要是说这顿饭有任何价值,那也是因为她食用每一道菜时的优雅和她夸赞的巧妙罢了——它实际上糟糕透顶。她应该吃的是烤比目鱼或野鸡胸,还有来自西班牙的刨冰和水果。我就不能想想办法给她做那些东西吗?

当她的称赞变得吞吞吐吐时,语言开始为她变得更柔韧了,比任何人能够期望得都要美。要是一个不知情的陌生人听到密伦娜的话他一定会想,多么了不起的男人啊!他刚刚一定移了一座山!——但我做的不过是按奥特拉教的那样拌了拌荞麦粥罢了。我希望吃完晚饭后她会找一个像花园那样阴凉的地方,在躺椅上躺下来休息。至于我,我的水罐还没到水井边时就已经碎了[1]。

1　根据英谚"The pitcher goes so often to the well that it is broken at last"改编而来。谚语本意为"用水罐去水井边取水太多次,水罐迟早会破",意指碰运气太多次,好运总会终止。这里应指还未尝试即已失败。

而且还出了事故。我看到她的双脚就在我眼前,那时才意识到我是跪着的。地毯上到处都是蜗牛,房间里大蒜味很浓。

也许,即便情况糟糕,等饭吃完后,我们就坐在桌边玩算数游戏了,我不记得了,加法,然后是很多数相加,那时我正盯着对面楼上的窗户。或许我们应该听音乐的,但我不是很懂音乐。

我们的谈话是断断续续的,令人尴尬的。因为紧张,我一直很蠢地离题。最后我终于告诉她我不知道自己在说什么,但其实那并无必要,因为如果她一直在听我说话的话那我们两个人肯定都迷糊了。就算在我没有离题的时候也还是有那么多误会。但她不应该担心我在生她的气,而是应该担心相反的事,我没有。

她以为我有一个叫克拉拉的姑姑。我确实有一个叫克拉拉的姑姑,每个犹太人都有一个叫克拉拉的姑姑。但我的姑姑早就死了。她说她的克拉拉姑姑相当古怪,喜欢发表声明,比如一个人应该用正确的方法贴邮票,而且不应该直接往窗外扔东西,这两个说法都是对的,当然,但都不是很容易做到的。我们还谈到了德国人。她极其讨厌德国人,我说她不应该,因为德国人很好。也许我不应该吹牛说我最近有一次连续劈柴超过了一小时。我觉得她应该对我心存感激——毕竟我克服了自己,没有说出带有恶意的话。

再多一个误会她就准备走了。我们尝试用不同的方法表达自己的意思,但那样的时候我们就不是情人,而是文法家了。就算是动物在吵架时也会丧失警惕：松鼠会在草坪或路上跑来跑去，忘记可能有捕食者在看着它。我告诉她要是她想走，唯一能让我高兴的是她走之前要吻我。她向我保证虽然我们是生着气分开的，但我们不久以后还会再见面，但在我看来"很快"而不是"永不"仍然是"永不"。然后她走了。

我心情失落，感觉我的情形比鲁滨孙更加鲁滨孙——至少他还有他的小岛、星期五、他的储粮、他的山羊、带着他漂流的船，还有他的名字。至于我，我想象一个双手满是石炭酸味道的医生正把我的脑袋放在他的双膝间，不断地往我的嘴里送肉，直到把我噎住为止。

夜晚结束了。一个女神一样的人物从电影院走了出来，剩下一个小个子搬运工在铁轨旁站着——这就是我们的晚餐吗？我是那么肮脏——这就是为什么我总是在呼唤纯洁的原因。没有人的歌唱会像寄身最深层的地狱的人一般纯洁——你以为你听到的是天使的歌声，但实际上是另外的歌。但我决定再活长一点时间，至少活过今晚。

不管怎样，我并不是一个优雅的人。有人曾说我游泳时就像天鹅，但那并不是一句赞美。

07

热带风暴

就像一场热带风暴,

我,有一天也可能变得"更有条理"。

08

美好的时光

事情是每一段糟糕的时光都会制造一种糟糕的感觉,跟着又会制造好几段糟糕的时光和好几种糟糕的感觉,于是他们共同的生活便充满了糟糕的时光和糟糕的感觉,那么多以至于在那片阴暗的领地别的什么都长不了。但有一天早上她感到心中残存着一种平静的感觉,那是前一天晚上留下来的,她在做缝纫,他坐在隔壁房间里看书。一两天以后的早上,她心中延续着一种满足,那是前一天晚上留下来的,她在洗晚餐后的碗,他在厨房里陪着她。她想,如果美好的时光持续增加,每一段美好的时光可能都会制造一种美好的感觉,跟着又会制造好几段美好的时光和好几种美好的感觉。她的意思是美好的时光可能会以平方的平方快速累积,甚至更快,就像老鼠一样,就像菇群一夜之间从一粒被吹散的母菌孢子上长出来一样,而母菌本身也是和其他蘑菇一起从一粒被吹散的孢子上发出来的。慢慢地,她和他共同的生活将会充满美好的时光,这美好的时光会将糟糕的时光都赶出去,就像现在糟糕的时光几乎将美好的时光全都赶了出去。

09

关于一个短纪录片
的想法

———————

不同食品加工厂的代表们打开自己产品的包装。

10

禁忌话题

很快他们想聊的话题几乎都会和一个不愉快的情景联系在一起，变成一个他们不能聊的话题，于是一点点地他们能安全聊起来的话题就越来越少了，最终他们除了新闻和彼此在读的书就没什么能聊的了，而且还不是所有书都能聊。他们不能聊的东西有她的某些家庭成员、他的工作时间、她的工作时间、兔子、老鼠、狗、某些食物、某些大学、炎热的天气、白天和夜晚房间里什么是过热和过冷的温度、夏天夜里是开灯还是关灯、钢琴、音乐这一大范畴、他挣多少钱、她挣多少钱、她花了多少钱，等等。但有一天，在他们聊起了一个禁忌话题之后，尽管它不是禁忌话题中最危险的一个，她意识到，有时候，平和而小心地聊起一个禁忌话题是可能的，而且它可能再次变成一个他们可以聊的话题，然后他们又能平和而小心地聊起另一个禁忌话题，于是他们又多了一个可以再聊的话题，当他们能再聊的话题变得越来越

多以后,渐渐地,他们就会聊得更多,而聊得更多就会信任更多,当他们拥有足够的信任之时,他们甚至可能敢去碰触最危险的那些禁忌话题了。

11

两种类型

容易激动的
*

在丢了一支笔后,一个女人抑郁难过了好多天。

然后她因为一个鞋子打折的广告而激动万分,开了三个小时的车去了芝加哥的一家鞋店。

头脑冷静的
*

一天晚上,一个男人发现一栋公寓楼起火了,他去了另一栋楼寻找灭火器。他找到了灭火器,带着它回到了火灾现场。

12

五 感

许多人都会带着一定的尊敬和小心对待他们的五感。他们带着眼睛去逛博物馆,带着鼻子去逛花展,带着手去布店品鉴天鹅绒和丝绸;他们用一场音乐会给耳朵以惊喜,用一顿餐厅大餐慰劳自己的嘴巴。

但大多数人会让他们的感官日复一日地为自己辛苦劳作:给我读这张报纸!好好注意着,鼻子,别让东西烧糊了!耳朵!——打起精神,别错过了敲门声!

他们的五感总是有事要做,而且做得很好,总的来说——当然聋子的耳朵不行,瞎子的眼睛也不行。

五感会疲惫。有时候,在最后的日子到来很久之前,它们会说,我不干了——我现在就不干了。

于是这个人面对世界就不是那么有准备了,他会更常待在家里,他缺乏继续生活下去必备的某些东西。

如果所有感官都不干了，他就真的完全孤独了：在黑暗中，在寂静中，手是麻的，口中无味，鼻中无嗅。他问他自己：我对它们不好吗？我难道不是让它们开心了吗？

13

语法问题

现在，在他快要死的时候，我能说："这是他生活的地方吗？"

要是有人问我："他生活在哪里？"我应该回答"这个嘛，现在他不在生活，他正在死去"吗？

要是有人问我："他生活在哪里？"我应该回答"他生活在弗农之家[1]"，还是说，"他正在弗农之家死去"？

在他死后，我应该可以用过去式说："他在弗农之家住过。"我也应该可以说："他是在弗农之家死去的。"

在他死后，与他有关的一切都应该用过去时了。又或者说，"他死了"这个句子是现在时，"你们要带他去哪儿？"以及"他现在在哪儿？"这样的问题也是现在时。

但我又不知道在现在时中，he 和 him[2] 这样的词是否正确。在他死后，他还是"他"吗，如果是，他会有多久还是"他"？

---

1 应是美国马萨诸塞州的一家提供医护服务的养老院。
2 分别是"他"一词的主格和宾格。

人们可能会用"遗体",并把它叫成"它"。我无法叫他"遗体",因为对我来说他还不是可以被叫成"遗体"的事物。

人们也许会说"他的遗体",但那似乎也不对。那不再是"他的",因为他并不拥有它,因为他不再能活动且不再能够拥有任何东西了。

我不知道是不是还有"他",虽然人们会说"他死了"。但"他死了"听起来好像确实是对的。这可能是他最后一次被称作现在时中的"他"了。又或许这并非最后一次,因为我还会说:"他正躺在他的棺柩里。"我不会说,任何人也不会说,"它正躺在棺柩里",或"它正躺在它的棺柩里"。

在他死后,提到他时我会继续说"我父亲",但我是只会用过去时,还是也会用现在时?

他被装进了一个盒子,而不是棺木里。那么,在他被装进盒子里之后,我应该说,"那个盒子里是我父亲",还是"盒子里的曾是我父亲",还是应该说,"那个,在那个盒子里的东西,曾经是我父亲"?

我还是会说"我父亲",但或许我只会在他看起来还是像我父亲或大体像我父亲的时候才会这么说。那么,当他成了灰烬时,我会指着那些骨灰说,"那是我父亲"吗?还是说,"那曾经是我父亲"?或"那些骨灰曾经是我父亲",又或者,"那些骨灰曾经是我父亲的事物"?

在我日后去墓园的时候,我是应该指着墓地说,"我父亲埋在这里",还是说,"我父亲的骨灰埋在这里"?但那些骨灰不是属于我父亲的,他不拥有它。它会是"那些曾是我父亲的骨灰"。

在"他正在死去"[1]这个句子中,he is 之后跟着现在分词,表明他在积极地做着什么。但他并不是在积极地死去。他唯一还在积极做的事就是呼吸。他看上去就好像他是在刻意地呼吸,因为他是那么用力,还微微皱起了眉头。他在努力,但他当然别无选择。有时候他的眉头会一瞬间紧起来,就好像他被什么东西弄疼了,就好像他在更用力地集中精神。就算我能猜到他皱眉是因为身上哪里在疼,或某些别的变化,他看起来还是像迷惑了,或是他不喜欢或不认同什么事。我一生中常在他脸上看到这种表情,虽然从没有看过他同时这样半睁着眼,大张着嘴。

"他正在死去"听起来比"他很快就要死了"[2]更积极。这或许是因为 be[3] 这个词——我们能够"是"什么,不管是否出于主动选择。不管他喜不喜欢,他"将会是"[4]死了的。他已经不在吃东西了。

"他不在吃东西"听起来也是积极的。但这并非他的选择。

---

1 原文为"he is dying"。
2 原文为"he will be dead soon"。
3 "是",用以描述事物的状态或性质。
4 原文为"will be"。

他意识不到他不在吃东西。他一点意识都没有。但"不在吃东西"比"正在死去"听起来更准确,因为那个否定词。"不在"对他来说更准确,至少当下是这样,因为他看起来好像在拒绝什么东西,因为他在皱眉。

14

手

在握着我读的这本书的手之外,我看到了另外一只闲放着的、略微失焦的手——我的多余的手。

15

毛毛虫

今天早上我在床上发现了一只小毛毛虫。房间里没有窗户能让我好好把它扔出去,而且如果没有必要的话,我是不会碾死或杀死活物的。我会费点事,把这细细黑黑的、光秃秃的小毛毛虫带下楼,扔到花园里去。

它不是一只尺蠖,虽然它和尺蠖是一个尺寸。它不会从中间拱起来,而是会用它的许多对腿稳稳地爬行。我离开房间的时候,它正安静地在我手上的丘壑间快速爬动。

但楼梯下到一半的时候,它不见了——我的手掌手背上都没有。这毛毛虫一定是松开了脚,掉下去了。我得找到它。楼梯上很暗,梯级又漆的是深棕色。我可以去拿一把手电来找这个小东西,要是我想救它的命的话。但我不会费那么多事——它得自己尽力了。但它怎样才能走出后门、走到花园里呢?

我继续做我自己的事去了。我以为我已经把它忘了,但我并没有。每次我上下楼的时候都会避开它的那边楼梯。我确信它还在那里，正在努力下楼。

最后我妥协了。我去拿了手电。现在的问题是楼梯很脏。我不怎么清理它，因为暗地里也看不见什么。而那毛毛虫又是那么小，或者说曾是那么小。在手电光底下，许多东西看起来都和它很像——一条细木屑或是一条粗一点的线都是。但当我去戳它们的时候，它们不动。

我把它那一边的每一层楼梯都找了，然后两边都找了。一旦你开始帮助任何活物，你都会对它产生感情。但我哪儿也找不到它。楼梯上积了好多灰和狗毛。它小小的身体上可能沾满了灰，让它很难动或是向它想要去的方向动。灰尘也可能让它干掉了。但它为什么一定要往下而不是往上爬呢？我还没有去找它消失的地方上面的平台。但我不会费那么多事。

我回去继续做自己的工作。然后我把毛毛虫给忘了。我把它忘了有一小时，直到我又去楼梯口的时候。这一次我在一级楼梯上看到了一个大小、形状、颜色都很像它的东西。但它是平而干的。那不可能是它。那一定是一只短松针，或其他植物的某个部位。

下一次想起它的时候，我意识到我已经把它忘了好几个小时了。只有上楼或下楼的时候我才会想起它。毕竟它确实在那儿，努力抵达一片绿叶，或正在死去。但我已经不那么关心它了。我确信，很快我就会彻底把它忘了。

后来楼梯上散发着一股难闻的动物的气味,但那不可能是它。它太小了,不可能有什么气味。它那时候可能已经死了。说真的,它真是太小了,小到不值得我再继续去想它。

16

看孩子

轮到他看小孩了。他不高兴。

他说:"我总是干不完想干的事。"

小孩的心情也不是很好。

他给了小孩一瓶果汁,把他放在一张大扶手椅后面坐着。

他自己在另外一张扶手椅上坐下来,然后打开了电视。

他们一起看起了《单身公寓》[1]。

---

1 原名为 *The Odd Couple*(直译《奇怪的一对》),1968年上映的一部美国喜剧片。

17

我们想你：一份
对四年级生慰问信
的研究

以下是对一些四年级生写的 27 封慰问信的研究，信是写给他们的同学斯蒂芬的，他当时正因严重的骨髓炎住院治疗。

病是在一起相当神秘的车祸事件后染上的。根据他自己事后做的报告和当地报纸上的一条小报道，那是在 12 月初的一天傍晚，小斯蒂芬正独自一个人走在回家的路上。他上了那条街，正准备过马路，然后被一辆缓慢开过来的车斜着撞到了，车子冲力不大，但还是把他撞倒在地了。司机是一个年纪不明的男人，他停下了车，出来查看男孩的情况。因为确信男孩没什么事，他又开走了。事实上，男孩的膝盖受了伤，但因为难为情或不知怎么觉得自己有错，他回家后对车祸的事只字未提。未受医治的膝盖感染了；骨髓炎病菌侵入了伤口；男孩病得很严重，住了院。几个星期以后，在医生、家人、朋友担心了一段时间后，男孩出院了，这在一定程度上要感谢刚发明的新药青霉素。

在斯蒂芬住院期间，他的父母为寻找汽车司机在当地报纸上发了如下消息。消息的标题是《父母欲寻车祸司机谈话》。它是这样写的：

大约在12月的第一周，住在北路94号的B先生及B太太的儿子斯蒂芬，傍晚时分在榆树街和新月街被一辆汽车轻轻撞倒了，汽车司机出来查看了男孩的情况，并和他进行了交谈。然后两个人各自离开了。

男孩家长欲与车主取得联系，恳请他主动找他们交谈。

没有人回复这条消息。

圣诞假期结束后，男孩的同学们回到学校上课了，他们的老师F小姐要求他们每人给斯蒂芬写一封慰问信。然后她简单却精到地批改了一下这些信，之后将它们打包寄给了斯蒂芬。从这些信的共同特点来看，这明显是一份学校作业，是为了教授某些信件写作技巧的。

学校
*

写信的孩子读的学校是在一栋大砖楼里，从幼儿园到八年级都有，坐落在一个怡人的住宅区的中心。街道两旁长着成熟的遮阴树木，房子主要是宽大舒适但毫不浮夸的中产阶级住宅，除个别情况外院子都不大，里面铺着草坪，长着各式树木、灌木和花草。大多数住在这个区的孩子都会独自或与朋友相约走路上下学，人行道基本保养良好，但偶有地方裂了缝或是被大树的根顶了起来。斯蒂芬本人，还有卡萝尔和乔纳森住的那条街与学校只隔一条街。学校那条街的街角有一家小小的商店，店主是一个相当严厉的中年女人，也是她管店。店里卖糖果和种类不多的蔬果食品，放学后里面总是挤满了学生。商店对面，从一条坡度很陡的街下去便是一条宽阔的浅河，因为从上游工厂里排出的污水，孩子们被禁止下河游泳。教学楼外面围着一个大柏油地面操场，但操场里没有能攀岩和游泳的地方。教室采光很好，有自然光从大大的窗户里透进来。

信件的总体外观和形式

*

这些信是写在画线的练习本上的，本子有两种大小，大部分是写在 7 英寸乘 8.5 英寸的小本子上，有四封是写在 8 英寸乘 10.5 英寸的大本子上的。尽管这些本子是将近六十年前生产的，质量也不好，但它们还是足够柔软和光滑，信件依然清晰可读，而且有些学生写得尤其用心，将字迹写得深而清楚。信都是用钢笔写的，不过用的墨水各不相同，有蓝有黑，有深有浅，线条有的粗有的细。

总体来说这些信字写得都很不错，也就是说，字体是大体角度一致地向右倾斜的，大多数抵在线上，字母的间距平均，字母的右上角不会碰到上面的线，等等。不过，笔迹的粗细不均和字母的形状不一，以及字迹的歪扭还是说明这些初学者手是抖的，并且写得很吃力。然而，有些大写字母却写得非常优雅，是用漂亮的花体写出来的。

这些信总共有27封，写信的是13个女孩和14个男孩。有24封信是1月4日写的，这一天显然是老师布置作业的时间；有2封注明的日期是1月5日，还有1封是1月8日，这表明这些孩子在布置作业的当天是缺勤的。

信都有一样的信头，显然是由老师规定的，在右上角的三行上写着：学校校名；所属的城镇和州；日期。信纸左缘用铅笔画了一条线，它是用来统一每行开头的缩进的，只有1月8日的信是个例外——这个后来者显然没有得到指导或是没有听到——那些写在稍大的纸上的信左边则有一道印出来的标尺线。那些用手画出来的线各不相同：有的细而直，有的粗而歪斜，有一个则在下方歪着画了下去，这个学生的尺子显然没有纸张那么长。

称呼都是一样的："亲爱的斯蒂芬。"落款则有微小差异："你的朋友"（5个男孩和10个女孩），"你的同学"（3个女孩和2个男孩），"你的兄弟"（4个男孩），"你真诚的"（1个男孩），

"爱你的"（1个男孩），以及"你兄弟中的兄弟"（1个男孩：那是他的好友乔纳森）。必须指出，只有男孩用了更口语化的"兄弟"，而使用更正式的"朋友"一词的女孩则是男孩的两倍。

老师用钢笔批改了这些信，用的是最黑的墨水，字写得比较小。她在缺少逗号的地方加上了逗号（经常是在称呼语之后，如"亲爱的斯蒂芬"，或是落款之后，如"你的朋友"，以及在市镇和州名之间），缺了问号的地方她也加上了。她还改正了一些拼写错误（"happey""sleding""throught""brouther"还有"We are mississ you very much"[1]）。出人意料的是，还有一个孩子的名字也需要她来改正，是将"Arilene"改成"Arlene"。她加上了两个漏写的词。不过有几个错处她也没有注意到。总的来说，这些信的拼写和标点使用都是不错的；老师平均每页只需要改正一处，大部分是标点错误。这要么是这些学生学得很好，要么，更有可能的是，这些信是在粗糙的初稿之后仔细誊写出来的。

有22个学生署了他们的全名，包括名和姓。有1个署的是"比利·J"。还有4个署的是他们的单名（为了保护隐私，这里只会给出孩子们姓氏的首字母。）

长度

除去称呼和落款，信件的长度从3行到8行、2句到8句不

---

1 分别为"happy""sledding""thought""brother""We are missing you very much"的误拼。

等。男孩的信都不超过5句，而女孩的信全部都有6句、7句、8句。虽然女孩数量比男孩少一个，但她们的信沟通性更强，总共有84行，而男孩的只有66行，女孩的信有61句，男孩的只有53句。

不过，也不是所有女孩都那么喜欢沟通。两个女生的信都只有3行3句。其中之一是萨莉写的那封阴郁的信，底下做了引用。还有一封是苏珊·B写的短信，其中语带羡慕地谈到了一盒糖果。总的来说，最短的那些信从长度到内容似乎都表明信件作者的精神状态比较抑郁和冷漠，而长的那些则是由性情更快乐和外向的学生写的。中等长度的差异较多，有的表达了坚定的现实主义精神（断掉的树枝和塌掉的雪人），有的是无聊地走走形式（见下面莫琳的信），有的则表达了强烈的感情和个性（比如斯科特的"我想把你从床上拽起来"）。

总体连贯性

这些信总的来说写得不是很连贯：后一句话和前一句话之间往往没有什么关系（例如，"天气一直在变。我等不及看到你回学校了"）。

不过，有的信会从头到尾极为连贯地展开一个想法：例如，萨莉情绪恶劣的信，斯科特说要把斯蒂芬从床上"拽起来"的那封热情洋溢、略显暴力的信，亚历克斯那封关于滑雪橇的信息含量丰富的信，信中写到了滑雪橇的不同地点并提到了他比去年取得的进步——"我们在医院山那边玩得很开心。我们碰到了一个山包并且在空中飞了起来。今年我到了比往常更高的地方。"

句子结构

这些信里绝大多数用的都是简单句（例如，"昨天晚上外面有一场大雪仗"），偶尔才会有并列句、复合句或并列复合句。

并列句

最短的一封信（两句话）是彼得写的。他也是那个将标尺线画得粗而且歪并且底部斜掉了的男孩。然而，他却是极少数写出了并列句的学生，而且用到了一个比较有趣的连词"但是"："我们玩得很开心，但是我们想你。"

另外一个用了"但是"的学生是辛西娅，她是班上的现实主义者之一："我堆了几个雪人，但是它们都塌掉了。"

另一个现实主义者苏珊·A用了"但是"来修饰一个游乐场，底下将会引用。

这些信里用到的其他连词有：直到（2次），因为（2次），以及最常用、最无表现力或最中性的：并且（7次）。

一个叫卡萝尔的女生在只有三句话的信里用连词"因为"造了两个复合句："我希望你能很快回学校，因为没有你很孤独"，以及"新年前夜你的［小］妹是在我们家过夜的，因为你母亲和父亲还有［大］姐去参加派对了"。因为她用的句子较为复杂，她的信里句子很少（3句）却占了较多行（8行）。

最常见也最没有表现力的连词是并且（共出现7次），比如在亚历克斯的句子里："我们撞上了一个山包并且在空中飞了起来。"一个叫戴安娜的女孩用两个祈使句造了一个并列句："快点好并且快点回来吧。"

复合句

除了那种以"我希望"（比如，"我希望你会好起来"）和"我真想"（比如，"我真想你也看到了它"）开头的陈套的句子，信中用到的复合句并不多：

弗雷德："好吧，我猜这就是所有我想告诉你的事。"

西奥多："我打赢了那些跟我打仗的男孩。"

亚历克斯："今年我到了比往常更高的地方。"

苏珊·B："乔纳森·A告诉我他寄［原文如此］[1]你一大盒糖果。"

金斯利连续用了两个复合句："你觉得你圣诞节会收到什么礼物？"以及"我得到了所有我想要的东西"。

---

1 此处用了现在式"send"，应使用过去式"sent"。

并列复合句

范，那个承认自己毫无灵感且把信写得最短的男孩，却也是少数写出了并列复合句的学生，虽然他漏写了两个词并且前后矛盾（见他对"想"字的使用）："我想说的就这些了［原文如此］，因为我就是没法去想[1]。"

乔纳森也用了一个并列复合句。他的信比较乐观，但他用的连词也比较无趣："我希望你喜欢我送你的那盒糖果，我也等不及看到你回家了。"

苏珊·A用了一个更有分量的连词"但是"："雨停后一切看起来都像童话一般，但是有些树被压弯压断了。"这句话之后又接着一个并列复合句，而且用了一个语气很强的连词"所以"，还有一个祈使句："我们很抱歉你在医院里，所以快点好起来吧。"

动词

有些学生的动词时态用得不是很清楚。

提到一部电影的时候，西奥多写道："I wish you saw it."不是很清楚他的意思是"我希望你能看到它"还是"我希望你看了"。

---

[1] 原文为"I think that is all to say [sic] because I just can't think."此句前半句有语法错误，应为"I think that is all there is to say"，故作者加［sic］（原文如此）予以标示。

比利·T写道："I hope you will eat well."不是很清楚他是说希望斯蒂芬什么时候、在哪里吃得好。

约瑟夫·A写道："I hope you have fun."不是很清楚他是说希望斯蒂芬什么时候、在哪里过得开心。比利和约瑟夫两个人可能都是想表达现在分词形式"are eating well"和"are having fun"的意思。我们也应指出约瑟夫是唯一将斯蒂芬住院和过得开心联系起来的小孩。

最生动的动词还是斯科特的盎格鲁-撒克逊词源的"yank[1]"。

祈使句

用到了祈使句的全是女孩（4次，其中一句被"请"字柔化了）。这或许意味着女孩比男孩更具有"命令"和"领导"的倾向，但也有可能它并不具备统计学上的意义，因为信件的样本很小。

风格

这些信的风格大体是非正式的，也就是说，既不过分正式，也不过分随意和口语化。偶尔用词会变得口语化：有两个句子的开头用了"好吧"这个词（两个句子里都漏掉了应该跟在后面的逗号）。斯科特的信里用了一个生动的口语化的动词"拽"。不

---

1 拖拽。

过，值得注意的是，大多数孩子的信中至少有一处明显过分正式的地方：只是有选择，他们显然是有的，大多数孩子都在信里署上了自己的全名。同时，有两处提到别的小孩的名字时都是用了全名，尽管斯蒂芬完全能从上下文判断他们说的是谁。这有可能是因为在校园的环境里，在老师点名或是训人的时候姓和名经常是被连在一起用的，所以无论何时，只要是在学校里写东西，孩子们就更习惯使用彼此和自己的全名。

两个孩子在信中展现出了语言风格。一个是苏珊·A，她通过使用头韵和强有力的节奏感创造了一个生动具体的画面："有些树被压弯压断了。[1]"另外一个是萨利，她用了一个具体有力的画面开头——"你的位置是空的"——又用一个平行结构对其予以加强："你的袜子没有织完。"

斯科特的信也可以说实现了一种令人愉快的平衡感，在他只有四句话但十分连贯的信中，他通过交替使用"在那儿""在我们这儿""在你那儿"以及"说回这儿"，事实上创造了一种来回往复的效果，于是他的信将斯蒂芬和同班同学的距离比任何人的都要拉得更近。

内 容

有的信是平淡与/或缺乏表现力的，有的信则更具信息量、

---

1 原文为"some trees were bent and broken"（bent 和 broken 均以字母 b 开头，压了头韵）。

更丰富多彩,并且/或者更加生动地表现了作者的个性。

最平淡的一封信或许是莫琳的,里面用的是最普通的套话表达感情,再加上最一般的"新闻",并且在内容和形式上都不会显露出一丁点个性。尽管它无疑是友好而乐观的,但这种友好和乐观却显得有些生硬:"你感觉怎么样?我非常想你。我希望你能很快回学校。我很喜欢学校。我在雪地里玩得很开心。"她的字体很圆,除了字母 I 是个明显特例,其他全部向右倾斜,而字母 I 是竖着的。说这些明显不同的 I 表现了一种升华的反叛精神、一种压抑的渴望,渴望不要那么墨守成规和顺从听话,或许不算太离谱。

另一封相当平淡的信是玛丽的,它是用一种小而圆的字体写出来,尽管它比莫琳的语气更强——"我们都非常想你"——并且还加了一个具体细节:"我在雪上滑雪橇时玩得非常开心。"

这些信的内容大体可以用下面的标题来概括,表达内容的两个总类别是同情与"新闻":

表达同情的套话

快点回来/真希望你在这里(27 封信中出现了 17 次)

你怎么样/希望你感觉好些了(16 次)

想你(9 次)

在医院的情况/食物(4 次)

同情：我知道你是什么感觉（2次）

新闻

在雪地里玩（9次）

圣诞节/圣诞礼物（7次）

学校/作业（4次）

吃东西/食物（4次）

天气（3次）

和父母去买东西（2次）

看电影（2次）

宠物（1次）

新年前夜（1次）

斯蒂芬的家人（1次）

派对（1次）

表达同情的套话
想你

许多孩子的信里写到了标准的"我们[或我]想你"或是"我们[或我]非常想你"，经常是和"我们[或我]希望你能很快回来"连在一起的。

范的信一开始也是表达这两种意思，然后他陷入了迷失：

他的字写得细而抖,并且字母之间几乎是贴在一起的,信的结尾是:"我想说的就这些了[原文如此],因为我就是没法去想。"他有些字母是整齐地挨着线的,有些却漂在上方或沉在底下。他的情况可能是——就像别的有些小孩一样显露出了些许焦虑——字母不在线上是因为孩子们在过度补偿:因为害怕字母沉到线下,他会把它们写在线的上方;因为害怕它们会漂在线上,他强迫自己把它们写在了线下。我们必须记住,在想象这些孩子学习怎样写出整齐的字时,作业本上的线并不是字母落脚的地方。它是一个概念化的记号,一个很细的记号,一个初学写字的人会觉得很难把每个字母都写得挨到线上。因此,对有些孩子来说,写字这件事本身就令人焦虑,不管他们要表达的内容是什么。

琼写得更具体,因而也更感伤,她立刻就提到了他们的教室:"我想念坐在教室里我们这一排的你。"此外,她还传达了坐在同一排的孩子们之间的同伴情谊——"我们这一排"。

尽管萨莉的信是最短的之一,但她写得相当具体,也包含着最强烈、最忧伤的情感负担:"希望你感觉好些了。你的座位是空的。你的袜子没有织完。"最后一句话后面是句号,但是,奇怪的是,后面又跟着一个小写字母 b,所以在萨莉接着写下去时,我们不清楚她是要继续上一个句子还是开始一个新句子,再一次地她纠结在了负面的可能性上:"但是[1]我不认为它会被完成。"

---

[1] 原文为 but,以小写字母 b 开头。

同样不清楚的还有"但是"的意思。萨莉的字写得轻而细，字母极小，除了在她明显弄错了老师的指示，将 f 和 l 这种长体型的字母写得顶到线上的时候。信的内容，以及它的简短和萨利的小字，似乎暗示她天生有一种悲观的性格或是较低的自尊心，尽管她的大写字母 H 倒是独具热情与气派。

你感觉怎么样 / 希望你感觉好些了

另一种被普遍提到的感情是："我们[或我]希望你感觉还好 / 会很快好起来 / 会很快病好 / 你感觉怎么样？"

比利·J 的信以"我希望你感觉还好"开头，用"我希望你会很快回来"结尾，中间只有一句话："我们也没什么事。""没什么事"里面的字母比其他的更小更紧凑，或许映衬了其中的内容。比利的信也常会沉到线底下去，与他信中唯一的新闻情绪一致——没有多少事被完成了。

路易丝的信里有一种谈话式语气，这种风格在所有信中较为罕见，她的字体是粗黑的，方方正正地坐在线上，但有时会挤到纸页的右缘："你感觉怎么样了？好一些了，我希望。"

约瑟夫·A 写的不是"How are you?"，而是"How do you[1]?"老师没有注意到这一点。

1　正确的写法为"how are you?"（你怎么样？）

快点回来 / 真希望你在这里

路易丝在她只有6行的信里倒写了8句,她两次表达了同一种情绪,一次是在开头——"你什么时候会回来?"——一次是在结尾,用的是一种礼貌的命令语气——"请试着快点回来。"

就像上面引过的那样,卡萝尔的信加上了一句效果强烈的解释"因为没有你很孤独"——它要么是真诚的,因为她住在斯蒂芬家隔壁,可能是他的好友,或者它至少是礼貌的。必须指出卡萝尔和斯蒂芬的关系相当特殊,因为他们的家人也是朋友,就像她的信中表明的那样。

热情的约瑟夫走得更远,显得很不耐烦:"我等不及你回学校了。"

斯蒂芬的朋友乔纳森的字圆而直,每个字母都齐齐地贴着线,他用的语句基本是一样的:"我快要等不及你回家了。"乔纳森用"回家"代替更常用的"回学校"大概是因为他不仅是斯蒂芬的好友,也是他的邻居。

一个叫戴安的女孩写了几乎一模一样的话——"我几乎等不及你回到学校了"——然后她又用了一个含有两个祈使句的句子加以强调:"快点好并且快点回来吧。"

她的朋友玛丽·K说得更精确也更严重,她希望斯蒂芬"会在很短的时间内回到学校"。

比利·T强调了斯蒂芬出院而不是回学校的事。在他的短信里他用了两句话表达这个意思："你什么时候会出院？我希望你快点出院。"

另一个男孩，斯科特，在他尤为连贯的信中也表达了这种感情，信中每一句话和上一句话都是有逻辑联系的。他以表达同情开头，"我知道你在那儿会是什么感觉"，然后他继续发展他的想法，先是重申了他的同情（这在这些信中并不常见）："我觉得你会想跟我们在一起。"然后他加上了一个戏剧化表达，还罕见地用到了虚拟语气："要是我在那里的话，我就会把你从床上拽起来。"最后他是以那个来回往复的结构结束的，又提到了学校，并且——用了"然后"——富有逻辑地表达了他想象中的进展："然后你就又可以回到这里了。"（斯科特的"在那儿"和"在那边"表明他意识到了医院离镇上有一定距离并且是在高处的，这一点在乔纳森一模一样的"在那边"以及另一个小孩在写滑雪橇时提到的"医院山"那里得到了支持。）

一个叫苏珊·B的女孩写了一封短信（3行，3句），里面只有陈套的话和一句相当惆怅的二手报告："乔纳森·A告诉我他寄［原文如此］你一大盒糖果。"她的字体在信的后半部分明显变了：在信的开头是黑、直并且自信的，随后变得越来越淡，越来越向右倾斜，到写得细而弱的"糖果"时几乎都是向右倒过来的了。

在医院里的情况 / 食物

只有几个孩子对斯蒂芬在医院里的情况表达了好奇。

金斯利问道:"在医院里你还喜欢吗?"

斯蒂芬的好友乔纳森对此也表达了兴趣:"在那边的情况怎么样?"

斯蒂芬的隔壁邻居卡萝尔比较具体:"你在那里吃得好吗?"

比利·T也很关心斯蒂芬吃的东西,想必是指在医院里,不过他用的将来时使他有些表意不清:"我希望你会吃得好。"

阿琳显然不是很确定该怎么拼她自己的名字,要么就是她故意加了一个字母i来加以装饰,她问了两个简洁但确切的问题,让信里带上了一种急切甚至是咄咄逼人的语气:"你的护士是谁?你的医生是谁?"然而,我们读到最后一句话时明白了,她的兴趣可能是"专业性的":"我圣诞节收到了一个护士工具盒。"

同情:我知道你是什么感觉

斯科特的信是以表示同情开始的——"我知道你在那边是什么感觉"——在他威胁要去看斯蒂芬之前。

约瑟夫·O的信也是用看似关心的句子开始的:"我知道你是什么感觉。"但他接下去的句子明显与前面没有关系:"我会买一个带帽子的新外套。"

新闻

天气

有几个小孩提到了天气。

约瑟夫·A言简意赅或颇有道理地说:"气温一直在变。"

辛西娅很懂得精确和细节(见下)的重要性,她写道:"今天外面都是冻[原文如此][1]。"

另一个叫苏珊·A的女孩对天气的描写更诗意,她用到了所有信件中唯一的比喻句。尽管比喻比较老套,但她立刻用了一个有力的现实主义的描述将其提升:"一个星期前我们这里下冻雨了。雨停后一切看起来都像童话一般,但是有些树被压弯压断了。"她对周围环境那种就事论事和现实的态度也能通过她的字体反映出来,她的字写得相当规整,除了那些较高的字母线条会有些发抖之外。

吃东西/食物

除了有两个人提到了斯蒂芬在医院里的饮食情况外,提到食物的就只有两次说到乔纳森那盒作礼物的糖果的时候,一次是乔纳森自己提起的("我希望你喜欢我送你的那盒糖果"),一次是苏珊·B或许相当嫉妒地提到的那次。

---

[1] 其将 icy 误拼作了 icey,故作此翻译。

学校／作业

除了普遍祝愿斯蒂芬早日回学校外，很少有学生提到学校和作业，也许是因为他们写信的时候就坐在学校里。

戴安是唯一提到一本课本的学生："我们正在读《歌唱的轮子》[1]。"从她对这本书特别的兴趣以及她随后提到收到胜利牌留声机作圣诞礼物这件事，我们甚至可以推断她对音乐有兴趣，同时，从她不甚协调的字体（字母有时是斜的，有时是直的，有时候会沉到线下面，等等），我们可以推断她对知识和艺术有追求，并且"很有创造力"。与此同时，因为她在信里提到了她的兄弟姐妹（见下），她和玛丽的友谊，还有玛丽提到她们去滑雪橇的事，似乎可以看出她是一个外向、合群、重视家庭且爱好运动的人。

上面提到的朋友玛丽·K在说完和戴安滑雪橇的事后，是这样结束她的信的："好吧我们现在要开始阅读了，所以我必须要说，'再见[2]'。"（老师尽管加上了再见一词中间的短横线，却没有补上"好吧"一词后面的逗号。）通过提及接下去的教学内容，玛丽是唯一提到孩子们写信时的教室的学生。很显然，她和戴安一样，也对阅读感兴趣。

第三个提到学校的人是上面引过的莫琳，她用的是十分笼统

---

[1] "Singing Wheels"，为20世纪30年代中期至60年代美国的阅读课本"爱丽丝与杰里"（Alice and Jerry）系列中的四年级读本，该系列主要围绕杰里和爱丽丝这一对兄妹和他们的狗杰普（Jip）展开。
[2] 原文为"Good-by"，亦可作"Good-bye"或"Goodbye"。

和平淡的语句:"我很喜欢学校。"然而,就像我们在前面观察到的那样,莫琳或许并没有她所说的那样喜欢学校。

还有一个叫露易丝的女孩也提到了一个学习领域,她对它或许比对阅读兴趣更浓:"我们还在学乘法表。"不过她接下去又加了一条否定声明:"但是我们的功课并不多。"(必须指出尽管老师十分尽心地布置了这份作业,还是有两个学生说他们"没什么事/没做多少功课"。这或许是真的,或许更有可能只是这些学生自己的感觉,如果是这样的话,他们或许比其他学生更聪明,作业做得更快,又或许他们仅仅是不感兴趣。不管怎样,老师容忍了这些言论的存在。)

和父母去买东西

孩子们会去城里买东西,买的是冬衣,往往是和母亲一起去的。

弗雷德写道:"我母亲和我要去城里买一件防风大衣。我妹妹会买一件新滑雪服和一顶帽子。"除了这两句话,信里就只有一句结束语:"好吧我想这就是我要告诉你的一切了。"(老师又忘记了加"好吧"后面的逗号。)

在雪地里玩

在写到去雪地里玩的时候,孩子们写得大多要比其他话题更生动，有时会提供地名和其他细节。

亚历克斯写道："我们在医院山那边玩得很开心。我们碰到了一个山包并且在空中飞了起来。今年我到了比往常更高的地方。"他的字或许是符合他的冒险精神的，字写得不很整齐，字母时而在线上，时而在线下，线条有时细而优雅，有时则又粗又难看。

两个男孩写到了打雪仗。约翰·W写道："外面有一场大雪仗。几乎所有孩子群都在打。"因为不管什么雪仗都得在外面打，所以他说的外面指的可能是具体的当地，也就是学校操场，因为只有那里会有"所有孩子群"。很显然，斯蒂芬应该知道"所有孩子群"指的都是谁。

西奥多写道："我在家门口和几个男孩打了雪仗。我打赢了那些跟我打仗的男孩。"

现实的辛西娅没有男孩们那么好斗，她用平稳的黑笔字迹写道："我滑了一次雪，玩得很开心。我堆了几个雪人但是它们都塌掉了。"她的字体一致的倾斜度、她对于平行结构的正确使用、她提到户外活动次数与结果时的精确性都表明她很可能是个好学生。

玛丽·K是仅有的两个提到别人名字的孩子中的一个："上周一戴安·T和我去滑雪橇了。山上有一个小小的障碍，我们过得不是很好。"她略显严厉的"我希望你……在很短的时间内就能回学校"以及提到"小小的障碍"和"过得不好"时的具体性或许能帮助我们推断,她是一个对自己和他人要求都很高的人。

珍妮特的信里加了一个令人意外的元素:"我去滑雪橇和滑雪了,那些猫也跟着我。"客观地说,这可能是所有信中少有的有趣的信息之一。在署名之前她又说,这次不那么有趣了:"它们也和我一起睡觉。"

路易丝提到雪时比较笼统,因而也不那么有趣,但她是唯一就此好心地提到了斯蒂芬的人:"很抱歉,你不能和我们一起在雪地里玩。"

看电影

在西奥多关于去看电影的报告中也提到了斯蒂芬:"几天前我去看了《海上突击队》[1]和《赶马车的人》[2]。真希望你也看了。"

约翰·C也写到了去看电影的事,他不仅提到了电影名也提到了镇子的名字,不过他对"而且"的用法却不是很清晰:"我去了P.[附近一个小镇]。而且我去P.看了电影,看了《玷污》[3]。"他的字写得很漂亮,但却奇怪地整体往线下沉了一点。这或许表明他有一种对稳定性的渴望,一种对想象力的恐惧,又或者,恰恰相反,表明他有一种突出的坚定个性。然而,因为他提到

---

1 原名 *Marine Raiders*,1944 年上映的战争动作片。
2 原名 *Stagecoach Kid*,美国西部片,于 1949 年上映。
3 原名 *Branded*,一部 1950 年上映的犯罪类型西部片。

了电影，我们或许可以推断想象性作品对他有吸引力，但他同时又想通过牢牢抓住他自己的现实来抵抗一种无疑会令人不安的别样现实。

很明显，虽然孩子们在信中对其他话题谈得并不总是很具体，但他们都会认真给出他们看过的电影的名字。

圣诞节 / 圣诞礼物

有些孩子列出了他们收到的圣诞礼物却未做评价。有的做了简要的评价却没有具体说明他们都收到了什么。

戴安也提到了她的兄弟姐妹的礼物："我收到了一台胜利牌留声机。我妹妹收到了一台玩具童车。我弟弟得到了一只橄榄球。"不清楚这是他们唯一的礼物，还是其中最值得一提的。

约翰·C却好像给出了一份完整的列表，并且将礼物按数目从多到少的顺序列了出来："圣诞节我得到了三本牛仔故事书，两种游戏，还有一只手电筒。"

琼没说具体信息，只是概括性地提到了一个兄弟和圣诞礼物："我圣诞节过得不错。我弟弟和我都得到了很好的圣诞礼物。"

乔纳森是三个问到了斯蒂芬礼物的孩子中的一个："你圣诞节收到了狠多[1]玩具吗？"

---

[1] 此处有错字，将"a lot"误写作了"alot"，故作此翻译。

珍妮特对数量不感兴趣,她想知道的是具体物品:"你圣诞节收到了什么?"她的第二个问题暗含了质量和数量:"圣诞老人对你好吗?"

　　不管是对是错,金斯利是唯一认为斯蒂芬因为住院还没有庆祝过圣诞的人:"你觉得圣诞节你会收到什么礼物?"他的"觉得"一词先是浮到了线上,又降了下来,这一点或许与他的试探性问题相吻合。这个问题之后他表达了一种总体的满意感:"我得到了所有我想要的东西。"他的某些字母比别的大得多,比如 better 中的 b 和 Christmas 中的 C——两个可能都是对这个小男孩很重要的词。

　　　　总结:孩子们的日常生活,
　　　　　　他们的时空观念,
　　　　　　他们的个性与想法

*

　　我们或许可以相信,通过这些信我们能对孩子们有所了解,包括他们的日常生活、个性及情绪,以及他们对时空的感知,尽管因为写信的条件,这些信在一定程度上或许会歪曲事实:老师可能会对什么是合适的话题做出限制,而她一定是在教室前面看着孩子们写的;孩子们不是主动要去写信的,而是不得不写;他们也知道自己能用来写信的时间有限,因为下一项活动很快就要开始了("我们要开始阅读了")。

日常生活

如果我们大体相信这些信里写的东西的话,对这些孩子我们或许可以确定以下几点:他们拥有的东西相对较少——不管怎样,他们对区区五样圣诞礼物就感到满意了(见约翰·C),数量显然是他们关心的事(见乔纳森)。他们会花时间和家人同学在一起。他们的日常活动包括在雪地里玩(包括滑雪橇和滑雪),去看电影,去城里买东西,以及偶尔出城去玩。有的人有宠物和好友,有些对学习比较感兴趣。牛仔、阅读、橄榄球和看电影是部分男孩感兴趣的东西;有些女孩喜欢音乐、玩偶、护理。男孩和女孩都喜欢在户外玩。

时间观念

总的来说,孩子们的时空观念发展得很不错。这些信总体来说展现了清晰的时间观念,对过去(如,他们圣诞节时得到了什么样的礼物)、对现在("你的座位是空的")、对未来("我妹妹会买一件新滑雪服")。有些孩子在等着斯蒂芬日后回来。只有乔纳森保证他过后会进一步与之交流:"我很快会再写信来。"

玛丽·K的信尤为突出,因为她提到了写信之后马上要发生的事("好吧,我们现在要开始阅读了")。

空间观念

这些信也表明，孩子们对于他们所处的空间有着清晰的理解。他们在教室里写信时所在的位置是比镇中心高的，于是他们将那里通俗却又准确地表述为"在下边镇上"。不过，他们离镇子又比医院近，于是他们将医院表述为"在那边"。他们所处地方的地势比医院要低，所以他们会用到"在上边"。"在上边"或许也表明他们意识到了医院比镇子要略靠北一些。

我们这样说或许也不算离题太远，即"在那边"这一表述是一种物理空间与心理空间的罕见重合，孩子们对它的使用或许说明，他们很想将自己与暗示着死亡和疾病威胁的医院坚定地拉开距离。

教室本身这个空间在琼和苏珊·B的"在我们这一排"及"你的座位是空的"中提到了。

此外，我们还必须注意，有些孩子比较喜欢户外（"我们去滑雪了"），而有些则比较关注室内空间（教室，哪一排或哪个座位；医院）。同时，除了"在那边"这种表达距离感的词外，"出"这个表达方位的词也说明了对医院的某种总体焦虑感（比利·T的"你什么时候会出院？"），它与对学校用到的"里面"及"回来"这种令人安心的表述形成了对比。

性格与思想状态

尽管老师小心地控制了信件的形式与大体内容，但是她似乎允许学生去自由决定他们要表述的具体内容与呈现形式，当然大约也是在某个限度之内。尽管如此，学生们选择的主题与他们的处理方式或许还是能让我们对他们的个性与性情略知一二。

有些孩子会自娱自乐（去户外玩），表现得高度自足，有些则偏好"安排好的"或"现成的"娱乐（两个人提到的去看电影），表现出了某种依赖性。有的更喜欢参与活动，不管是体育活动还是文化活动（户外活动、看电影），有的则更重视物质获取（圣诞礼物、买东西）；最后，大部分孩子都更注重外向性或互动性的活动（出去玩、购物），只有一小部分纠结于某个想法或思想状态（你不在了，你的座位是空的，"我就是想不出来"）。

他们中有的喜欢与家庭之外的人进行社交（"戴安娜·T 和我"），有的则更安于家庭与熟悉的世界（和母亲一起去买东西）。说到圣诞节时提起自己的兄弟姐妹（"我妹妹收到了一台玩具童车。我弟弟得到了一只橄榄球"）或许透露出一种不安全感，因为需要将自己和大家庭联系起来。

有些孩子表现得比较大大咧咧（"我会把你从床上拽起来"），或是追求冒险（"今年我到了比往常更高的地方"），有些则沉溺于缺席和缺失（"我就是没法去想"以及"我想你"和"我们想你"的重复出现）。有的语调伤感（卡萝尔的"孤独"，萨莉的"你的座位是空的"），或透露了一种失败与/或受挫感（塌掉的雪人、压弯压断的树枝），或嫉妒/羡慕/剥夺感（别的小孩得到了一盒糖果）。有的语气专横（女孩们对于祈使句的使用），有的则充满友爱（珍妮特明显很喜欢她的宠物）。有些孩子则对困难和孤独感更敏感。但所有孩子都能够对一个不幸的同学表达友爱之情，至少是在被要求这么做的时候。

有的孩子在信中展现出了矛盾的性格或内心冲突，比如前面提到的莫琳。另一个例子是阿琳：尽管她显得极为实际，在选择护士做职业时也似乎是真诚的，但她可能在信里透露了一种压抑的浪漫主义倾向（因而可能会被一个不那么实际的职业所吸引），因为她奇怪地将自己朴实的名字"Arlene"改成了更华美的"Arilene"。

尽管信件中表现出的总体情绪是积极乐观的，有些孩子选择的主题与写作风格却暴露了某种恐惧或不安、一种对生活的阴暗面的感知（雪仗、滑雪时难以越过的坡），这种普遍恐惧，所有的孩子或多或少都有一些（例如，信中对"我希望……我希望……"的不安的重复）。

事实上，尽管他们的世界看起来是相对安全的——有滑雪橇活动、圣诞礼物、和母亲一起去购物——但它也有它阴暗的一面：压弯和压断的树枝、塌掉的雪人、空座位和没织完的袜子、送到别的小孩那里去的糖果。他们在医院山那里玩的时候是怎么想的呢？医院本身就在附近不远处。他们意识到了独自一人的斯蒂芬或许在往外看着他们吗？他们是否多少意识到斯蒂芬遇到的车祸也完全有可能发生在他们身上？我们必须记住，孩子们对一个矛盾重重和略显威胁的世界已经是非常熟悉的：去户外滑雪橇和滑雪的快乐只有在医院阴森的外墙之下才能得到；放学后想买零食就必须和街角商店凶巴巴的店主接触，然后要在一个陡坡上打开，坡道伸向一条缓慢流动却危险的河。总的来说，或许可以认为，在山上医院的潜在威胁与底下河流的明显威胁夹攻之下，孩子们可能真的希望逃走，而且他们经常这么做，他们逃开了这些危险的领地，和母亲一起去有无数诱人商品的"城里"，或者干脆出了城（去了P.），或是进入了电影院、牛仔故事书提供的想象世界，或是他们自己的想象世界（"童话一般"）。

附注

*

有一封信或许会令人感兴趣，可以用来做比较，它是斯蒂芬回家后在一张未画线的纸上写的，他在其中感谢了一个老师在他康复期间送他的礼物。他的信是草稿，其中有一处拼写错误和一处语法错误，并且缺了一些标点，它大概和他的同学们的草稿很像，如果存在这些草稿的话。它署的日期是"1951年2月20日"，内容是这样的："亲爱的R小姐，谢谢你送我的书。我出了院而且我不需要再用拐仗[1]了，爱你的斯蒂芬。"

---

1 斯蒂芬将拐杖（crutch）一词误拼成了krutch。

18

撒风

她不知道是他还是那条狗。反正不是她。狗躺在客厅里他们两人之间的地毯上,她坐在沙发上,她的客人相当紧张,陷在一只低矮的扶手椅里,那气味飘到空中,相当淡。她一开始以为是他,她有点吃惊,因为有人在旁边时人们一般不会撒风,至少不会这么明显。他们继续说着话,她还是以为是他。她有点同情他,因为她以为他在她面前有点难为情,有点紧张,因为这个他才撒风了。然后她突然意识到可能根本就不是他,可能是那条狗,更糟糕的是,如果真是那条狗,那他可能以为是她。那条狗早上偷了一整条面包,并且把它吃了,现在它可能撒风了,不然的话它不会的。她立刻想要告诉他反正不是她,不管通过什么办法。当然,也有可能他没有注意到,但他是一个聪明而警觉的人,既然她都注意到了,那么他可能也注意到了,除非他是因为太过紧张才没注意到。问题是该怎么告诉他。她可以说点关于狗的事,给它找个什么借口。但可能不是狗,可能是他。她不能直接说:"听着,要是你刚刚放屁了没关系,我就是想说不是我放的。"她可以说:"这条狗早上吃了一整条面包,我觉得它刚刚放屁了。"但如果是他而不是狗放的,他可能会觉得难为情。当然他也许不会。如果是他的话,也许他已经觉得难为情了,这么说就能让他下台。但现在那气味早已散掉了。也许狗还会再放的,如果真是它的话。这是她现在唯一能想到的——如果是狗的话,狗还会再放的,那她到时就会直接为狗道歉,不管是不是狗放的,那样就能为他解除尴尬,如果是他的话。

19

电视机

1
*

每天晚上都有我们喜欢的电视节目在播。他们说节目会很精彩，最后也总是很精彩。

他们会给我们一点点剧情提示，播的时候我们看到了，很精彩。

就算有死人在我们窗外走动，我们也不会更加激动。

我们想成为所有节目的一部分。

在他们讲述当晚或之后几天要播什么时，我们希望自己是和他们对话的人。

我们听着广告，直到变得筋疲力尽，我们的惩罚是购物单：他们想要我们买那么多东西，我们会试着去买，但我们没有多少钱。不过我们还是忍不住仰慕其背后的科学。

我们怎么可能变得像这些人一样有把握呢？这些女人是将生

活握于掌心的女人,我们家的女人不是。

但我们对这个世界有信心。

我们相信这些人是对我们说话的。

比方说吧,母亲爱上了一个新闻主持人。我丈夫坐在那里,眼睛盯着一个年轻记者,等着镜头向后拉,展示她的乳房。

新闻播完后,我们挑了一个智力竞赛节目看,之后是一个侦探剧。

时间在过去。我们的心跳动着,忽快忽慢。

有一个智力竞赛节目尤其好看。一个男人每周都在观众席上,他的嘴唇紧闭着,眼里含着泪水。他的儿子又回到台上回答问题了。男孩站在那里,对着镜头眨眼。要是他最终赢了那 128 000 美元,他们就不会再让他回答问题了。我们不关心那个男孩,也不喜欢他的母亲,她笑起来时会露出一口坏牙,但我们被父亲感动了:为他厚厚的嘴唇,湿润的眼睛。

所以我们看这个节目时会把电话线拔掉,我们也不会应门,虽然很少有人敲门。我们全神贯注地看着,我丈夫会紧闭双唇,因为笑得那么开心,他的眼睛都不见了,至于我,我像那个母亲一样睁眼瞪着,靠后坐着,我的嘴里金光闪烁。

2
*

不是说我觉得这部关于夏威夷警察的电视剧多么好,而是说它似乎比我本人的生活更真实。

每晚的不同路线:2台,2台,4台,7台,9台,或是13台,13台,13台,2台,2台,4台,等等。有时候我想看的是警匪剧,有时是公共电视台的纪录片,比如那部叫《沼泽生物》的片子。

部分是因为我在夜里的孤独、外面的黑暗、外面的寂静、夜渐渐变深才让电视上的故事如此有趣的。但与情节也有关系:今晚,一个离家多年的儿子回来了,娶了他父亲的妻子。(她不是他的母亲。)

我们如此注意地看着,是因为这些节目似乎是许多聪明时尚之人的心血结晶。

我以为墙外是放电视的声音,但它其实只是新夜里野鹅南飞时的鸣叫罢了。

你看了一个叫苏珊·史密斯[1]的戴珍珠项链的年轻女人在一场

---
1 加拿大歌手。

曲棍球比赛前唱加拿大国歌。你一直听到她唱完,然后你换了台。

或者你看皮特·西格[1]的腿随着他那首叫《鲁本·E.李》的歌上下弹,然后你换了台。

这不是你想做的事。你只是在消磨时间。

你在等着到一定的时间,你的身体进入一定的状态,于是你可以去睡觉。

获得第二天的天气信息能给人一种切实的满足感——风会有多强,从哪个方向吹来,雨什么时候会下,天什么时候会变晴——其中确切的科学计算由"40%的可能性"中的"40%"显示出来。

一切都是从黑色屏幕中央的蓝点开始的,这时你感觉画面会从遥远的地方向你传来。

3
*

经常,在一天结束的时候,在我感到疲惫时,我的生活就好像变成了一部电影。我的意思是我的白天会带到夜晚中去,但它又会退得足够远,变得奇怪,就像一部电影。那时它已经变得

---

[1] 美国著名民歌歌手。

那么复杂，那么难懂，我想要看的是一部不同的电影。我想要看一部为电视荧屏拍的电影，它会是简单易懂的，尽管其中会有灾难、残疾或疾病。它会跳过许多东西，它会跳过所有复杂的东西，因为知道我们能懂，于是所有重要事件都发生得很突然：一个男人可能会改变主意，尽管之前他已经下定决心了，他有可能会突然爱上某个人。它会跳过这些复杂点是因为一小时二十分的时间不够为主要情节做铺垫，其中还得给广告留出时间，而我们又想看主要情节。

有一部电影是关于一个患有阿尔兹海默症的女教授的；有一部讲的是一个失去了一条腿的奥运会滑雪冠军怎么再次学习滑雪的。今晚的这部是一个聋人爱上他的言语治疗师的故事，我知道他会爱上她是因为她很漂亮，尽管不是个好演员，而他很英俊，尽管耳朵聋了。在电影的开始他是聋的，在结尾也是，但在中间部分他能听见了，并学会了用一种明显的地方口音说话。在一小时二十分的时间里，这个男人不仅先能听见再又变聋了，他还用自己的才智创办了一家成功的公司，又因为一个同事的背叛失去了它，陷入了爱河，直到电影结尾还和他的女人在一起，失去了童贞，最后这件事在一个人耳聋的时候似乎比较难，当他能听见的时候才比较容易。

这一切被压缩到我的生活里，压缩到这一天的结尾，随着夜晚的加深，我的生活似乎已经离我远去了……

20

简和拐杖

母亲找不到她的拐杖了。她有拐杖用,但她找不到她那根特别的拐杖。那根特别的拐杖的扶手上是一只狗头。然后她想起来了,那根拐杖在简那里。简来看了她。简需要一根拐杖帮助她走回家。那是两年前的事了。母亲打电话给简。她对简说她需要她的拐杖。简带着一根拐杖来了。简到的时候,母亲人很累。她正躺在床上。她没看那根拐杖。简回家了。母亲起床了。她去看了那根拐杖。她发现那不是她的那根拐杖。那是一根普通拐杖。她打电话给简说:那不是她那根拐杖。但是简累了。她累得都不想说话。她要上床睡觉。第二天早上她带着那根拐杖来了。母亲起了床。她去看了那根拐杖。这次是她那根拐杖。它的上面有一只狗头,颜色是棕白相间的。简带着另外那根拐杖回家了,那根普通的拐杖。简离开以后,母亲开始发牢骚了,她在电话里抱怨说:为什么简不能把她那根拐杖带过来?为什么简要带一根别的拐杖过来?母亲很累。哦,简和拐杖把母亲弄得烦死了。

21

了解你的身体

如果你的眼球在动,这意味着你在思考,或是准备开始思考了。

如果这个时刻你不想思考,试着将眼球保持不动。

22

心不在焉

猫在窗台上叫。它想进来。你在想养一只猫以及猫的需要会让你去思考一些简单的事情，比如猫就是想进门，你在想这是多么好。你在想这件事，你忙着想这件事就没顾上让猫进来，你忘了把猫放进来，它还在窗台上叫。你发现你还没把猫放进来，你在想你刚刚在想着猫的需要以及养一只需求简单的猫是多么好，你还是没有把猫放进来，它还是在窗台上叫。当你在想这件事并想着它是多么奇怪时，你把猫放了进来，却不知道你已经把猫放了进来。现在猫跳上了厨台，开始叫着要吃的。你发现猫在叫着要吃的，但你想着的却不是喂它，因为你在想你把猫放了进来却没注意到这是多奇怪。然后你意识到了猫在叫着要吃的而你还没喂它，当你想着这一点并想着你没听到它叫是多么奇怪时，你给猫拿了吃的却没有意识到自己在喂它。

23

向南走，
读《往最坏里去嗬》

阳光刺目，面朝东，等往南走的大巴与从西来的飞机会合。带了书，《往最坏里去嗬》[a1]。

---

a 她在霍·约[2]酒店入口那儿的高速路附近等往南走的大巴。她要往南走，搭乘一架从西边来的飞机。和她一起等的是一个瘦弱的、黑头发的年轻女人，女人不停在她的行李旁边焦躁不安地走来走去。她们两人都来早了，所以等了一会儿。她的包里有两本书，《往最坏里去嗬》和《夜航西飞》[3]。如果车里安静的话，她会在往南走的路上读《往最坏里去嗬》，在她的脑子还清醒的时候，回来往北走时她可以读《夜航西飞》，那时候天已经晚了，她会觉得累了。——原文注（下文中编号 b、c、d、e、f、g、h、i、j、k 的注释也为原文注）
b 车来了，她留心坐在了右边，这样他们往南走时太阳就不会从她那边的窗口照进来，而是会从她对面的窗口照进来。那是大清早，太阳会从东边的窗口照进来。她想，下午，当她回来时往北走时，天应该够晚了，太阳应该会是从西边的窗口照过来的。

她坐的车走的高速公路跨过并再次跨过了底下时而流向东北时而流向东南的蜿蜒的河。只要她是一个人在客车后面单坐着，她就不看书，而是看着窗外。

不久大巴在一家商场前停了下来。那个黑头发的焦躁不安的女人马上站了起来，并一直站在走道上看着其他乘客，又望向窗外。两个女人上了车。她们经过了她并坐在了车尾处她的附近，她们的身上散发着浓烈的脂粉味。现在，既然她不再是一个人了，她开始看起书来。

车里很安静，所以她开始读《往最坏里去嗬》。开篇是："On. Say on. Be said on. Somehow on. Till nohow on. Said nohow on."她不喜欢这些词句。

坐在大巴里，朝南走，坐在右边或者说西边，太阳从东边的窗户里照进来。高速路跨过并再次跨过底下时而流向东北时而流向东南的蜿蜒的河。读《往最坏里去嗬》: On. Say on. Be said on. Somehow on. Till nohow on. Said nohow on.[b]

路拐了个弯，车子转向东再转向东北，阳光刺目，停止读《往最坏里去嗬》。[c]

路拐了个弯，车子再次转向东又转向南，书页上有阴影，读到：As now by way of somehow on where in the nowhere all together?[d]

路和车子短暂地转向北，阳光在右肩，阳光不在眼前但在《往最坏里去嗬》的纸页上跳跃，读到：What when words gone? None for what then.[e]

---

[c] 但很快，她读到了她喜欢的句子："Whither once whence no return."那句话之后，她又读了一会儿，其中有些句子她喜欢，有些不喜欢。

车子几乎一直沿着高速公路往正南方向开。有时候它会离开高速路，停下来接人，阳光会围着他们所有人绕圈。每次停下时，那个不安的女人都会站起来，威严地环视四周。上车的乘客几乎全是女人。

她舒服地一连读了好几英里，但当路转弯时，车子也跟着转弯，先是向东再向东北，阳光直刺她的双眼，让她无法再读《往最坏里去嗬》。

[d] 她等着，当路再次转向东又转向南时，一个阴影落到纸页上，她又可以读书了。尽管光线不错，她读得还是很吃力，她读到了这样的词句："As now by way of somehow on where in the nowhere all together?"

[e] 当车子短暂地转向北边时，阳光照在她的右肩上，于是阳光不再直刺她的双眼而是在纸页上跳跃，将"What when words gone? None for what then."这样已然令人迷惑的词句照亮了，也让它更令人迷惑了。

车子离开高速路，太阳在身后，阳光绕圈，回到窗外又照到纸页上，不读书。

车子在站旁停下不动，面朝东，在树荫下，读到：But say by way of somehow on somehow with sight to do. ᶠ

车子面朝南开，读到：So leastness on.

车子离开高速路，太阳在身后，阳光绕圈，回到窗外又照到纸页上，不读书。

车子朝东然后东北停下不动，在无树无荫的站旁，阳光盖脸，不读书。ᵍ

车子转向，太阳在前，阳光绕圈并回到对面窗外，纸页上有阴影，车子面朝南开，读到：Longing the so-said mind long lost to longing. Dint of long longing lost to longing. Said is missaid. Whenever said said said missaid. ʰ

---

f 在一个小加油站旁，一棵树的树荫让她可以继续读书了："But say by way of somehow on somehow with sight to do."司机在打电话，一个女人下了车试图寻找一间可用的卫生间，没有找到，回到了车上。

车子再次往南开了，她愉快地读着，并获得了一些理解："Now for to say as worst they may only they only they."然后更愉快了："With leastening words say least best worse. For want of worser worst. Unlessenable least best worse."很快又有些不同了："So leastward on. So long as dim still. Dim undimmed. Or dimmed to dimmer still. To dimmost dim. Leastmost in dimmost dim. Utmost dim. Leastmost in utmost dim. Unworsenable worst."

在另一个小加油站，阳光又让她无法读书了，热和光从她身边的窗外透进来，车子往南开时的西边窗户此刻大约会被认为是东边窗户了。司机又去打电话了，这一次，两个女人下了车试图寻找一间可用的卫生间，没有找到，回到了车上。

g 车子又在往南开了。

车子离开高速路，太阳在身后，阳光绕圈，回到窗外又照到纸页上，不读书。[i]

车子最后一次回到高速路上，太阳在前，阳光绕圈并回到对面窗外，纸页上有阴影，读到：No once. No once in pastless now.

车子最后一次离开高速路，太阳在前，阳光绕圈并回到窗外，不读书。[j]

---

h 虽然她又读了好几页，但有些一样的字句又出现了："Next fail see say how dim undimmed to worsen. How nohow save to dimmer still. But but a shade so as when after nohow somehow on to dimmer still."

然后这一页的底部是一句陌生的话："Longing the so-said mind long lost to longing. The so-missaid. So far so-missaid. Dint of long longing lost to longing."

然后是新旧参半："Longing that all go. Dim go."

很快，她又半懂不懂地读到："Said is missaid. Whenever said said said missaid." 她读不懂，又读了一遍："Whenever said said said missaid." 第三次，当她想象中间有一个停顿时，她理解得多一些了。

i 在下一站，客车司机在喊"本森伙计们和古德温"。姓本森的夫妇和一个姓古德温的人身往前倾，说他们就是"两个本森和一个古德温"。司机用了好长时间才找到他们的材料。在他找材料的时候，这一次，三个女人下了车，找到了一个可用的卫生间，然后回到了车上。

现在每次停车时，太阳都是从以前的西窗现在的东窗照进来的，然后车子又准备往右转，再朝着太阳往南开。现在她已经习惯了在太阳照在她的脸上和书上时看窗外的柏油路和车里的其他乘客，她等着车子转弯继续往南开。

j 在书快到末尾的地方，她读到："No once. No once in pastless now"，车子那时正经过机场附近的一个墓园，她看到了许多张开双翼的白色石雕天使。

k 她抵达了这趟朝南的旅程的终点，也就是大巴路线的最南端，从这里它又会往北走了，她也读完了这本书，因为书不长。虽然她喜欢中间的许多词句，但它最后的字句"Said nohow on"对她传达的东西与它的开头"On. Say on. Be said on."一样少。

车子在最南边停在阴影中,面朝北,读到末尾:Said nohow on.ᵏ

---

1 原名为 *Worstward Ho*,塞缪尔·贝克特于1983年以英文出版的哲学化散文式中篇小说,风格跳跃、破碎,晦涩异常,目前似无中文译本。书名是对19世纪英国作家查尔斯·金斯莱(Charles Kinsley)1855年的历史小说《往西去嗬》(*Westward Ho!*)的戏仿。因本篇主旨为呈现主人公读到贝克特此书的迷惑不解,故保留了英文原文。
2 即霍华德·约翰逊(Howard Johnson)酒店,美国的一家连锁式酒店。
3 英国女作家柏瑞尔·马卡姆于1942年出版的回忆录,讲述其在非洲的成长与生活经历。

24

散 步

一个翻译和一个批评家刚好都在著名的大学城牛津,他们是受邀去参加一个翻译会议的。会议占了一整个周六,那天晚上他们单独吃了晚饭,虽然不完全是自愿的。其他来参加或旁听会议的人都离开了,就连组织者都离开了。只有他们两个人选择在大会给他们提供的房间里再待一晚,那是在他们开会的学院的一栋破楼里,楼内走廊的地毯上全是污渍,房间里有股霉味,铁制的床头架吱吱作响。

不过餐厅却是明亮通畅的,如温室一般四面都是玻璃。饭食不错,大多数时间他们的谈话都是有趣的。她问了他许多问题,他谈了很多关于他自己的事。她对他略有些了解,因为多年来他们断断续续地通过信——她请教过他一两个问题;他喜欢一篇她写的文章;她称赞过一篇他的忆旧文;他客气地将她最新译作的节选选入了一本文集里。他那种近乎谄媚的样子也有某种魅力。他喜欢谈论他自己,所以并没有问她很多问题。她注意到了这种不平衡,但是她并不介意。他们之间是友好的,但也潜存着某种紧张,因为他对她的翻译持有负面的看法。

他觉得她的翻译与原著太接近了。他更喜欢一个更加抑扬顿挫的较早译本,口头和写文章时都这么说过。她认为他将抒情性和空洞华丽的修辞置于准确性和对原作的忠实性之上,她说,相比那个华丽的、令人困惑的较早译本,原作的风格要朴素清晰得多。在这次会议上,她就她的翻译方法做了一次正式演讲,他没有给出任何回应,但是从讲台上她能看到他的表情,他的脸上半是好笑半是不以为然,偶尔皱起眉头,而且他会在座位上动来动去,她知道他的意见很强烈。他自己的演讲是关于翻译批评的语言的,包括他自己的,恶作剧般地——或者说邪恶地——他举的例子是对与会者的翻译的评论。他这么做让所有人都觉得不舒服或尴尬了,伤害了他们的自尊,因为只有一个人没有得到差评。

等他们吃完晚饭时,天还亮着,因为过几天就是夏至了。因为天还有几个小时才黑,因为他们一整天都被关在会议室里,时而忍受着无聊,时而忍受着紧张,多数时候由他造成的紧张。而且,既然他们大体是喜欢有对方陪着的,他们都觉得去散散步应该挺不错。

会是在学院开的,餐厅在它附近,离小镇中心走路足有十分钟的距离,他们的计划是走到镇子里,在街上到处逛一逛,然后再走回来。他好多年没去过那里了,因此很想再去看一看。她前一天到的时候一个人去那里转了转,但逛得不是很彻底、很满足,因为街上游客很多,而且大中午的太阳很热。她坐了两次环城旅游巴士,或者更准确地说,坐在巴士上绕城转了两圈半,她在主街上走了两次,经过了植物园两次,去了外围的学院两次,然后又回到镇上,为了回到她住的地方又去了外围的学院一次,所以,她对镇上比他要熟悉。他们默契地由她做了向导。他们都感觉到自己是被殖民者,他们也确实是的,如今身在母国,她有着当地人不喜欢的口音,他的口音他们却难以辨明来源。

走向镇子的时候他们一直不紧不慢地说着话,依然主要是关于他的,他的学术地位、他的学生、他的孩子及他教养他们的方法、他的妻子,他说他想念他的妻子。他和他的妻子尝试过分居,但几个礼拜后她又回到他身边了。他说,在那几个礼拜中他陷入了抑郁。当你们两个人在一起的时候,你们会一起决定那么多小事情,比如早上坐在哪个房间里喝咖啡。当你一个人的时候,他说,做这些小决定是那么困难。

街上基本没有什么人,尽管那是一个周六的晚上。没有什么游客,只有几家人和几对情侣。人行道上很空,就好像有人拿扫帚把行人都扫走了一样。时不时地,会有一小队或单个穿着正式晚装的本科生急急跑过,他们是去某个学院楼的。他和她都有一种奇怪的感觉,觉得整个镇上其实都是人,但人们都在某扇关着的门后面或是某个看不见的地方参加活动去了。街道暂时是属于他们的。太阳在地平线上方低垂着,缓慢地降低,慢得你几乎都察觉不到,黄色的老石房全都浸沐在一种蜜色的光线中。屋顶上的天空广袤无垠,呈淡蓝色。

在一条鹅卵石铺就的人行道的尽头,他们听到安静的夜空中响起了合唱队的歌声。音乐会是在一个玫瑰色的圆形大厅里举行的。他们爬了几级台阶到了一个侧门边,想着他们也许能偷溜进去听音乐会剩下的部分。作为家里被宠坏的最小的孩子,他不是一个很守规矩的人,而她在这个时候则感觉像是一个想要纵容他的大胆言论的慈爱的姑母,况且她的本性也并不比他更遵纪守法。尤其是在这里,在母国,他们已经觉得自己没有当地人那么举止得体了,这时他们想要干脆更不得体一些。

但门口挡着两个胖胖的中年女人,她们都穿着长裙和粗跟鞋,笑着聊着天,其中一个转过头,礼貌却坚定地对他们说他们不能进去。他和她在女人旁边站了一会儿,欣赏着歌声的起落,望向校园过去的中心,那是一个有着许多个世纪历史的小型庭院,前面是那个世界上最早的大学图书馆的小小的正面。

他们继续往前走,并惊讶地发现,附近的每一条小街上都有一个古老的学院,它们常常有着自己的大门、带尖顶的围墙和庭院,或是值得欣赏的窗饰、梁托或钟塔。有时候他们两个人都想去某条街,有时候只有一个人想去,另外那个人只是礼貌地跟随。她觉得和一个她不太熟的人一起探索一个地方很有趣,她要听从的不仅仅是她自己的冲动,还有他的。

因为他们都已经结婚了,像这样一起漫步就像某种长期形成的习惯一样令人熟悉而舒服,但同时它又像初次约会那样略带尴尬,毕竟,他们对彼此不是很熟。他是一个小个子男人,行动举止十分优雅。她留心着不要和他走得太近,并且觉得从他偶尔不那么稳的步子可以看出,他可能也在小心地和她保持一定距离。

一个多小时过去了,他们决定回到他们住的学院。现在她提出她要带他们走一条不同的路,为了好玩,她想走和他们来时平行的一条街,这条街在快到他们的目的地时会和前一条街连起来。她没有将这些都解释给他听,只是向他保证他们要走的街能把他们带回学院。他决定把他自己交给她,所以都没怎么看路,而是继续说话。

他说话时喜欢强调,喜欢用情感强烈的副词,经常是用以表达激愤,而且他承认,用他自己的话来说,他的有些观点不可救药的偏激:在他看来,有些事是昭然若揭的明显,有些是令人难堪的不准确,或是显而易见的荒诞;另外一些事情,当然,则是了不起的、美好的,或是令人入迷的。在抨击一家出版社的时候,他说——尽管他本人年纪不够大,没有经历过第二次世界大战——在一线,无能和欺骗就像步兵身上的虱子一样普遍,而上面的管理层就不应该待在战壕里,而是应该给他们一点修身养性的事情做,比如缝纸。她满意地听着,好几次想到这是一个多么合适的结尾啊——她本人的相对被动,这小小的体力消耗——对于这漫长而磨人的一天来说。

因为大多数街道她都走过三次了,在坐出城的环城巴士的时候,她对它们算是熟悉,但在他们往回走了十分钟时她开始有些担心了,她不确定是应该在哪里往左拐。不管怎么说,坐在巴士上的时候两边的东西是往后退得很快的。他不经意地问了她两次,第二次她承认了她的不确定。后来,事实证明他们拐对了,那条街差不多就在他们吃饭的餐厅对面连上了先前那条街,这时她多少是觉得满意的,而他却没有认出他们在哪儿,只是在她身边一径往前走,最后还是她告诉了他。这时他吃惊极了,就好像他想象他们离这个街角无比遥远,是她把它从口袋里变出来的一样。

现在她觉得他会认出她翻译的那本书中一个相似的场景,但是他并没有;她觉得这是因为他太忙着找路了。在他偏爱的那个版本中,那一段是这样的:

我们会从车站大街往回走,街上有全镇最漂亮的宅子。每座花园里,月光就像于贝尔·罗贝尔的画中一样,洒在残破的白色大理石石阶、喷泉和诱人的半掩的铁门上。月光将电报大楼带走了。剩下的只有一个半毁的圆柱,仍带着废墟的永恒之美。我拖着疲惫的双腿,好像随时可以睡着;椴树的芳香似乎只有大费劳累才能闻到，这番辛苦并不值得。在远远相隔的门口，看门狗被寂静中我们的脚步声惊醒了，此起彼伏地叫了起来，这叫声我现在在夜里还时不时能听见，车站大街（贡布雷的公共花园在上面建起来的时候）一定是藏在了这叫声中，因为无论我身在何处，只要它们此起彼伏的叫声一响起来，我的眼前就又浮现出了这条大街，还有那些椴树和月光下闪着清晖的人行道。

突然间父亲会让我们停下来，问母亲——"我们在哪儿？"母亲已经走得很累了，却很为她丈夫骄傲，她会充满爱意地承认她完全不知道。他会耸耸肩笑起来。然后，就好像是从他西装背心里和大门钥匙一起掏出来的一样，他会往前一指，出现在我们眼前的就是我们自家花园的后门，旁边就是圣灵街熟悉的转角，在这些迂回的陌生街道的尽头迎接我们。

因为他没有注意到这一点，她计划很快告诉他，但是那时候她更有兴趣把他们即将要经过的一栋房子指给他看。那里曾是《牛津英语词典》的大编辑查尔斯·慕瑞的家。

在她前一天刚到镇上的时候，她最想看的不是那些更有名的景点，而是这个编辑在做那些出色的工作时住的这栋房子，她是在他的孙女写的一篇回忆文章中看到的。她逢人就问他或她知不知道这栋房子在哪里。没有人能告诉她它在哪儿，后来她没有时间了，便放弃了找它的想法。然后，就在她一天的游览快要结束的时候，在旅游巴士第三次来到她住的街并要把她在学院的门房边放下来时，导游说了些关于那个编辑和那栋房子的事。在她听到的时候她已经在下楼梯并要下车了，所以她没办法再向导游提问。她不敢相信那房子原来就在那儿，就在她住的街区，于是第二天她又继续逢人就问他们知不知道房子在哪里。

在她的会议发言结束以后，一个矮小结实的男人走过来和她说话，他的脸上有一种几乎是愤怒的表情，他无视旁边所有人，注意力全部集中在她一个人身上，问了她几个相关的问题，对她的发言做出了几句简要的评论。他起码还足够谦逊，并没有自报大名，当她问起他是谁时，他说他是这个学院里的一名退休图书馆馆员，而且，事实上他很愿意带她参观图书馆。因为他看上去像是一个很有知识的人，她便想起问他她从前一天开始就在问所有人的问题。图书馆馆员说他当然知道房子在哪——它就在对街。他马上把她带到角落并指给她看了。它就在那儿，砖石墙面上看得见二楼和楼顶，就好像是图书馆馆员把它从他外套口袋里掏了出来，放在那里讨她喜欢一样。

当然，她的情况和书里的并不完全一样，因为图书馆馆员并没有神奇地把她带回家，而是把她一直在找的房子变给她看了。但现在她已经把这个故事说给批评家听了，在和他散了那么长时间步又把他安全地带回来之后，她觉得她和他的关系更近一些了。她以为现在他能够认出那个场景了，能够想起他们的散步和他极熟的那本书中那一幕的相通之处了。

在她的版本中，那一幕是这样译的：

我们会从车站大街往回走，那里有这一教区最漂亮的房子。在每一个花园里，就像在于贝尔·罗贝尔画中一样，月光洒在残破的白色大理石石阶、喷泉和半开的大门上。它的光芒已经将电报大楼摧毁了。剩下的只有一个圆柱，已经半毁了，但仍带着不朽古迹残存的美。我拖着沉重的双脚，而且都快睡着了，在我看来，闻到椴树的芳香必须大费劳累，这番辛苦并不值得。在远远相隔的门口，狗被我们孤独的脚步声惊醒了，此起彼伏地叫起来，这叫声我在夜晚有时还能听见，而车站大街（贡布雷的公共花园在上面建起来的时候）一定是藏身其中的，因为，不管我身在何处，只要它们你呼我应的叫声一响起来，我就又能看见它了，看见那些椴树和那被月光照亮的人行道。

突然间父亲会叫我们停下来，然后问母亲："我们在哪儿呀？"母亲走得很累了，但却为他骄傲，她会温柔地承认她一点儿都不知道。他会耸耸肩笑起来。然后，就好像是和他的钥匙一起从外衣口袋里掏出来的一样，他会将我们花园的小小后门指给我们看，它就在我们眼前，和圣灵街的街角一起，在这些陌生街道的尽头等着我们。

但他却对那个大编辑更感兴趣,对他的家和门前的邮箱更感兴趣,那个邮箱是专为这位编辑立的,曾经有过那么多索要引用授权的信寄往那里。她想她可以下次再告诉他那个相似的场景,在一封信里,也许那个时候他会觉得很有趣。

时间晚了。太阳已经落山了,不过天上还存留着夏至日的清冷余晖。在他用陌生的钥匙颇为费力地开了大门后,他们在学院进门处道完晚安后便分开了,他上了楼,她沿着走廊往前走,各自去往自己满是霉味的房间。

那时候已经太晚了,在漫长的一天结束后她很难去享受一个人坐在房间里的快乐,虽然她通常是会的;她第二天还要早起。但话说回来,那并不是一个可以让你享受宁静、好好休息的房间,它布置得很潦草,里面的衣橱又小又不稳,橱门不断扇开,台灯很不好用,枕头又硬又扁,室内的霉味挥之不去。当然,相较之下,卫生间里装了陈年的大理石和陶瓷用具,一扇窄窗面向一个漂亮的花园,但它还是缺少某些必需品:前一天,在他抵达后不久,就在她去镇上游览的时候,他在她的门上留了一张语带惊恐的字条,尽管那时候他们还没有见过面,他是在问关于香皂的事。

在她回顾整件事的时候,她想,她并没有对这整个经历失望。她已经躺到床上,面前摊着一本书,试图就着那昏暗的灯光看书,但每当她的目光落到纸页上时,就有一个顽固的念头冒出来打断它。她觉得如果她最后没有看到慕瑞的房子，如果她没有去参观那个图书馆，她或许会失望，在走在图书馆里一架老楼梯上方一片开敞的地方时她差点弄响了警报器。如果不是因为那个会议室是那么优美，有着高高的屋顶和深色的橡木梁，她也许会对这栋楼失望，而如果不是因为一个与会者展示了那个大作家那么有趣的手稿，她也许会对这次会议本身失望。她有点失望其他与会者没有再多待至少一点点时间，相反，他们好像都太过匆忙地想要离开。

但后来是那长长的散步，还有她对小镇印象的改变，前一天中午它是那么拥挤、炎热、压抑，这一天晚上却是如此安宁，因为街是空的，庭院和后花园也是空的，黑暗的教堂尖顶和钟楼映着天幕，因为它的短巷窄街，因为那些柔软的石头，在她的印象中，它们反映着天空的珊瑚色，随着天色渐晚，在凉爽的夜里微微变暗了。

小镇夜晚的宁静与空寂似乎是脆弱和暂时的；第二天热火朝天的人群又会回来。因为她坐公车和走路绕着镇子走了那么多圈，在她看来，她在小镇上的经历的重量也在那里，与镇子隔着一定距离，就好像小镇总是要隔着一定距离去体验一样，这距离刚好就是那两条街的长度，它们从这里开始，然后分开，各自延伸到镇上。

最后她的思绪会间隔比较长的时间才来，她读得比停下来思考得更多了。她读得比她计划得时间更久,她逐渐忘记了台灯、房间、大会,不过对散步的印象还存留在那里,就像一种存在,在她读书的纸页之外或之下的某处,然后她完全放松了下来,不再为那个硬枕头烦心,接着她睡着了。

  第二天早上,当她带着行李出来的时候,他也在那里,站在门房旁边,身上穿着一件对他的小身量来说过分宽大的白色夏装。他和她前一天预约了同一时间的出租车,两个司机正站在马路沿上聊天。事实上,他和她要去的地方也很近,虽然不是去火车站,不过他们两人都没有提出要坐同一辆出租车。她等着他和门房说了几分钟话,然后他们再次告别,接着便各自踏上归程了。在他动作优雅地迈进他的出租车时,他最后对她说的话在她看来严肃而又相当自大,而且,巧的是,从前从来没人对她这么说过,但在她看来他说的很可能是对的,因为他是住在地球的另一边。他说:"我们以后大概再也不会见面了。"然后他做了一个她后来不太记得了的优美的手势,它的意思她也不太明白,不过它好像是夹杂着告别以及对某种不可避免之事的妥协,然后他的出租车缓慢地向前开去,不远的后面,跟着她的车。

25

困扰种种

我已经听我母亲这么说超过四十年了，听我丈夫那么说只有大概五年，我一直觉得她是对的他是错的，但我现在更常觉得他是对的，尤其是在我刚和我母亲就我哥哥和我父亲打了一通漫长的电话、再就那通电话和我丈夫打了一通稍短的电话以后。

我母亲有点担心是因为她伤害了我哥哥的感情，他在电话里告诉她他会抽一些他私人假期的时间过来帮他们，因为我母亲刚从医院里出来。她说他不应该来，因为她没办法在家里招待任何人，因为，比方说她会觉得她必须为他做饭，但她拄拐杖行走都已经够困难了，她这么说并没有说实话。他反对，他说："那不是重点啊！"现在他不接电话了。她担心他出了什么事，我对她说我不相信他会有什么事。他可能把留给他们的假期拿来用了，自己一个人去哪里玩了几天。她忘了他是一个近五十岁的人了，虽然我很抱歉他们要那样伤害他的感情。在她挂了电话不久之后我打给了我丈夫，将这一切重复给他听。

我母亲伤害了我哥哥的感情是为了不让我父亲受到某种困扰，如果我哥哥去的话他预期就会有这种困扰，于是她宣称她自己会有某种困扰，某种些微不同的困扰。现在，因为我哥哥不接电话，他已经在我父亲母亲两个人心里制造了新的困扰，他们两个人的困扰是相同或基本相同的，但和我父亲预期及我母亲对我哥哥谎称的不同。现在我深受困扰的母亲打电话告诉了我她和我父亲因为我哥哥而受到的困扰，她这么做也在我心中引起了困扰，尽管和她及我父亲感到的、和我父亲预期的及她谎称的不同，也更弱。

当我向我丈夫描述完这通电话时，我也在他心中引起了困扰，这种困扰比我的更强，和我母亲、我父亲各自宣称及预期的都不同。我丈夫的困扰是我母亲拒绝了我哥哥的帮助并让他感到困扰，她又告诉了我她的困扰从而引起了我的困扰，他说这困扰比我意识到的更大，他的困扰还因为我母亲总是会给我哥哥带来困扰，总是会给我带来比我意识到的更大、更频繁的困扰，当他指出这一点时，我又产生了一种新的困扰，这种困扰和我母亲带来的困扰性质和程度都不同。因为这困扰不仅是为了我本人和我哥哥，不仅是为了我父亲预期和实际感到的困扰，更主要的是因为我母亲，她现在不仅已经制造了太多困扰，就像我丈夫正确地指出的那样，然而她本人却只感受到了其中的一小部分困扰。

26

孤 独

没有人打电话给我。我不能去听答录机,因为我一直在这里。要是我出门,我不在的时候也许会有人给我打电话。等我回来的时候,我就能去听答录机了。

27

作家D太太
和
她的16位女佣

早期用人的名字,以及她们的鲜明特征

科拉:她想念他们所有人

内莉・宾戈:我们的甜心,但她住进了疗养院

坏脾气的安娜

弗吉尼亚・约克:不是一个狂暴的人

勃戴尔・摩尔:老派,带着南方人的亲热

莉莲・萨瓦齐:不会对醉汉动气

格特鲁德・霍卡戴:友好,但却是一个背信弃义的疑病患者

安・卡伯里:柔弱,年老,耳聋

"棒女孩":来的时间不规律,不应该被当成一个黑人

高中女生:差到不能再差

兰利太太:英国人,正是我们所需要的

我们绝好的玛丽恩

明妮・特雷德韦:一度是可能的对象

安娜·斯洛克姆：希望它只是一场噩梦

雪莉：就像家人一样

琼·布朗：人生状况哲学家

D太太

*

在成为D太太之前，她住在城里，和她的女儿及女佣科拉一起。女儿四岁。她在上幼儿园，放学回家后主要是由科拉照看。这种安排让D太太有空写作，晚上也能出门。

D太太写短篇小说，有些好，有些没那么好，这些小说主要是发表在女性杂志上。她喜欢说"卖出"小说，而且她依赖这些微薄的稿费作为月薪的补充。在她即将结婚时她会在一个顶级杂志上发表小说。小说的名字叫《真正的爱情故事》。

和D先生结婚

*

女儿六岁的时候，D太太再婚了，就是这次她成了D太太。婚礼是在一个朋友乡下的家里举办的。婚礼规模很小，仪式在树荫下的草地上进行。那是初秋时节，女人们都还穿着夏裙。小女儿的金色头发现在剪短了。科拉没有去参加婚礼。她已经不为D太太工作了，但她们会通信。

家务管理

*

D先生和D太太在一个大学城安了家，D先生在那里教书。D先生每天早上会为他的继女准备早餐，而且会走路送她去学校。在坐在打字机前开始一天的工作之前，D太太会在床上赖一会儿。

D太太生子

*

婚后一年，D太太怀孕了。那年秋天，在产科医院，一个男婴出生了。他强壮而健康。D先生深受感动。他会写一个关于一位父亲和他的幼子的短篇小说。

科拉还是很想大家

*

科拉写道：

天呐；收到你们的信我真蒿兴[1]啊要不是我望了把你的地址记在哪儿了我一定在写信的 从你的姐释我可以看出来你们都很好我想去那边看你们伺别是那个小的 我知道我的小姑娘像往常一样可爱也远远会是那么可爱 是的我又工作了，但我心须决定我应该待

---

[1] 原文中科拉将高兴（glad）误写作"glade"，故作此翻译。本文中后面出现的错字与语句不通顺之处亦同此例。

在这儿环是回过去我应该说过那些人吗我写信跟你说过他们吗 好吧他们四很好的从英国来的人一个律师或肆师看你应该咱么拼 哦,你知道我在为谁工作的话你会吃惊的你就是；我之后会告诉你 今年夏天我出了点小意外我摔了一跤膝盖裂了腓骨也断了一根我不得不被躺了两个月但我现在已经可以行动了也工作了你什么时候再进城 你来的时候请一定把孩子们带来 你啥么时候搬家就告诉我一声我不管其他人有多好我还是想你 我希望你们都能来城里住一住 D先生想在这里找工作的话比阿方索还溶易 我们在乡下有一栋房子你知道我对乡下的看法 好吧我们都很好你见过迈克吗 F太太的儿子 他挺不错但我知道你的小的还要多不错 我爱你们大家

为什么 D 太太需要雇用人

*

D 太太想要有一个家庭，但她也想写作，所以她需要一个女佣来打扫、做饭、上菜，外加照顾孩子。请女佣的钱可以用 D 太太写作赚来的钱出。

最早的女佣之一也是最好的之一

*

我们亲爱的内莉。我所要努力的无非就是获得一个完美的女佣，这是我们最惊人的成就。在她像一个灵巧的天使一样在家里

出色地干各种活儿时，我们都不敢相信我们有多么幸运。

但内莉的健康状况不是很好

*

我们的女佣问题还是没解决，因为我们可爱的用人身体不够好，经常生病，弄得我们不知如何是好。我们请了医生来为她做检查，他让她去给肺部照X光，到这周末的时候我们就会知道到底还能不能留下她。

内莉从疗养院写来的信

*

我希望你会原谅我我没有写信告诉你我病了在住院。我不想你担心我希望你会原谅我。

我在这家医院住了八个月了我想家想所有人。

我和另外八个女孩住在一间病房我很喜欢我们相处得很好。

12月瓦尔特神父照了X光医生说他有肺结核然后我也照了他说我也有。哦我真希望你看过我头两个月的样子我成天都在哭。

我恢复得不错。你看到我的话都认不出我。

我会在下一封信里放一张照片。我的左边很胀气。

我不知道我还得在这儿待多久。我希望不那么久因为很孤独。

我真想见宝宝啊。

我收了你的卡片很感谢我永远也不会忘记你的你对我那么好。

我觉得我以后不会出去工作了至少很长一段时间内都不会。

医生让我回家的时候不要声张。

代我向宝宝问好。

我很想念大家。爱大家。内莉·宾戈。

D太太写信回应一份广告

*

我是看了今天的《旅行者》中的一份广告写信的,因为我需要尽快找到一位女佣。如果关于这份工作的如下信息让您有兴趣,请致电柯克兰0524号。

我们一家四口人。我上午的所有时间都要用来写作。我们的房子现代而又方便。

这份工作并不容易,因为要做的家务活不少。我自己会在我的能力范围内照顾婴儿。这件事我们都当作责任也当作快乐,但是因为他要洗的东西就多了不少。我们喜欢吃东西,所以我们希望你是一个喜欢做饭的人,并且懂得使用剩饭剩菜做前菜和好吃的菜肴。我们并不需要高级餐饮。

为我们工作的人会有稳定的加薪的机会,只要她能一直把家务照料得井井有条,让我的写作更能赚钱。

我们需要一个性情适合我们家的人,当然。她应该富有合作精神，愿意接受和实践新想法，尤其是关于小孩的事，照顾他的时候她要冷静、耐心、稳妥。饭要能准时开。

我期待得到您的消息，越快越好。

你的诚挚的。

她给人的印象

*

在那封信里，D 太太给人的印象是，她是一个讲道理、有效率、有条理的人，并且她的家庭生活也是井井有条的。

她是喜欢家里干净，但她自己照管东西却不是很经心——脱掉一件毛衣后，她会让它堆成一团。但她为家里买来的，常常是以低价买的，却是制作精良的、漂亮的家具和地毯，只要她和用人把家里好好收拾一番，在外人看来它是很迷人的。

她自己并不总是冷静、耐心和稳妥的，但是他们家人爱吃东西却是真的。

跟着的是一件麻烦事

*

我终于把坏脾气的安娜弄走了。

D太太发表了一篇小说

*

小说的名字叫作《美妙的探访》。

时间流逝

*

这家人现在住的是他们在大学城第三次搬的家。D太太自己拟了一份广告，在开了几次不如意的头和大量修改之后，她终于对结果满意了：

作家夫妇，有一个训练有素的上小学的女儿和一个一岁的婴儿

作家夫妇寻求和谐家庭生活，妻子早上需有空在家工作

早上无法做家务的女作家寻找能做全套家务的女帮手，任务包括清洗私人衣物和分担照顾婴儿的责任；须富有合作精神，喜欢做饭，对清洁有高标准，乐于接受新想法，照顾婴儿时冷静稳妥。我们望每周邀朋友来家中做客，望有良好餐桌服务。工作不易但报酬公平

繁重工作之相应回报是公平对待，有保障的假期，16美元起的周薪以及每季加薪的机会。柯克兰0524

训练有素的小学女生

*

D太太的女儿确实是训练有素的,虽然不是所有方面都是。她很有礼貌,懂得照顾他人的情绪。她学习很用功,考试成绩很好。不过,她却不是很整洁,她的房间也不是很干净。

在D太太看来,她相当漂亮,举止也十分优雅,但却算不上智力超群。D太太对自己的朋友们描述她是一个高个子、性情激烈的小孩,并且抱怨她容易激动和焦虑的性格让她很"疲累"。D太太抱怨说她女儿的声音很尖。请一个言语矫正师可能会有帮助。

她说有时候,孩子和她在一起的时候,她"无法表现得像一个文明人"。

公平对待、整洁,以及新想法

*

D太太对她的用人确实是公平的。她也倾向于和她们发展高度私人的关系。她喜欢询问她们的私人生活和想法。这会引起用人的好感,抑或是憎恶,取决于用人的性格。它会引向复杂的脆弱状况及伴随而来的恶意,这对用人和雇主都不是舒服的事。D太太对她的用人常常很挑剔,就像她对她自己和她的家人一样。

一开始D太太对结果很满意

*

D太太向朋友透露：

最棒的事，最不可置信的事，是她既可以是一个出色的用人，同时又有能力欣赏你我这种家庭拥有的品质。

像他们这样的家庭

*

D太太认为她的家人，以及她朋友的家人，是开明而又同情工人阶级的，而且他们时尚、聪慧、机智，在文学、艺术、音乐和美食领域也很有研究。比如，在音乐领域，她和她的家人喜欢某些古典音乐家的作品，虽然他们也喜欢一些流行的音乐剧，多年来，他们的许多个下午都是听着《俄克拉荷马！》《费妮安的彩虹》《南太平洋》和《安妮快去拿你的枪》度过的。

不过，问题很快就来了

*

就在我以为我美梦成真，获得了一个百年不遇的用人的时候，我们要把公寓短租出去六个星期，但这个用人却不愿意离开。她可能是受到了她男朋友的影响，那是一个不知怎么看上去像知识分子的二十四岁的青年，但他其实是一名送花的卡车司机。

D太太在向别人
推荐她时尽量诚实

*

我们的用人名叫弗吉尼亚。非如我所愿,她可能不是一个宝贵的临时工。

她不是那种一上来就会疯狂干活的人。

她容易紧张和害羞。

她洗衣服很慢,但这一点对你可能没什么,因为你大多数东西都是送出去洗的。

她熨衣服也不怎么及时。不过如果你对她强硬一点这应该不是什么问题。还有,你要给她制定一个日程表。

在弗吉尼亚走后D太太回顾
和她相处的情况

*

D太太详细地描述了弗吉尼亚:

第一次面试的时候,她是侧着坐在椅子上的,没有看我。有时她会看着我笑笑,有时候她看起来聪明可爱,但更多时候她的脸上是一种鬼鬼祟祟的、迟滞的表情。她说话很慢,声音很粗,很犹豫,不过她的话算说得清楚。她向我提起了她之前的工作。她对我说:"也许是我太认真了,我不知道。我好像老是来不及熨衣服，我不知道。那个男人每天都要换内裤。"

谈到甜品的时候，她的眼睛亮了起来。"我喜欢做的甜点有几千种。"她说。

她说她很小的时候就被丢下了，所以没上过什么学，这就是为什么她碰巧进了家政服务这一行。

她和我试图制定一份好用的日程表。她在六点钟把晚饭摆上桌后就不想干活了，但她想在离开前把饭吃了，因为要不然她就要去餐馆吃饭。我们那么做了，但要自己照顾自己吃饭太烦人了，你得老是在厨房里进进出出的，而你的用人就坐在那里吃饭。而且她的饭量真是惊人。

她对自己的食谱的关心近于病态。她迷恋沙拉、牛奶和水果，所有更贵的东西。

我丢了一条小孩用的毯子，最好的那条，它的边还是我自己钩的，四边都有。然后有一天我把熨斗忘在了后面阳台一下午，我就是在那里找到了小孩的毯子。她拿它来垫熨衣板了。她还会做些什么？没多久，小孩的婴儿围栏又在她手里散掉了。

我的疑惑现在几乎成了确信了：用她不是一个长久之计。而且很明显她不管是熨衣服还是任何别的事都不能及时做完。

只要过了2点她就会显得不满意不高兴。我同情这一点，因为她想去基督教女青年会，她和其他几个家政服务员在那里上很有提高性的课程。

她的所有朋友都劝她去国防设施工厂找工作。我问了她这件事，她说："女孩们都说我错了，但我就是不觉得我会喜欢在工厂工作。"

我是应该坐在打字机旁工作的，但相反我整个早上都忙来忙去。我给了她全职的职位是因为我们请客的那一次她表现得太好了。她摆出了一桌漂亮的晚餐，桌子布置得很精致，饭做得很好，服务也很完美。整个晚餐进展得无比顺利。但她觉得接受全职工作对她来说不划算。她还告诉我要是她接受了全职工作她不知道她还怎么能完成她的圣诞采购。那句话真是绝了。

她在我们家的时候当然也不容易。我们当时正在搬家，还没完全安顿下来，而我又正在赶写一篇小说。但她不明白她可以趁那个机会帮助一个大有前途的作家，后者反过来能付给她更多钱。

D 太太，"一位大有前途的作家"

*

不是很清楚 D 太太的目标是什么。她写作时轻松流畅，为故事构思情节对她来说也不难。午餐时她和 D 先生常常会就故事和人物交换想法，不过 D 先生现在很少有时间写小说了。D 太太的故事常常围绕家庭场景展开，那些家庭和她本人的很像。那些角色，通常是丈夫和妻子，总是刻画得很有技巧，富有同情；他们的关系复杂，其中的小摩擦、伤害和谅解让人产生共鸣。她尤其擅长写孩子的对话。不过，这些故事总是带着些微有损其品质的感伤情调。

她对写作的看法是实际的。她会"捕捉住"角色的某些特质，一个变化会发生，故事中会有小小的顿悟。故事完成后，她会试着把它卖给一线杂志，或是稿酬最多的杂志。这笔钱常常会给家里的经济状况带来改观。

D太太的创造力

*

D太太还会把精力花在许多写作之外的创造性活动上。她会为孩子们做衣服，会织毛衣、烤面包、设计特别的圣诞卡片、安排和监督孩子们的手工项目。这些创造性活动让她很享受，这种快乐相当强烈，让她动力十足。

等待更好的到来

*

D太太写道：

我们期待见到那个新女佣，勃戴尔，她星期六开始上班。她有望是那种老式黑佣，有着南方人的亲热和灵活性。

勃戴尔不合适。

另一个可能性是莉莲

*

莉莲·萨瓦齐自称她什么都能做，从清理小孩的粪便到做好吃的小吃到像打字、接电话、笔录这样"高级"的活计。她说："做家政服务这一行你得有一副好性子。什么都难不倒我。你要是知道喝酒的男人让我受了多少罪你一定会吃惊，但我知道怎么对付他们；我不动气。"

背信弃义

*

莉莲一开始好像很有希望，但是一个老雇主想让她回去。格特鲁德说她会帮忙解决这件事好让莉莲最后能来，但后来她没打电话，莉莲也没打。在安·卡伯里那件事过后，她们两个都再也不给D太太打电话了。

D太太反思格特鲁德的事，她也不合适

*

她总是很友好，但她却常常因为各种毛病抱病在家——感冒了，或这样那样。有一次她待在家是因为她觉得她要感冒了，她服了很多药，但这些药让她的胃抽疼起来，使她的"病症"提前了两个礼拜。下一次她是眼睛发炎了；她觉得她可能得了睑腺炎。她发炎得很厉害。医生在眼睛上面点了药水，药水带来了刺痛感但起了效果。医生让她不要去上班，以防感染。她感觉还行但觉得她应该遵从医嘱。

她的丈夫也有健康问题。她经常说起他恶劣的健康状况和他肠胃不通畅的情况。

后来他应召入伍了。好吧，她的事就这么了结了——她不会再给我干活了。他坚决要求她在他不在时住在他亲戚家里，而她又没有强硬到能拒绝。她得在寄宿公寓里干活了，那里报酬极低又常有让她讨厌的家庭纷争，又让她容易生病。她其实相当漂亮，个性很有趣。任何愿意在这种时候给别人做家务活的漂亮白人女孩，身上必定有什么有趣的地方。

进一步反思，包括格特鲁德身上令人讨厌的地方

*

她会把房子弄得很乱：纸尿布扔在地板上，浴室地上什么都有，比如小孩的衣服、湿尿布、鞋袜、脏的塑料婴儿裤。浴缸是脏的，里面有浴巾、毛巾、小孩的玩具，肥皂泡在水里，浴缸里的水还没有放掉。她会把满是肥皂沫的冷肥皂水留在洗衣机和浴缸里，会把尿布扔在水池外面，水桶从来都不在楼上。

在我们连新鲜曲奇都没有的时候，她会拿上好的鸡蛋做布丁。

她干什么都要用干净抹布，弄脏后就把它们扔到地下室门边，其中有些大概只用过一次。她会把灰弄到各种碗碟里面，比如盐罐子。

而且她还给我们推荐了一个年老体弱耳朵又聋的用人。

D太太的工作习惯

*

D太太喜欢尽早开始工作。一等孩子们安顿好了，她就坐在打字机旁开始打字。她打字很快很稳，机器的声音很响，桌子会晃，每到一行的末尾，纸张托架的铃就会叮的一声。只在她偶尔停下来读她写下的东西时才会有片刻安静。她改动很多，往往她会把纸张托架后调一点，将一个字或一个词组×掉，再将托架摇下来一点，在一行字上面插入她的修订。

她会把每页纸都复印下来，在她打初稿和它的复印稿时用的是便宜的黄纸，她会把一张黄纸、一张复印纸和另一张黄纸对齐，然后把它们一并摇到托架里。她的指甲上仔细地涂上了透明的指甲油，有时候手指会被打印机纸带和复印纸上的油墨弄脏。

D太太会笔直地坐在工作台前。她有满头棕黑色的头发，中等长度，微微带卷，被梳到一边。她有着深色的眼睛，圆圆的、自然泛红的脸颊，微微上翘的鼻子和形状好看的、总是涂了口红的嘴巴。除了出门时偶尔擦一点粉，她不会用其他化妆品。她看起来比实际年龄要年轻。她穿得很讲究，常常会穿半身裙、衬衣和开襟毛衣，就算一个人坐在打字机前的时候也是。

D 太太又试了一次

*

D 太太写道：
我们想方设法想找一个用人带到夏屋去。

夏屋

*

D 太太在海边找到了一栋相对便宜的夏屋，他们会在那里消夏。从大学城开车去那里并不远。D 太太会提前去那里，打理出一座规模不小的花园。因为这个花园，他们得到了一些额外的汽油，搬家时刚好可以用。因为打仗，汽油实行配给制。

一安顿下来 D 太太就力邀朋友来住。但这些朋友大概会坐火车来：因为汽油短缺，以娱乐为目的的自驾游被禁止了。如果他们是要出去购买食物的话就允许开车，所以他们去火车站接朋友的时候大概也会安排买食品。如果去拾蛤也是允许开车的。

夏天晚些时候，关于自驾游的禁令被取消了，他们马上就会开车去海边游泳。

从海边给一家公司写的信

*

我亲爱的麦卡利斯特小姐：

我觉得我很难留下格特鲁德·霍卡戴推荐、你们上周派给我的安·卡伯里小姐。她尽力了，在许多方面也相当令人满意。她把厨房料理得很好，也会设法用有限的食物做出可口的菜肴。但是这就基本用光了她的所有时间和精力；她从不出厨房，有些下午还指望休息。

当然，这就使得最需要她的地方不合格了：即对婴儿的照料。

所有衣物都需要我来洗，除了准备小孩的饭，其他的事都需要我做。而且她已经七十岁了。

她的年龄、虚弱的身体再加上耳聋的情况让她不适合做这份工作。

而且她从来没注意到楼梯口上面有一个大废纸篓。

她人很好,急于取悦雇主。她似乎很喜欢做饭。她喜欢做她的拿手菜,比如帕克酒店面包卷[1],我认为她适合给一个付得起高工资而且活不多的老年家庭工作。

一个没有更紧急的活儿的地方
*
在一个她做这种甜点,比如帕克酒店面包卷的时候,不会有更紧急的活儿被疏忽的地方她会很受欢迎。因为这些缺点,她当然会紧张忧虑,我还不敢贸然把这个消息告诉她。我感谢你和格特鲁德好心帮我找了用人。

两周
*
安工作了一周,然后被通知一周后离开。

安身上其他讨厌的地方
*
要是她干了一整天活她就会头晕。
她打鼾。
她上菜的时候会大声喘气。

---

[1] 一种新月形的面包卷,19世纪70年代在波士顿帕克酒店(Parker House Hotel)发明。

安的离别赠言
*

安举着一个小托盘进来了,说了一句:"他们说一分帮助胜过十分怜悯。"

"棒女孩"
*

D太太写道:

我们现在有一个十四岁的"棒女孩"。她是有色人种,但不会被看成黑人——人们一定以为她是葡萄牙人。

她很会带小孩,也会洗碗和做一些别的简单的活儿。不过,目前为止她来的时间都很不规律。

"棒女孩"之后
*

D太太很苦恼。没有人帮她。她无法写作。她的家人需要人帮忙做许多活儿,她需要在他们身上花太多时间。她向一个朋友倾诉道:

我这里一点忙都没有人帮。我都不像一个文明人了,更不要说写作。主要的原因当然是因为我操劳过度了。

她对另外一个朋友说：

为了找到一个好女佣，我整天心烦意乱。

对另外一个朋友说：

我们一直想和你的朋友联系，但因为用人危机我们已经很久没有请客了。要是明年能找到人帮忙就好了，我的情况就能好很多。不过我对此并不很乐观。

家庭财务状况
*

D先生和D太太一直缺钱，现在他们还欠了债。他们的债主之一是朋友比尔。比尔本人如今也经济拮据，于是礼貌地说他需要他们还钱。

两个孩子如今在上同一所私立学校，一个上五年级，一个上幼儿园。D太太请求校长给他们减免学费，他给了孩子们一半的奖学金。

D太太试用了一个高中女生
*

D太太写道：

我们找了一个小高中生，但她简直一无是处。

D先生没有时间写作
*

D先生每周教三天课,每天教三门。他每周要改150份作业。他的学生都非常聪明。

英国女人
*

D先生的一个同事给他们推荐了一名清洁女工。

D太太写道:

根据他告诉我们的她的性格特点,我在打电话的时候施加了刚刚好的压力,现在她在为我们干活了。我们这么说的时候必须要合指祷告。她——要是我能相信我的运气的话——完全是我们需要的人。她不需要指示就会主动去干活,而且她热爱为没有条理的人工作,因为,就像她说的,"他们特别喜欢一进门发现家里干净又规整"。她是英国人,有经验、麻利、能干。她的名字是兰利太太。

在一段时间内,一切都好
*

兰利太太在楼下的娱乐室里熨衣服。

但是兰利太太不愿意留下来

*

兰利太太离开了我们。

流产

*

D太太一直想再生一个孩子,但她怀孕不久就流产了。这已经是她第三次流产了。但是她不会放弃。

我们绝好的玛丽恩

*

一度家里来了一个D太太认为好极了的女孩,她是一个十九岁的商科学校的学生。她给他们减轻了很多负担,但他们为她担心,因为她似乎只工作不娱乐,而且她从来不和男孩约会。

然后,她也离开了。

D太太去看医生

*

D太太就她怀孕的事咨询了一名医生。她告诉他之前的一个医生通过往她身体里吹送某种气体帮她怀上了孩子。

D先生和D太太都在写作

*

D太太有一篇小说很快就要发表了,她还完成了另外一篇,一度她每天早上9点30分到下午3点都在写作。至于D先生,他已经不写小说了,不过他在写文章。

他们希望她最新的那篇小说也能卖出去,因为他们没有多少钱了。

D太太又怀孕了

*

D太太又投了一条广告,这次要短一些:

厨师兼管家——12点至开得较早的晚饭,主人家条件良好。无须洗衣,周日休息。$20周薪。电话:2997。

明妮用花体字回了信

*

就附上的广告是说我会在你家有一个房间吗,还是指你需要有自己的家,需要每个工作日过来完成你的工作?从广告的语句我就是不懂那些条件所以想我要问一下如果感兴趣我希望得到你的回信如果职位还空缺的话还有工作细节。

他们给了明妮一个机会。她写信接受了

*

你慷慨的信在手边,我希望我真诚的努力会让你们满意,我当然也想就你关于家务管理一切相关事宜的想法请教你。我的想法是,在我熟悉了环境后,我要尽我所能减轻你的负担,这样你就有更多时间照顾自己的身体和其他事宜。我很感谢你没有要求我提供推荐信等因为我想依靠自己的能力,不过,接受一个完全陌生的人来你家,一个除我们的通信没有任何介绍信的人,在你这方面真是大度之举。我希望我能证明自己配得上你的信任,希望我能很快适应你的家庭。

明妮不合适,
很快D太太决定雇用一个
在不良儿童寄宿学校工作的女孩

*

D太太收到了一个叫安德森小姐的社区工作者的信:

在我们能够把一个女孩长期送到你家去之前,有许多事需要考虑,目前我这里没有合适的人选。

D太太坚持要雇某个女孩。安德森小姐回了信

*

安娜会很高兴她能长期住在你们那里。但是我担心，你没有意识到对她进行足够的监督是一个大问题。关于安娜糟糕的背景和精神状况，我可以告诉你更多，因为我们已经观察她一些年头了，你会意识到为什么我们需要对她加以严格管教。

比如，有一个问题是她每周一次去看夜场电影的时间。我定的时间是10:30而非11:30，想着她应该能去看第一场，再说10:30也已经够晚的了。她还问我们她能不能和她的女友及她们的男伴去白鹰舞厅参加新年舞会。因为不了解这是什么样的舞会，我很难给她这个特权。这些要求只是一小部分例子，随着时间推移只会越来越多。我希望我们的女孩们能过上满足的和尽可能正常的生活，但是她们也必须受到保护。

D太太坚持主张。安德森小姐让步了

*

一等调动安排妥当我就会给你寄去合同，然后我会去联系社会福利部门。

在详细讨论细节事宜后我们或许可以更宽容一些，但成功在很大程度上有赖于她在外面和哪些人接触，而且，像我们国家许多不幸的女孩一样，她需要得到很多教导。

虽然相关各方都寄予了很大希望，
安娜并不是一个合格的雇员

*

D太太写道：

安娜实在是很难管束，就算我们这样看着她，她还是成功地和一个出租车司机一起，偷偷把我们最小的那个孩子带到老远去看她的朋友，天知道她给他吃了什么。

在城里她可能还做出了一些不庄重的事。

回到学校

*

安娜写道：

抱歉没有更早一些回信，但是我们每周只能写一封信，是在星期天。

那边大家都怎么样。对我来说绝对是损失。

一星期前这边的雪灾，对我们的出行没有什么影响。有些地方雪有2—4英寸厚。安德森小姐希望那天我带了一些链条出门。车子会从路的一边滑向另一边，有一辆还开到对面的沟里去了。有几个人得出去清理挡风玻璃，还有我不知道的一些东西。我们在烂街奶品吧停下来吃了午饭，在那之后天气就变好了。

希望你的旅途和我们的一样顺利。

你在你信中提到的观点都十分正确,我自己也只希望整件事只是一场噩梦。

很高兴你打电话给伊芙琳和华纳太太了。我能想象她们的心情,当然还有伊芙琳。她和我经常会想着对方,我真的很想她。我也很想念教堂唱诗班和卫公理青年团契。

就此停笔,祝一切好。

D太太从学校又找到一个女孩,并收到了雇用和监护她的合同

*

当辞退或调动当前雇用女孩时工资须全额清付,否则不会有新人供给。

你无权将这个女孩转雇任何第三方。

你须对她进行家长监护,关注她的身体健康、清洁、道德训练、心智提升和对业余时间的明智使用。

若女孩令你不满意,你须立即通知学校,将她送回。学校同时保留在任何合适时间收回她的权利。

当她抵达贵社区时,你须即时通知她附属教堂的牧师。

你须监管她的衣物及其他生活所需物品的购买,你须向她提供少量零用钱,不超过每周1分。她的工资是$15每周。

D太太产下一个健康、足月的宝宝。

她给学校发了一份夸奖雪莉的报告

*

在我整个住院期间和回家后，雪莉一直表现得很出色。因为她我休息得不错，在天气稍凉下来时当能立即着手处理我的各项事务。

大多数炎热的下午，我们都让她去了游泳场。

D太太监督雪莉买衣服

*

7月31日账单：雨衣、发刷、套装、半身裙、外套、内裤、运动装。

8月31日账单：毛衣、假领、羊毛裙、衬衫、球鞋、蓝色牛仔裤。

与此同时，安娜从她在康涅狄格州的

新岗位上写来了信

*

我说过在我找到新工作时我会写信告诉你我的去向，所以现在我写信来了。我在康州工作。他们是很好的人，他们去的大部分地方都会带上我。我有一间漂亮的房间，里面有一台小收音机，一台电扇，带冷热水的私人卫生间，等等。

我们附近有一个咸水海滩，每周会去游两到三次泳，我们无疑很喜欢，因为这里每天都那么热，我们呼吸都很困难，湿气很重空气完全不动所以我们都像棍子一样躺在那里。

上个礼拜天，沙滩上有 8 500 个大人和小孩。你怎么想吧。

我去买东西或看电影之类的时候会走差不多 4 到 6 英里，来回加起来。除了他们开车的时候。

我在这里部分独立了，到下个月的时候我的所有钱都会归我自己管了。我一封信都不用寄回学校。我最近从家里收到信是一个月之前，他们说他们不想和我有任何关系了因为我老是给我当兵的哥哥写信。就是没人能让我停下来因为我太想那个哥哥了。过去的三个礼拜我写了两封信寄回家，但是没人回。他们都不再让我的姐妹们给我写信了。

我真高兴我又出来了，希望我能坚持住。

真高兴你那么喜欢你的小女宝宝。要是你像我这么看她们的话，我能理解你的原因。

快点写信来。

  一年以后，雪莉还在为 D 太太工作

*

情况完全令人满意。

但是D太太担心雪莉的敏感和她的家人

*

生活对像雪莉这样的女孩来说并不容易，她又敏感又关爱他人，而且她还需要放弃一个她自然应当去关心的家庭。

社区工作者不确定雪莉
应不应该再接一份工作

*

雪莉要我们允许她在星期天下午去一家简餐店当服务员。因为不知道这家简餐店的名声和顾客情况等，我不知道应不应该允许她去。然而，如果这方面一切都没有不当，如果这份工作不会影响她在你家里的工作和她在学校的学习，我对她借此多赚一点钱没有反对意见。不过她必须牢记她首先要对你负责。

麻烦：雪莉向D太太解释

*

D太太：关于星期天晚上的事我完全是在说谎。我是和迪克西、多洛雷斯以及一个叫吉米的士兵在一起，我是在我们去海角之前认识吉米的。我没想到说出去和迪克西吃晚饭会听起来那么可疑，但应该是比我想象的更可疑吧。你可能会以为这是随便的搭讪，我也不打算说服你。至于说我有没有偷偷摸摸做其他事，因为我每周只能出去一次，我不知道我能做出什么坏事。我有三次没有去教堂，可能是四次吧。只有两次我是在枫树餐馆帮忙。别的时间我是在等杜丝和拉尔夫从教堂出来后找我。有一天我说我要在学校多留一会儿但我并没有。我是和朱迪开车出去了。

拉塞尔先生找我谈了这件事。他让我和你"说开来"，所以我现在把一切都告诉你。我想不起来我还做了什么不光彩的事。从上周四开始我想在所有人面前都表现得友好、开心，但我做不到。如果我都没办法回家看我母亲&家人那么情况一定很糟糕。从12月底我就没有回过家了。我想回去看大家。

我得到了教训，D太太，我以后再也不会对你说谎了。要是你能再给我一次机会让我去枫树餐馆上班的话，我就太高兴了。我很想去那里因为那样你就不用给我钱了。我不想找你要钱，但我确实需要钱。我不想要你付我的洗衣费、公车费以及之类的东西，我不想老是找你要钱。你甚至连我的生活费都不用给我了。我真诚地向你保证你对此不会后悔。要是你说6点半到家就算丢下一个乱摊子我也会回家。雷今天打电话时告诉我说在那里工作过的女孩中他最想的是在周日工作的我。我再也找不到像那里那么多钱的工作了，一周只去一次。我只想星期天去，&没有别的地方会想要一个只能在那个时间上班的人。贝克曼只付45¢一小时，沃克餐厅只付60¢一小时除小费。我们高中好多小孩都会在星期天去那里,因为我当班它对生意肯定有帮助。这活儿很累但是我喜欢,所以我永远都不会喊累。雷说迪克西没给任何人排星期天固定的班,因为他在等着看我能不能回去。迪克西反正也知道我为什么不能去,因为我告诉了他我为什么在这里。他会愿意帮我的,我知道。我乞求你再给我这一次机会,要是这次不成功,我就会回学校。我不想回去,但是如果我知道我做错了事我愿意回去。

雪莉

  雪莉获得了原谅,但最后还是主动离开了D太太。
  雪莉之后是琼·布朗,不过她没待多久

*

  在她的新岗位上,琼给D太太的儿子写了一封信:
  每个人的生活都是起起落落的。但在我们家,几乎全都是落。我猜在你们家也差不多。
  我在你家干活时很愉快,但我不是很理解我自己,为什么差不多老想走。不过在商店上班是要舒服多了。
  你大概永远都不会知道我老是要干家务是什么心情,因为你大概永远都不会有这种经验。

D太太的一生中还会有多少女佣？

*

D太太一生中至少有过一百个女佣。在某个时候她不再叫她们女佣了，转而改叫清洁女工。她们不再住在她家里了，而是会从外面过来。

在琼离开很久之后，
D太太给一个朋友写信

*

我开始试用一个新的清洁女工了，要她把这这那那积起来的东西给挖出来。

一些后期用人的名字，
以及她们的特征

*

从澳大利亚来的英格丽德，她为他们工作了一年：后来搬去了瑞士

多丽丝：每周会来打扫两次

图意特太太，发音为"图特"：她被乐谱架砸了脑袋

安妮·福斯特：她在海滩上丢了一枚戒指

布希太太：聋得跟门柱一样

28

一小时看
二十个雕塑

1
*

　　问题是一小时要看二十个雕塑。一小时似乎是很长的时间。但二十个雕塑是有很多雕塑要看。但一小时感觉还是很长。当我们开始计算时,我们发现一小时除以二十意味着我们三分钟就要看一个雕塑。虽然我们的计算没有错,但这感觉还是不对:因为三分钟根本不够看一个雕塑,而且当你一开始有一小时,这点时间就显得太少。我们猜,问题是我们要看的雕塑太多了。但不管有多少雕塑,我们还是觉得一小时应该够了。所以一定是虽然我们的计算是对的,但它并不能准确地反映我们面临的情况,虽然为什么这个计算不能反映情况我们还不理解。

2
*

答案可能是这样：一小时可能真的比我们习惯以为的短得多，而三分钟则比我们以为的长得多，所以我们的问题可能可以反过来，我们可以说我们一开始的总时间很短，只有一小时，在此期间要看二十个雕塑，计算之后我们惊奇地发现我们有很长时间，三分钟，去看每一个雕塑，尽管现在感觉又不那么对了，就是说为什么那么多那么长的时间段，也就是三分钟，可以被包含在这么短的时间段，也就是一小时里。

29

尼彩[1]

哦,可怜的爸爸。我很抱歉我取笑过你。现在我也把尼彩拼错了。

---

[1] 原文为 Nietszche,为误拼,正确的拼法为 Nietzsche,故作此译法。

30

你从婴儿那里学到的东西

无所事事
*

你学会了无所事事,什么都不做。这在你的人生中是一件新鲜事——什么都不做。什么都不做并且不对什么都不做不耐烦。什么都不做的时候很容易不耐烦。什么都不做并且不介意这一点并不容易,不介意时间的流逝,早上的时间过去了然后下午过去了,一天过去了又一天过去了,而你却什么都没有做。

你能指望的事
*

你学会了不去指望从前一天到第二天任何事会是一样的,比如他会在某个时候睡着,或是会睡多长时间。有时候他会一连睡好几个小时,有时候他睡得不超过半小时。

有时候,当你准备再工作一小时的时候,他会突然醒过来,放声大哭。现在你准备停止工作了。但因为你需要准备几分钟才能停止一天的工作，你不能立刻就去管他，他不哭了，并且还在保持安静。现在，尽管你已经准备好结束这一天的工作了，你又准备继续工作了。

不要指望完成任何事情
*

你学会了不去指望你能完成任何事情。比如说，小孩在盯着一只红色的球看。你在洗一些很大的萝卜。在你洗完了四根还有八根的时候他会开始闹。

你不会知道哪里出了问题
*

小孩躺在摇篮里哭。在他用力哭的时候他的腿微微从床垫上抬了起来。因为他的脑袋很重，腿很轻，肌肉又硬，在他用力的时候他的腿很容易飞起来，就像现在。

经常，在他哭闹的时候，你想知道是哪里出了问题，因为这会有用，知道他是饿了还是累了，无聊了，冷了，热了，穿的衣服不舒服还是肠胃不舒服会有用，能帮你省掉一些麻烦。但你不会知道，或者在需要知道的那个时候你不会知道，你只有在事后，在猜对了或猜错很多次之后才会知道。但事后知道并没有用，除非你知道了某种特定的哭法表示他饿了还是痛了，等等。但哭声又是很难记在脑子里的东西。

让你疲累不堪的事
*

你不仅要为自己也要为他着想和感受——他是不是累了，或是无聊了，或是不舒服。

一动不动地坐着
*

你学会了一动不动地坐着。你学会了在他盯着东西看的时候也盯着看，在他盯着房梁的时候也一直盯着房梁，在一个宽敞的空间里一动不动地坐着。

娱乐
*

对他来说，仅仅是盯着什么东西看就是娱乐了，对你来说当然并不总是这样。

然后，有些事不仅仅是你，也不仅仅是他，而是你们两个人都喜欢做的，比如躺在吊床里，出去散步，还有泡澡。

弃 绝

*

　　为了他的缘故,你会放弃或是推迟你过去有过的许多享受,比如在饿了的时候吃饭,想吃多少就吃多少,比如从头到尾看完一部电影,一次想看多少书就看多少,累的时候才去睡觉,睡够了才起床。

　　因为你现在总是一个人在家陪着他,你从来没有如此期待去参加派对。但在这个派对上你无法和任何人交谈超过几分钟,因为他老是哭,最后你会只和他待在一起,在后面的某个睡房里。

问 题

*

　　他的眼睛怎么会懂得去寻找你的眼睛?当他模仿你的嘴型的时候,他的嘴巴怎么知道那是嘴巴?

他 的 感 知

*

　　你从一本书上读到他是通过你的气味和你抱着他的方式而不是你的样子认出你的,他只能注意到离他一定距离的东西,他只能看到灰色。就算对你来说是白色或黑色的东西,对他来说也是灰色。

影子的难题

*

他伸手去抓他的勺子的影子,但影子又出现在了他的手背上。

他发出的声音

*

你发现根据情况的不同,他会从嗓子里发出许多不同的声音:哼唧声,吐出的小小气流。但有时候又是尖叫,有时候,在他学会对你笑之后,是尖细的咯咯声。

优先事项

*

事情应该很简单:他醒着的时候,你照顾他。等他睡着了,你马上去做你要做的最重要的事,能做多长时间就做多长时间,要么把它做完,要么到他醒过来的时候。要是他在你做完之前就醒过来了,你就去照顾它,直到他再睡着为止,你再继续去做那件重要的事。这样的话,你应该学会分辨什么是最重要的事,然后一有机会就赶快去做它。

你注意到的他身上奇怪的东西

*

他手掌缝里积起来的灰色棉绒。

他肘弯里积起来的白色绒毛。

他手指甲里的黑东西。你让他的指甲长得太长了，因为要在这么一个不停动的小东西上精确地修剪太难了。现在你要找一个特别小的指甲刷来清理它们了。

他脸上的颜色：粉色的额头，淡蓝的眼皮，微红泛金的眉毛。从他皮肤的小小毛孔里冒出来的小小的汗珠。

他打哈欠的时候，他的鼻翼会怎样变成黄色。

当他屏住呼吸然后往横膈膜下运气的时候，他的脸会那么迅速地变红。

他不均匀的呼吸：他的呼吸会怎样随着他的运动、他的好奇心而变化。

在他趴着睡觉的时候，他弯曲的胳膊和腿是多么像沙漏的形状啊。

当他靠在你胸前的时候，他抬头向四面看的时候多像一只乌龟，他的头又会怎样掉下来，因为它太重了。

在把手放到一个玩具上面之前，他的手慢慢地在空中运动时多么像螃蟹之类的海洋生物啊。

当他屁股朝上、折着身体时，他是多么像正要走开，或者又好像他是倒过来的。

由一只乳头相连
*

你躺在床上给他喂奶,但你并没有用胳膊或手扶住他,他也没有抓着你。他和你由一只乳头相连。

失序
*

你知道你的生活现在没那么有序了。或者说想要它有序的话,你必须努力去维持。打个比方吧,晚上你躺在床上,小孩在你旁边眯着。你在看《煤气灯下》[1]。突然下起了雷雨,雨下得很猛。你想起小孩的衣服还挂在外面的晾衣绳上,你起床冲向门外。因为你突然起床离开了他,小孩开始哭了。《煤气灯下》还在放,小孩在哭叫,你穿着白色的睡袍站在屋外的大雨中。

礼节
*

他一天中会打那么多次招呼。每次醒过来的时候都会打一次招呼。每次你走进房间的时候会打一次招呼。每次打招呼时都带

---

[1] 1944年上映的一部经典爱情悬疑题材电影,由英格丽·褒曼和查尔斯·博耶主演。

着真正的热情。

分心

*

不管安排起来有多麻烦,你还是决定去参加一场公共活动,就说是一场音乐会吧。为了把小孩交给保姆,你事无巨细地做了准备,带上了一大包的东西,包括一张折叠床、一把折叠车,等等。现在,音乐会在进行中,你坐在这里想着的不是音乐会而是你做的那大量的准备,想着它们是不是够了,而且不管你怎么努力想要集中精神听音乐,不到几分钟你就又会开始想你做的那大量的准备是不是够了,是不是能让小孩足够舒服,是不是能让保姆足够省事。

亨利·柏格森[1]

*

他向你展示了很久之前你从柏格森那里读到的东西——笑总是由惊讶引起的。

---

[1] 亨利·柏格森（Henri Bergson, 1859—1941）,法国哲学家,代表作有《创造进化论》《物质与记忆》等。

你不知道他
什么时候会睡着

*

假如他睁大眼睛盯着一盏灯看,这不代表他不会在几分钟之内就睡着。

假如他在惨烈地哭叫或是在你胸前猛烈地扭动,将他的小指甲往你的肩膀里抓,或是挠你的脖子,或是把脸往你的衬衣里埋,这不代表他不会在五分钟之内放松下来,然后身体变重。但在照顾一个小婴儿的时候,五分钟就是很长时间了。

有什么像是他的哭声

*

你注意听他的哭声,你把风声、海鸥叫声和警笛声都当成了他的哭声。

时间

*

并不是说在照顾一个小婴儿的时候五分钟一定是很长时间,而是说在你等着他入睡,或是听着他一个人在婴儿床里哭或在你耳边呜咽的时候时间会过得很慢。

秩序

*

在那样无序的环境中你无法清楚地思考或是保持冷静。所以你学会要在用完餐之后马上把餐具洗掉,不然它可以很长时间都不会被洗掉。你学会要马上把床铺好,不然之后可能会没有时间。然后,如果不总是,你也会经常忧虑要怎样才能节省时间。你学会在小孩睡着之后马上就开始准备他醒过来要怎么办。你学会在几个小时之前就做好准备。然后你的时间观念开始改变了。未来和当下冲撞到了一起。

另外一些日子

*

在另外一些日子里,你会不管你学到的关于节约时间、提前做准备的那些方法,你体内有什么东西放松了,或者说你就是累了。你不介意家里不整洁。你不介意除了照顾小孩你什么都不做。你不介意当你躺在吊床里看杂志时时间正在流逝。

他为什么会笑

*

他带着强烈的兴趣看着窗外。他看着一幅画笑了。你很难知道他为什么会笑。是因为那幅画让他觉得快乐吗?是那幅画让他觉得好笑吗？不对，很快你意识到他对那幅画笑的原因和他对你笑的原因是一样的：因为那幅画在盯着他看。

平衡问题
*

平衡问题：他打了哈欠就会向后摔倒。

向前进展
*

你在担心进展问题，或者说在向前进展与原地不动之间的差别。你开始注意到哪些事是你一天中总要一遍又一遍重做的，哪些事是每天都要做一次的，哪些是几天就要做一次的，诸如此类，和某些只会做一次的事相比，所有这些都只会让你去注意记录时间，让你待在原地而不是向前走，或者说，防止你不往后退。一份挣钱的工作只需要做一次，一封讲某件事的信只需要写一次，一个事先安排的活动只会发生一次，你只会听到或传播新闻一次，这样的话，如果事情只会发生一次，这一天就会是和别的日子不同的，于是这一天你的生活看起来就会是向前进展的。当你知道，至少，在那一天你的生活向前进展了时，坐在那里抱着小孩盯着墙看就会比较容易；这一天有了什么变化，不管它是多么小。

一个小东西和另一个东西，
一个更小的东西

*

他在他的婴儿床里睡觉，他被一只苍蝇吵醒了。

耐 心

*

你试着搞明白为什么有些时候你一点耐心也没有，有些时候你的耐心却是无限的，你可以长时间站在他面前看他躺在床上挥动小手，向空中踢腿，或是盯着墙上的画看。为什么有些时候它是无限的而有些时候，在你一直很耐心的一天的晚些时候，你却无法忍受他的哭声并威胁如果他在你怀里不止住哭的话你会把他放回小床里让他一个人哭，而且有时候你确实会把他放回小床里让他一个人哭。

不 耐 烦

*

你学着理解耐心。你去发现耐心。或者说你发现耐心能维持到一定程度然后消失，而不耐烦会开始。又或者说，不耐烦一直都在那儿，在轻薄的、表面的耐心之下，到了某个时候那轻薄的耐心就会消散，剩下的全是不耐烦。然后不耐烦越来越强。

悖论

*

你开始理解了悖论：在床上和他躺在一起，看着他的小脸握着他的小手，你是如此兴味十足，与此同时你又是如此无聊，你希望你是在别的地方做别的事情。

退化

*

就算他还处在自身发展的早期，在他饿了或累了的时候，他还是会退化到一个更早的时期，他会不和人交流，自娱自乐，而且会痉挛一样地动着。

在人与动物之间

*

他真是处在一个人和动物之间的中间状态啊。在他看不清楚，在他盲目地看着强光却看不见你，或是看不见你的形象而是只能看清你的面部边缘、你的头部边缘时；在他的动作更加狂乱时；在他更加服从于自己的身体需要，在他因饥饿、孤独或疲惫而无法因好奇而分心时，他在你看来就更像是动物而不是人。

他的身体部位并不相连
*

他不明白他的手在做什么：它紧紧握在你坐的椅子的一只铁杆子上。然后，在他往别处看的时候，他又握在了一只奇怪的青蛙窄窄的黑腿上。

欣赏
*

他身上满是勇气、善意、好奇心，并非常自立，你欣赏他的这些素质。但你又意识到这些素质是他与生俱来的：现在你还要不要欣赏他呢？

责任
*

就他有限的能力而言，他对自己的身体、自己的安全是多么负责啊。当一块布蒙上他的脸的时候，他会屏住呼吸。在黑暗中他会睁大双眼。在他就要失去平衡的时候，他的手会握住附近的任何东西，他会紧紧地抓住你的衬衣。

在他的能力范围之内

*

在他的理解能力之内,他是多么好奇;在他的运动范围之内,他是那样努力地追逐引发他好奇的事物;在他的知识范围之内,他是多么自信;在他的能力所及之下,他是多么能干;在他注意力的限度之内,他会在他面前的人脸上得到多少满足;在他的力量所及之下,他又是多么坚定地伸张他的需要。

31

她母亲
的
母亲

1
*

有时候她很温柔，但有时候她不温柔，她对他和他们所有人都暴躁而不留情面，她知道她这种奇怪的性格是从她母亲身上遗传来的。因为有时候她母亲也很温柔，但有时候她对她或他们所有人都暴躁而不留情面，她知道她这种奇怪的性格是从她母亲的母亲身上来的。因为，据她母亲说，她母亲的母亲有时候也很温柔，和他们所有人开玩笑，但有时候却暴躁而不留情面，指控她母亲撒谎，可能也会指控他们所有人。

2
*

在夜里，在深夜里，她母亲的母亲会哭泣，向她的丈夫哀求，她母亲，那时还是个孩子，会躺在床上听。她母亲成年后不会在夜里哭泣，不会向她的丈夫哀求，或者说不会在她女儿能听到的时候那么做，那时她会躺在床上听。在她成年后，她是否会像她母亲的母亲一样在夜里、在深夜里哭泣，向她的丈夫哀求，这点她的母亲是听不见的，因为她的耳朵听不见了。

32

事情的原理

在一本给孩子看的科学书里有一段对做爱行为的描述，它解释得很清楚，在你开始忘记的时候会有所帮助。一切是从一个男人和一个女人之间的好感开始的。在他们亲吻和抚摸对方的时候，血液流到了他们的生殖器官，这种膨胀感会让这些部位想要进一步接触，男人的阴茎变大了，变得相当硬，女人的阴道变得湿而滑。现在阴茎可以进入女人的阴道了，这两个部位会"舒适而愉悦"地一起动着，直到男人和女人抵达高潮，"不一定是在同一时候"。不过，在这篇文章的结尾，它对开头关于好感的说法做出了谨慎的修正：它说，现在很多不爱对方，甚至是对对方一点好感也没有的人也会做爱，这是否是件好事我们目前还不清楚。

33

失 眠

我的身体很疼所以——
一定是这张沉重的床在挤压我。

34

烧掉家庭成员

一开始他们烧掉了她——那是上个月的事。事实上是两个星期以前。现在他们在饿他。等他死了,他们也会把他烧掉。

哦,多欢乐。在夏天里烧掉这些家庭成员。

当然,不是同样的"他们"。"他们"是在几千英里之外烧掉了她。和在这里饿他的"他们"不是同一批人。

等等。他们是应该饿他的,但现在他们在给他东西吃。
他们不顾医嘱给他东西吃?
是的。我们说过,好吧,让他死吧。医生也是这么建议的。
他病了?
也不是。
他没病,但是他们想让他死?
他不久前病了,他得了白血病,后来他好转了。

所以就在他好转的时候他们决定让他去死？

这个嘛，他老了，而且他们不想再给他治白血病了。

他们觉得让他死比让他再得病要好？

是的。然后，在养老院，他们犯了错，给他吃了早餐。他们一定不知道医嘱是怎么说的。他们对我们说："他吃了一顿很好的早餐！"就在我们准备让他开始死亡过程的时候。

好吧。现在他们弄明白了。他们不再给他吃的了。

事情回到了正常轨道。

他早晚都是要死的。

他要花几天时间来做这件事。

在他们给他吃早餐的时候，大家不确定他会不会死。他吃了。他们说他吃得很好！但他现在吃不了东西了。他甚至都不会醒过来了。

所以他睡着了？

这个嘛，也不尽然。他的眼睛是睁开的，睁开了一点点。但他是看不见东西的——他的眼睛不会动。你对他说话他也不会应答。

但你不知道它会持续多久。

在这之后的几天,他们会把他烧掉。

什么之后?

在他死去之后。

我们会请他们把他烧掉。事实上,我们会付钱让他们把他烧掉。

为什么不马上把他烧掉?

在他死去之前?

不,不是。那你干吗说"在这之后的几天"?

根据法律规定,我们必须要等四十八小时。

就算是对一个天真的老会计师?

他也不是那么天真。想想他给的证词吧。

你是说,如果他是周四死的,周一之前他都不会被烧掉。

他死了以后,他们把他带走了。他们把他放在了一个地方,然后他们要把他带到他被烧掉的地方。

他死了以后谁会和他一起去,陪着他?

没有人,其实。

没有人和他一起去?

这个嘛,会有人把他带走,但我们不认识这个人。

你们不认识这个人?

会是一个员工。

可能是在大半夜?

是的。

而且你们大概也不知道他们会带他去哪儿?

不知道。

所以没人会陪着他?

这个嘛,他都已经死了。

所以你们觉得没关系。

他们会把他放在棺材里面?

不会,其实是一个纸盒子。

纸盒子?

是的,很小的一个。窄而且小。不重,加上他也不重。

他个子小吗?

不小。但他老了以后就变小了。也轻了。但不管怎么样,总应该比那个大。

你确定他在那个盒子里吗?

是的。

你去看了吗?

没有。

为什么不?

他们不会给你机会。

所以他们放在纸盒子里烧掉的东西,你相信是你父亲?
是的。

用了多长时间?
好多好多个小时。
烧掉那个会计!多快活!

我们不知道会是一个纸盒。我们不知道它会那么小,那么轻。
你们"很吃惊"。

我不知道他死了以后去了哪里。我在想他去哪儿了。
你现在才想这个问题?之前怎么不问?
这个嘛,我问了。但我没有答案。现在它更紧急了。
"紧急"。

我想要相信他还在附近,我真的很想这么想。如果他还在附近,我觉得他是在盘旋。
盘旋?
我看他不会是在走路。我能看见他在离地面几英尺的地方盘旋。

你说"我能看见他"——你反正可以坐在一把舒服的椅子里说你"能看见他"。你觉得他在哪儿？

如果他是在附近，在盘旋，他是像以前一样，还是像在最后那些日子里一样？他曾经拥有所有这些记忆。他回来的时候会重新得到它们吗？还是说他会像最后的日子一样，丢失了大部分记忆？

你在说什么呀？

一开始我会问他一个问题，他会说："不记得，我不记得了。"然后我问的时候他就只是摇摇头。但他的脸上会带着微笑，就好像他并不介意他不记得了一样。他看起来就好像他觉得那样蛮有趣。他好像很高兴他获得了关注。那时候他还喜欢观察事物。雨天时我们会一起坐在那个家的前门外边，在一个像是屋檐的东西底下。

等等。"那个家"是什么？

给老人住的家，他最后住的地方啊。

那不是什么家。

他看着麻雀在潮湿的柏油路面上跳来跳去。然后一个小男孩骑着自行车驶过。然后是一个打着鲜艳的伞的女人走过了。他会把这些指给我看。那只麻雀，那个自行车上的小男孩，那个在雨中打着鲜艳的伞的女人。

不会,当然不会。你想要觉得他还在附近盘旋。
不,我不觉得他还在那里。
你不如说他还有记忆好了。他必须要有才行。如果他不记得了,他就会失去兴趣然后飘走了。
反正我不觉得三天以后他还在那里。我不那么想。
为什么是三天?

35

抵达完美的途径

练习弹钢琴：
我的阿尔贝蒂低音不是很平衡。
但今天早上我弹的乐章平滑吗？
是的！

36

奖励基金

――――――

1
*

不是说你对这个奖励基金来说不够好,只是你每年的申请书都写得不够好。等你的申请书写得足够好时,你就会获得这个基金了。

2
*

不是说你对这个奖励基金来说不够好,只是你的耐心必须首先经受考验。每一年你都很有耐心,但你的耐心还不够。当你真正懂得了什么叫耐心,你甚至都已经把基金这回事抛诸脑后时,你就会获得这个基金了。

37

海伦与维：
一份关于健康与活力
的研究

简介
*

以下的报告介绍了两位在耄耋之年依然充满活力的老妇人。尽管报告无疑会是不完整的，因为它有赖于研究对象本人的记忆，但是它会尽量做到翔实具体。我们希望，这种详细的描述能让我们对以下问题有所了解，即研究对象的行为习惯与人生经历中的哪些方面起了作用，让她们在生理、心理、情感与精神等各方面都如此健康。

两个女人都是在美国出生的，一个人的父母都是非裔美国人，另一个的父母是来自瑞典的移民。第一位，维，八十五岁，目前仍十分健康，她每周有四天会做家庭与办公室的清洁工作，而且在她的教堂里很积极。另外那个叫海伦，她九十二岁了，除了视力与听力有所下降外身体仍然很好，她现在住在一家老人院，但是一年前她还独自一人住在家里，自己照顾自己还有她的大房子，很少找人帮忙。她现在个人卫生仍能自理，也会自己打扫房间。

背 景

*

维和海伦两人都来自完整的家庭，与其他孩子及两个护理人一起长大（很长一段时间，维的护理人是她的祖父母）。两人和她们的兄弟姐妹关系都很好（维和她的直系堂表兄妹也很亲近），一生中都是如此。两人都比其他人活得长：海伦的哥哥和姐姐都已经去世了，哥哥活到了九十岁，姐姐是在七十八岁时去世的；维的兄弟姐妹及堂表亲都去世了，其中除一人外都活到了八九十岁。她最后去世的那个表姐死时是九十四岁，她在生命的最后时刻还在当厨师。

维是在她祖父母在弗吉尼亚的农场长大的。她们兄弟姐妹和堂表亲共有八个，长到一定的年纪前全部和祖父母住在一起。她祖父的农场四周有农田树林环绕。孩子们大多时候都光着脚，他们与土地的接触是持续而直接的。

孩子们从来不看医生。要是有人病了，维的祖母会去田间或树林里取来某种树皮或树叶，然后"把它煮一煮"。她的祖父会教他们辨认有健康功效的野生植物，尤其是辨认雄花和雌花，因为它们的功效各个不同；然后他会让他们自己去采草药。作为一种预防措施，他们的祖母会给他们喝一种汤药做"清理"；它的功效之一是清除寄生虫，那在当时的乡下是一种常见的危害。当维搬到波基普西市[1]和她母亲一起住时，这种家庭疗法便终结了：哪怕她只有一点小感冒她母亲都会带她去看医生，医生会给她开药。

维的祖父母工作都很努力。比如，除了常规的活儿之外，她祖母还会给八个孩子缝被子。她会在早饭后和下午时做针线活。维说，她喜欢做这个活儿：她一点布料都不会浪费，包括最碎小的布头。她祖母的手很漂亮，"比我的直"，维说。祖母还会用印了图案的棉布面粉口袋为他们做衣服。维说，在开学那一天，她和她的表姐妹们会穿上"特别漂亮的裙子"。

她的祖母是一个善良的妇人。她的祖父也很善良，但却较为严厉。维说，他是说一不二的。孩子们两个人的话都听，但却会等祖父出门的时候才去提那些特殊要求，因为从祖母那里他们更有可能得到他们想要的东西。

祖父自己养牲口、种菜。他们住的房子也是他亲手盖的。维说她祖父的双手变形了，手上都是结节。

一家人都睡在草席上。每年一次，祖母会让孩子们将草席换上新草。孩子们会在草席上打滚，听草枝折断的声音。席子被塞得很满，所以在草被压平之前孩子们会不停地从上面滑下来。枕

---

[1] 美国纽约州哈德逊河河畔的一座城市。

头里面塞的是鸡毛。每年一次,祖母会让孩子们把旧鸡毛腾出来,换上她留好的新鸡毛。

孩子们是应该主动去做本人的家务的。不然他们就得承受后果。维说,有一次她忘记去河边提水了。她的祖父干完了一天的活儿在休息,当他向她要水喝时,她承认说她忘记了,他便让她回去取水,尽管那时天已经黑了。去河边的路上要经过一小块墓地,她的一些家人就埋在那里,她不敢在天黑以后从它旁边走。孩子们相信太阳落山后鬼魂就出来了。但是她别无选择,只有战战兢兢地经过墓地下山去了河边,用水桶舀了水,然后一路跑回了家。她说等她到家时桶里的水就只剩一半了。此后她再也不会忘记去取水了。

孩子们长大后工作都很努力,除了最小的那个。维说,她被当成家里的宝贝,所以被惯坏了,成年后除了生小孩就什么也不做。而且,维马上指出,这个妹妹活得最短,只活到了七十二岁。

后来维搬到了北边和她母亲一起住,她母亲在那里有一个奶场。她继续了学业,入读的学校只有两间教室,男生和女生各自占据教室的一边。她一直读到了高一。她学过一段时间钢琴,现在她希望当时继续学下去就好了,但她说她是一个需要被"施压"的小孩,可是因为她母亲太忙,所以从没有对她施压。除了管理农场,她母亲还在当地的一户人家干了三十年的活儿,她的工作主要是做饭。

维结过两次婚。她说，她的第一任丈夫"很糟糕"：他还有别的女人。她的第二任丈夫是个好男人。她希望她是先遇到了他。她讲述了大量关于他以及他俩共同生活的动人故事，这些故事表明他们的关系充满了爱、相互欣赏与快乐。"当我还是一名斯坦迪什的时候。"维会说，意思是她还和她的第一任丈夫在一起、跟他姓的时候。她也会这么说："在我成了一名哈里曼之前。"

她只有一个孩子，是和她的前夫生的女儿，但她帮助抚养了她的两个外孙女，她们和她一起住了好几年。

海伦小时候也是在农场长大的。她的父亲从瑞典移民后不久就在康涅狄格州外围的一个小村子里买了一个几百英亩的农场，农场地处一块高地之上。山下的河谷里有一个大型线纺厂。他养了一小群牛，牛奶会卖给附近的人家。他也养了鸡，并且会给牛配种。他养了一群用来耕地的马，其中两匹会在一家人去镇上的时候用来拉车，他们会在中途让马停下来休息喝水。海伦的家人在农场住到了她七岁的时候，之后他们搬到了镇上，这样她的哥哥就可以上那里的高中。

海伦的父亲负责照管农场，她的母亲则种了一个菜园，养了家禽，并负责做家务。搬到镇上后，海伦的父亲在高中当看门人，后来又换到了镇上的大学。在镇上，海伦的父亲也像维的祖父一样，亲手盖了一栋房子。房子是盖在一家人住的房子后面的。后来他把两栋房子都卖了，用那笔钱买了一栋大房子，海伦就是在那里成了家，并且度过了她的大半生。

海伦二十岁时结了婚。她的丈夫当时在一个伴舞乐队里吹萨克斯风和单簧管。尽管他热爱的是音乐，但为了养家他在一家银行找了工作，渐渐地他演奏得越来越少了。海伦的两个孩子隔得很近，都是男孩，一家人在孩子还很小的时候搬到了海伦父母的家里，那是一栋宽大简朴的白房子，附近都是宽敞的维多利亚式房屋，山坡上长着成熟的遮阴树木，眺望着山下河谷和工厂。他们在二楼和三楼上辟出了一个独立的公寓。此后，海伦开始照料她本人的家庭和她的父母。她母亲生命的最后十三年一直卧病在床。

父母都亡故后，二战后的几年间那栋房子里还收留了一批又一批来自德国的难民，难民营是由海伦和她丈夫发起的，难民中的一些人如今还会给海伦往养老院寄明信片。海伦的儿子们离开了家建立了自己的家庭，她的丈夫最后也死了，剩下她一个人住在那栋大房子里。有一小段时间，她把二楼的公寓租了出去。租户是一个老男人和他十几岁的孙女。他们在孙女怀孕后搬走了，之后海伦再未把房子租出去过，而是用作两个儿子和家人来看她时的客房，同时用作储藏间。海伦搬出去后房子就空了。

工作

*

维和海伦两个人都很早就开始工作了,既帮家人干活,也在外面挣钱。

维九岁的时候就在外面干活了,她是"给一个女人"提水,每次赚五分钱。她后来的工作之一是伐木,那是和她第一任丈夫一起做的:他们会用一把双柄锯锯下"制浆木材",装满一个货车车厢他们会拿到500美元。如果他们"将树皮去掉"的话,一车就会赚600美元。后来,她在一家养老院里做洗衣女工,再后来便开始做家庭和办公室的清洁工作。

维会嘲笑办公室里那些喊累的女孩子——她们整天都在椅子上坐着啊!

她现在做家庭清洁时会从早上九点一直干到下午四五点,中间很少停下来休息,偶尔才会停下来说一会儿话,在那里站上十来分钟。她干活的时候不喜欢吃午饭,但她通常会停下来,坐在厨房餐桌旁吃一个水果——一根香蕉、一只梨或一个苹果。如果她中途没有停下来吃水果,一天结束时她会拿起一根香蕉,脸上带着某种询问的表情将它举在半空中,然后侧身在厨房餐桌边坐下来将香蕉剥开,静静地吃完,要不然她就会将水果带回家。暖天热天里她喜欢喝一大杯冰水。不过,炎热对她来说不是什么问题,就算是气温达到华氏九十多度的时候。

她干活时很平缓，不紧不慢。她说她的祖母教会了他们工作时不要着急，要仔细。她说，她会小小心心，会把木椅上和楼梯扶手上的每一道杠都擦干净。

维的雇主很满意她的工作，一直都会用她。过完八十五岁生日她去华盛顿看了她外孙女，在那里待的时间比计划得长很多。她在那里修补了牙齿，手术花了一个礼拜又一个礼拜。她不声不响地离开了好几个月，账单堆积了起来，电话公司威胁要把她的电话服务停掉。她最后专门回了一趟家处理账单，并且联系了她的雇主，其间没有一个人决定把她换掉。所有人都努力自己去应付那些活儿，并等着她回来。她为一家律师事务所工作了三十年。

她的一个长期雇主，一个老妇人，后来搬进了养老院。她向维抱怨说那里的人不知道怎么铺床，也不知道怎么帮她洗澡。她问维能不能到养老院去继续照顾她。维说她随时愿意去，但是她知道那里的人是不会让她去的。

另一个雇主搬到了华盛顿，她央求维和她一起搬过去，好为她继续工作，但是维不打算离开她的家和社区。

海伦的母亲会帮人洗衣服，海伦会帮她送衣服和收衣服。她母亲的一个顾客后来雇了海伦去她家打扫和做饭。为了赚一点零花钱，海伦还会去乡间采野花，然后将花卖给手工爱好者，他们会将花压平，用来装饰盘子。

如果要将这份研究扩展开去，已经 100 岁的霍普会是第三个案例，她在爱荷华州边境的一个小镇长大，小时候会自己烤蛋糕。她会把蛋糕卖给邻居，将所得的钱用来喂马。那马驹不是她本人的，而是别人借给她的，作为她为驯马付出的劳动的报偿。

孩子入学以后，海伦在主街上一家家庭经营的小女装店做改衣的工作。她会走路去上班，再走路回家。紧接着她在哈特福德市[1]找了一份工作，也是做裁缝。她是坐本地火车去上班的，火车沿途会蜿蜒地穿过树林，经过墓地和不同的小镇。

海伦在那家服饰店工作了四年。店主和他的妻子对员工很关照，和他们中的许多人都成了朋友，其中一些离开店里很久之后和两人还是朋友。因此，海伦的工作环境给了她很大的情感支持。在她进了养老院一年后，她的前老板在一场中风后也进来了。在他弥留的那几个星期，海伦会拄着拐杖，慢慢地走到他的房间去看他。他是一个英俊的高个子男人，有着光滑苍白的脸，他会躺在枕头上用明亮的双眼盯着她看，但是他已经认不出她了。他的妻子经常会来看他，她会在旁边提醒他，但他却只是摇头。

---

1 美国康涅狄格州的首府。

体育活动：工作与玩耍

*

海伦和维两个人都经常活动，经常是走路，特别是长途步行，而且她们两人都喜欢在户外的新鲜空气中活动，尤其是儿时，当然成年后亦是如此。对她们来说，童年过后这些活动主要就是各式各样的工作，不管是为自己做的还是为了获得报酬。但她们闲暇时间也喜欢动。维和海伦都不从事体育运动，但是两个人都会定期去跳舞，而且维出去旅行时总是会走很多路。

在维小时候，去镇上办事和上学她都是走着去。除了吃饭和上课，一天中剩下的时间她都在动，不是干活就是在玩——主要是在户外——和她的姐妹、堂表亲和朋友一起。在她成年生活的早中期，她也是一天到晚动个不停，不仅要照顾自己和家人，还要忙工作，两种情况下都要做很多体力劳动。

现在到了晚年，维的所有家务活和院子里的活儿都还是自己做，只有家人和朋友偶尔来访时才让他们帮帮忙。而且，她时不时地还会帮忙打扫她外孙女或朋友的房子。她做饭，做园艺，挪家具。"我老是在给东西挪位置，"她说，"我的第二任丈夫从前总说我是'搬运车'。"过去在她出外做清洁的时候，她的第二任丈夫会打扫厨房，将炉灶和烤箱擦得一尘不染。他会修剪树篱。这些事她现在得自己做了，但她觉得自己做得很差。家中的玫瑰也是她丈夫种下和照管的，现在它们大部分都不在了。在做完一天的清洁工作后,维会带一些植物回家,然后立刻将它们在地里种下。她说她喜欢手伸在土里的感觉。

一天的工作结束后,她不仅会继续在花园里干活,有时候也会在晚饭后离开家,去唱诗班排练。在最近的一个派对上,她是时装表演中的模特之一,需要换八套不同的衣服。她承认结束后她觉得累了。("我没办法告诉你我有多累;我的床对我说,'我在等着你呢'。")那天晚上她上床很早,第二天也起得很早,那是个星期天,她先是为教堂晚餐会烤了一大盘干酪通心粉,去花园里干了活,又回到屋里干了活,小休片刻后就去了教堂晚餐会。晚餐过后,因为差不多所有人都走了,她和几个同样上了年纪的朋友留下来洗了碗。她们在教堂一直待到了午夜。

维用洗衣机洗衣服,但是会把衣服放在户外或地下室的绳子上晾干,海伦住在家里的时候也是这样;两个人都没有烘干机,虽然都买得起。在她们小的时候,她们的护理人显然教导她们要好好利用"大好晴天"。必须指出,把衣服放出去晾再收回要比用烘干机多耗不少体力,同时也让她们能接触户外的阳光和空气,所以对维和海伦的健康无疑也有一定的好处。

相比之下,霍普成年后的一生中都在尽量避免做家务活,因为觉得她有更重要的事情要做。

和维一样,海伦小时候也喜欢每天走很远的路。住在镇外的农场时,她会走路去上学,在家里和农场帮忙干活,此外还喜欢在户外玩。搬到镇上后她还是走路去上学，来回都要走七八个街区。除了跳舞，她少女时代的娱乐还包括寻宝游戏这样的群体活动，那时候是叫作"寻秘游戏"，那通常意味着在镇上游荡好几个小时。

年轻时做母亲时，她会带她年幼的儿子们去朋友乡下的农场采莓子，然后她会用它们来烤派。

不管去哪儿，海伦都会走路。她家离主街有四条街，最后一条街坡度很陡。她会走路去她工作的店铺，然后再走回家。当她在城里上班还有去 G. 福克斯商场逛街时，她会从火车站步行来回，距离至少有六条街。晚年不再去主街时，除非有朋友请她搭顺风车，她星期天还是会爬半条街的上坡，再走几条街去教堂，之后她会再走路回家。

除了一生——超过八十年——中坚持爬那些长长的坡，两人还总是在屋里屋外干活。和维一样，海伦住在家里时也是自己干屋里和花园里的所有活。通常，一天中她总会去地下室拿几次东西或晾湿毛巾，或是不止一次爬上一层楼去二楼，或是两层楼上阁楼找一件衣服，或是把一张照片收起来。

就算在视力衰退以后，海伦还是会在没有固定人手帮忙的情况下照料自己的房子，打扫整理、给餐厅窗沿上的非洲紫罗兰和二楼前屋阳光房里的圣诞仙人掌浇水。她的家里还是很整洁的，尽管没有以前那么干净了，因为她看不出厨房里那些起皱的黄色窗帘实际上已经很脏了,或是楼下卫生间的木板上留下了手指印,因为她进门的时候会用手扶着那里。她干活的时候很慢,很仔细。因为她极爱整洁,又极为细心,就算在她的眼睛发生了黄斑变性之后,她还是能在家人走后收拾房间时,在阳台地板上找到拼图游戏的小拼板。又因为她是那样耐心,就算她除了明暗轮廓之外就什么也看不见了,她还是能缓慢地为晚饭削好土豆,用手指头摸到土豆的眼,然后用刨刀的尖头将它们一个个去掉。她会温和但坚定地坚持自己洗碗,虽然她有时候需要先躺下来休息一会儿。

在院子里,她会耙掉从树上掉下来的落叶,捡掉枯枝;冬天里,至少有一部分铲雪工作是她做的。家人只会帮她干较重的活:儿子来看她时会帮她修剪树篱,把阳台上要用的家具从地下室搬出来,安装或拆除护窗。某个孙辈有时会帮她清理枯枝落叶。要是碰到她应付不了的特殊情况,比如阁楼里跑进来一只松鼠,她的某个儿子会来帮忙。碰到紧急情况,例如烟囱起火了,她会打电话给她的隔壁邻居。

所有这些活动都一直持续到她九十一岁进养老院之前。

维仍然活跃,但海伦现在一天的大部分时间都是在床边的椅子上坐着。她必须有意识地进行锻炼:在养老院护工或志愿者,或是家人的帮助下,她会沿着养老院转一圈,路线呈钻石型,包着一个户外庭院。她会手挂拐杖,随意挑一个方向开始走,经过住户宿舍，其中大部分是两人间，经过美发室（开放时间贴在了门上），经过通向庭院的门，穿过前门厅，穿过彩绘玻璃的旋转门进入小教堂，经过一个有大电视和棋牌桌的休息室，护士站，另外一条通向庭院的走道，娱乐室，住户洗澡间，餐厅，另外一个护士站，上了锁的员工休息室，从窗户外可以看见里面的零食贩卖机和饮料机，另外一个电视小一些、有书架的住户休息室，厨房，更多住户宿舍，最后回到她自己的房间。在那里她会把助步拐杖停好，把椅子往后拖一拖，弯下身抓住椅子扶手，陷到椅子里坐下来，一边笑着发出"啊"的一声，因为散步结束感到放松。

霍普也会有意识地做锻炼：她会把拐杖带到公寓楼的长走道里，那里有一股新鲜灰泥的味道；由某个朋友、家人或请来的陪护在旁陪着，她会在走道里走上固定数目的来回，先走到远端带窗格的玻璃门那里，再走回近端同样的玻璃门那儿，有时候路上会碰到某个邻居。然后她回到公寓里，在她的半旧的蓝色雪橇式床上躺下来，床上散布着书、杂志、纸页和笔记本、皮包、床上小桌和破旧的餐巾，她会休息一会儿，然后继续做几组抬手抬腿训练。结束后她会要求别人帮她倒水；她床边必须要有两杯水，一杯半满，就放在她手边，另一杯要是满的，放在她伸手能够到的位置。

当前的居住状况

*

海伦的房子很大,有四层楼,过去全都很常用:地下室是用作储藏室和洗衣房;一楼有厨房、餐厅、两间起居室、一间小卫生间,以及海伦的卧室;二楼还有一间厨房、一间宽大的前屋、两间卧室和一间较大的卫生间;阁楼里有一个卧室和一个储藏室。

维家的房子比海伦家要小,但它也有地下室、一楼、二楼和阁楼。和海伦家一样,它的二楼也有厨房,那是为了将二楼打造成一个能出租的公寓而改修出来的。那里一度住了一家三代:祖父、孙女和孙女的小孩。

维家是在一个舒适和谐的社区,那里的房子都较老,不大但却相当漂亮,养护良好。那一片坐落在高处,眺望一条宽溪与一个河口的交汇处,当然从大多数房子里都看不到河。许多房子是独栋的,带有修剪整齐的院子。许多像维家的房子一样,是砖砌的,因为烧砖曾是这一片的主导工业,不过也有一些房子是由木板建成的。维家的房子刷成了白色,封闭的前门廊屋檐上有黑白条的金属遮阳篷。院子里共有两块草坪,前面有一块小的,后面车库边有一方大的。车道边种着矮树篱,院子里种着多种多年生植物,包括几丛福禄考、几丛玉簪花和一株玫瑰。

维和海伦两个人家里都整洁干净,不过,海伦家里的许多房间都很空,维家却很拥挤。比方说,海伦家楼上的一个房间里只有一张单人床、一把折叠木椅和一只台灯;衣橱是空的,窗户上没有窗帘,地板上和墙上也光溜溜的。就算是楼下的待客室里也少有装饰品。在后客厅里,沙发旁的边桌上只摆着两件东西:一只精美的威尼斯玻璃花瓶,那是她的小儿子从意大利带回来的;另外一件来源不明,也很难归类——它是一套由蓝白棉线编成的茶杯茶碟。相反,维家的每个房间里都塞满了各种小玩意,里面有这样那样的桌子、摇椅、厚重的地毯和窗帘、台灯、堆得高高的储物箱和插着假花的花瓶。

维家的墙上挂满了照片和教堂发给她的奖牌,海伦家的两个客厅、她本人的卧室和楼上客房里却都只摆了三四幅照片;她还有很多照片,但是都装在了相册或盒子里,塞在了抽屉里。维挂出来或摆出来的照片有七八十张,主要是在客厅和餐厅里。两人展示的照片都是她们的祖父母、父母、兄弟姐妹、丈夫、孩子、孙儿,还有朋友的。维还放了她雇主们的宠物,而不是雇主本人的照片。因为海伦有一个儿子是艺术家,她的客厅墙上挂着一些他的画,其中前期的作品是形象的,后期的则是抽象的。它们和她家里偶尔出现的古怪的小玩意对比明显,比如那套用线编出来的茶杯茶碟。

维的衣柜里塞满了衣服,有些她已经好多年都没穿过了。(在她描述一个塞满了衣服的混乱的衣柜时,她会说那些衣服

"都跑出衣柜来向你问好了！"）最近教堂举办了一场时装表演，组织者去她的衣柜里翻找了一番，用找到的东西做了好几套衣服。海伦的衣柜相反却很空，只有基本款，主要是几件简单实用、日常穿着的衣服：开襟毛衣、衬衣、衬衣式连衣裙、半身裙和家常服。有些衣服是家人在圣诞节或她生日时送的，更多是她穿了多年的旧衣服，其中有些还是很久之前朋友或是她的姐妹妯娌穿旧送她的。她买得起新衣服，但因为习惯了俭省，她觉得这样的花销并无必要。她对自己拥有的那些衣服似乎很满意。

海伦会把没用的衣物放在家中的空房间里。客房柜子抽屉中，一个盒子里装着别人送的短睡衣和睡袍。楼上一间睡房的衣柜和阁楼衣架上挂着几件她目前不穿的不合季节的衣服。从前，换季时她会用这些衣服替换她房间衣柜里的衣服；现在她会找人把衣服给她带到养老院来。住在家里的时候，她总是在整理东西，看有什么可以进一步精减的。她会驼着背、迈着小步从楼上房间或阁楼上下来，手里拿着一件衣服、一块桌布或一只胸针问道："这个你会用得到吗？"

海伦家里总是很干净，因为她会随时打扫。每件东西都有固定存放的地方，一用完她就会立刻把它放回去。这个习惯中只有一件事是例外：带纸箱去地下室时她不会再把它放回去，而是会把它扔到地下室楼梯上，等下次下去时再收起来——在这件事上她更看重的是省事而不是整洁。整洁是海伦的习惯，但她不去鼓吹它，而维则总是教育她的小孩或别的年轻人把东西收好很重要，否则下次要用的时候就找不到。然而维家里比海伦家要拥挤得多，所以看起来并不是那么整洁。

维和海伦家的厨房墙上都贴着格言，不过维贴的全是笑话，海伦的——有瑞典语的、英语的，或双语的——则要么是宗教性的（"上帝保佑这栋房子"），要么是抒情性的（"家，美好的家"），要么是道德训诫（"赢了时间就是赢了一切[1]"），要么带着道德训诫意味的笑话（"越着急越落后"），要么只是一句友好的话（"欢迎"[2]）。她的厨房墙上还贴着几张好玩好笑的照片，其中一张是一个前爪抱着细树枝的受惊的小猫。

海伦现在住在一家管理良好的养老院，和人分享一个房间，偶尔才会回一下家。她的那半边房间是靠走廊而不是靠窗，所以比较暗，但她不想动。目前为止她有过两个室友。第一个一直卧床，而且精神不健全，除了偶尔说一句"老天老天"就只会哼哼叫叫。这个女人过了一年就死了，她的床位现在是一个四十多岁身体健康的女人住着，但是她有进行性痴呆。她的病还在早期，所以目前状况不错，她会照顾养老院里的猫和鸟，也会尽可能给予海伦帮助，比如接电话、从菜单上挑选食物，还有其他一些必须做的事。海伦和她关系已经很好了，她对室友唯一的意见是，

---

[1] 原文为瑞典语 "Den som vinner tid, vinner allt"。
[2] 原文为瑞典语 "Valkommen"。

不管是因为她的病还是因为她吃的药，她说话要比普通人快两倍，所以听力有障碍的海伦并不总是能听懂她的话。

因为养老院就在海伦住了一辈子的镇子上，她常常会在住户中发现某个老朋友或熟人，他们要么是来这里做短期康复治疗，要么是要长期接受护理。在她刚进养老院不久的时候，她的一个儿子从墙上给她读了住在对面的两个女人的名字。她吃惊地发现其中一个是鲁思，她儿时的好友，后来她们失去了联系。海伦马上去对面看了她的朋友。然而鲁思那时已经精神不健全了，尽管海伦尝试和她说话，告诉鲁思她们小时候的事，鲁思还是认不出她。后来，海伦给她儿子看了一张照片，照片里共有十来个女孩，她站在前排，鲁思站在后排，她们都穿着白色的坚信礼礼服[1]，留着卷发，手里捧着花。

娱乐

*

虽然维在教堂里唱诗，但在工作或其他时候她却从不唱歌。

海伦也会定期在她的教堂里唱歌。小时候她也常常和家人唱瑞典歌曲。还住在家里的时候，她有时会跟着附近教堂传出的赞美诗音乐一起哼唱，音乐会在每晚6点准时响起。在养老院，在

---

[1] 坚信礼（Confirmation）为一种基督教和天主教仪式，在青春期举行。在某些教派，一个人只有在被施坚信礼后才能成为教会正式教徒。女子坚信礼礼服为一种白纱长裙。

唱圣诞歌曲的时候，她有时会被邀请和其他住户一起唱几首。她的声音又颤又轻，几乎听不见，她的表情空洞，宽大的双焦镜片眼镜后面，她的眼睛看着远处不知哪里。

然而，每天晚上睡前，她都会去对面为她的老朋友鲁思唱一首瑞典语儿童祈祷歌。

和外孙女们住在一起时，维晚上回家后常常很累，因为有时她同时在做两份工作。而且她的外孙女们还要教她跳一种新舞。"来啊，外婆，"她们会说，"来啊，来和我们一起跳舞啊。"她会说，"不行，我累了，我太累了。"她们会说，"来啊，外婆，来啊，来和我们一起跳舞啊——这是一种很好的锻炼！"然后她会妥协，和她们跳一会儿舞再去躺下。

海伦小时候常常跳舞，多达每周一次。后来，她会去她丈夫演奏的地方跳舞，再后来他们会一起出去跳。还住在家里、平衡也比较好的时候，她偶尔会抓住一个孙儿的手，在厨房门边和他跳一小会儿，并且唱点什么来伴舞。

和其他人一起做事情是维和海伦一生中最主要的娱乐。对维来说，最近主要是教堂活动，在家和家人、朋友一起吃晚餐，还有旅行。对海伦来说，这些活动局限于家人、朋友来访，还有养老院偶尔举办的活动。在她刚结婚的时候，除了和丈夫一起去跳舞，海伦还喜欢在家组织牌局。她还会定期请家人朋友来吃晚饭，菜单上常有瑞典特色菜，例如腌鲱鱼、腌渍甜菜、肉丸和甜黑麦面包。

在海伦视力尚好的时候,她的另一项娱乐是阅读,但是对维不是这样。维会读的只有《圣经》。海伦从前会读的有《圣经》和其他基督教读物,如《基督教贤妻》,还有杂志和当红女作家写的爱情小说,比如朱迪丝·克朗茨[1]的。

维会看电视,但不经常看。她厨房里的电视多数时候都开着,尤其是她女儿来看她的时候,但她通常都在忙着做饭,打电话,或是招待朋友,所以偶尔才会留意一下电视。她很惊讶许多节目的质量竟那么低劣。

海伦家里也有一台给她做伴的电视,放在客厅的一角,她从前会看竞赛节目,还特别爱看一部肥皂剧《地球转动时》[2]。视力退化之后,她一度还会听节目,但之后她完全放弃了电视。她也会听收音机,它放在厨房水池上方的一个架子上。她会听的不仅是星期天的布道和启发性讲话,还有女子篮球节目,那是她会热心追踪的:碰到球赛里的激烈时刻,她会罕见地对别人提要求,以她自己柔和的方式,用最微小的手势——她会举起手或略微偏一下头——要求将谈话暂停一下,好让她听清比赛结果。她至今都是康涅狄格大学球队的球迷。维似乎从不关心体育比赛。

海伦和维对经济、政治、文学艺术领域的国际和全国性新

---

1 朱迪丝·克朗茨(Judith Krantz, 1928—2019),美国浪漫爱情小说家,于20世纪70年代后期成名。
2 美国CBS电视台1956年首播的一部电视剧,讲述小镇上的中产阶级家庭生活。

闻都不感兴趣。她们都喜欢看关于灾难的新闻，或是有着普遍性主题又很戏剧化的人性故事——有关爱、失去、背叛、变态、严重伤残和死亡。她们也偶尔会谈到最新的某项会直接影响到她们的立法。但她们最感兴趣的新闻都是地方性的，有关身边人事的——包括她们的亲朋好友，以及朋友的家人；在这些事情上她们的消息都很新，而且她们总是能记住所有相关者的名字、年纪和彼此之间的关系。

因为现在海伦多数时候都坐在床边的椅子上，既看不了书也看不成电视，她透露说，在她独自一人的时候，她的主要娱乐活动就是回忆和重访往事。

旅　行
*

维到六十岁才学会开车。她最后一个还活着的表亲不会开车，维说，不管晴天下雨老是站在街角等公车或出租车，对她的身体很不好。维有些朋友会开车去镇上，却不会出镇子，但维不怕开远一点路。

她开的是她第二任丈夫心爱的那辆车，车很大：他总是会把它弄得锃光瓦亮。她说她对待它的方式会让他脸红，但在外人看来它其实相当干净。实际上，车的仪表盘上一尘不染，地板上也总是干干净净。

海伦不开车，所以晚年时她每周会和两个朋友一起去买食品杂物；于是，必要的家务劳动变成了令人愉快的社交活动。

维会定期在国内旅行，有时还会出国，而海伦已经不再旅行了，再说过去她也很少出行。

维会去华盛顿看她外孙女，有时会到更南边的地方去参加婚礼或葬礼。她要么是和她女儿开车一起去，要么是和朋友一起搭巴士。在本地她会自己开车，教堂唱诗班要去哪里表演时就会坐教堂的大巴去。

海伦一生中很少出行，不过她的亲戚们去瑞典探访过祖迹。她和丈夫儿子去新英格兰度过几次假，寡居后，她和她哥哥去过两次佛罗里达。整个一生中她只有一次在家乡之外的地方住过：那是在她高中毕业后，她的哥哥开车带她去了纽约，她在布鲁克林安顿了下来，在普拉特艺术学院学了一年制衣。婚后她有了两个儿子，之后除了坐火车去哈特福德，她就很少去更远的地方了。

多年来，海伦的出行就是坐车在镇上或乡间逛逛。她喜欢往窗外看，尽管已经快瞎了，她还是能认出她年轻时代的那些地标：一个朋友的农场，她的朋友罗伯特住的排房，他的家里收藏了许多首版书，她从前做过帮佣的那户人家，朋友的花店，她的家人离开农场后在橡树街上的房子，还有她父亲在后面盖的那栋房子。

宠物和其他动物

*

海伦和维都很喜欢动物,从小身边就总是有宠物和其他动物做伴。

维更喜欢狗;她有很多关于它们的故事,还有很多照片。但她也觉得猫很好玩,尤其是她的一个雇主的小黑猫,它老是会从她手里抓抹布——它是想帮她做清洁,她说。她的后院里有好多流浪猫和邻居家的猫,尽管她不会喂它们。是隔壁的老太太在喂,她说。虽然许多邻居反对,维却觉得那没什么大不了,因为那是老妇人仅有的快乐之一,而且她即将不久于人世了。维在谈起这个老妇人时似乎忘了,她本人,今年八十五岁了,本身也是一个老妇人。

海伦小时候家里有两匹马,此外还有母牛、小牛、成猫和小猫,以及一大群鸡。成年后她身边总有一只宠物猫。她过去会喂后门边的流浪猫,有一个冬天她在外面楼梯下为一只猫放了一个纸盒做窝。雪天里,她会在天黑之前小心迈着小步去外面喂猫。养老院里也有猫,有一只大波斯猫还时不时会逛到她屋里去看她。她会对它说话,朝它笑,对它伸出手,虽然她看到的不过是模模糊糊的一团橘色。

霍普晚年养了一只肥胖的母猫,她和它有时处得很好,有时却很糟糕。她确信那只猫对她怀恨在心,而且总是在计划恶行。

后来，她的家庭健康顾问告诉她这只猫有危险，因为它会蹲在暗处，挡她的路，有时还会抓她的脚踝，她于是在家人能够干涉之前马上请附近一个兽医把猫杀掉了。

海伦在家住的时候在厨房窗外放了一只喂鸟器，里面总是有粮，她喜欢早上喝咖啡时看鸟，但她对别的野生动物却没有好感也不感兴趣。

维在这方面也很相似，她特别讨厌蛇，老是会说起她在后院里发现一条蛇然后拿铁锹去赶它的故事。儿时在弗吉尼亚，夏天她家里的窗户是打开的，蜥蜴会爬到窗台上晒太阳。孩子们很怕蜥蜴，想要把它们杀死。但维的祖母说它们不会伤人，所以会任由蜥蜴在那里晒太阳，它们晒完太阳后就会自行离开。

海伦和维对自家花园以外的自然世界都不感兴趣。在家住时，自然对海伦来说要么体现为某种问题——挡住了家中阳光的树，长得不理想的草坪，需要修剪的树篱，落满了车道的橡实——要么是某种家常之美，如她最爱的杜鹃花丛，或是盛开的山茱萸。她在花园里更常做的是养护而不是设计或种植，除了天竺葵，她喜欢春天时在前门廊上摆上一排。每年春天，她也会等着那些球茎花卉开花。

星期天乘车外出时，她喜欢看窗外的风景。

宗教
*

海伦和维两人一生中都积极参加教堂活动,不过教堂对维比对海伦要更重要一些。教堂是她们生活中最重要的组织,不管是在社交还是精神层面上。

海伦年轻和中年时是教堂女子辅助团体的一员,会在像为筹款而办的糕点特卖会这样的活动上帮忙。每年夏天她的家人都会去参加教堂的野餐会。在家时她每顿饭之前都会做谢恩祷告。她很看重每个家庭成员是否都受洗了,虽然她温和的态度并不总会起作用。然而在谈话时她并不常提及自己的宗教信仰。她现在很少去做礼拜了,因为养老院里的小教堂是天主教堂。

维和人交谈时时而会透露自己强烈的宗教信仰,她会提到"上帝的旨意",有时会开玩笑地向人描述上帝对她未来的安排。从前探访当地监狱的时候,她会在和犯人谈话时用到基督教教义。温暖的夏日傍晚,她喜欢和她最好的朋友一起学习《圣经》。她们会把椅子搬到后院里,天渐渐暗下去,她们会大声朗读《圣经》上的段落并互相讨论,为第二天的《圣经》学习课做准备。

霍普对她母亲的宗教信仰很反感,作为反抗,她拒绝一切有组织的宗教,事实上还有一切灵性学说,此外,她还一度加入了共产党作为间接反抗。

维多数周末都花在教堂活动上。她一度是一个正式的女教友组织的会长，组织的名字叫作"女执事会"。她是唱诗班的一员，他们不仅要排练，有时还要去别的教堂表演，常常是在某个遥远的镇子上。不同教堂的教友们也会互访：有时是他们去别人那里吃晚餐，有时是招待别人，这时她会帮忙烤东西，饭后也会留下来帮忙清理。事后她常感叹来访教堂的教友吃了一顿多么丰富的晚餐。

在养老院散步时，海伦常会让家人留意熟人的名字。她经常会在教堂门口驻留一会儿。在那儿，在开着的彩色玻璃的门前有一块黑色的布告板，上面会用可移除的白色字母拼出那些正在住院或刚刚过世的住户的名字，于是他们会需要有人为他们点一支蜡烛，以及/或者做祷告。她总是会叫人给她读一下这些名字，以防其中有她认识的人。

个人习惯

*

海伦和维两个人的饮食习惯都相当合理，维的略微平衡一些，因为她会吃更多水果和蔬菜。也不是说两个人都特别有健康意识；她们的好习惯更多是从家人那里传来的。

两人吃饭都不过量，都相当规律，都喜欢吃也喜欢做，不过维比海伦的热情要更大一些。两个人一生中主要都是吃自家做的（烤的）饭食，去餐馆时很少吃方便的、不健康的快餐，除了三明治和糕点。当然,她们小时候都从未去外面吃过饭。

在弗吉尼亚的农场上,维的家人吃的是自己种的水果和蔬菜——应季的,冬天吃的就是自己装罐的——他们吃的肉食也是自家养的。除了装在布口袋里的白糖,他们几乎什么也不用买,糖是由孩子们去背回来——维说,在回家的路上,因为喜欢调皮取乐,他们会偷偷在袋口舔尝一下白糖。

维在做清洁时中午都吃得很清淡,但她的早饭和晚饭都吃得比较丰富。早上她会喝一杯牛奶、一杯果汁,吃的有麦片、鸡蛋、培根和吐司。和第二任丈夫在一起时,他们周日早上会吃煎饼配咖啡。她现在会喝很多牛奶,年轻时却不是这样。她说,工作结束回家后,她会为自己做一顿丰盛的晚餐。天冷时她会先喝一碗汤。"一小碗?""不是,一个中等大小的碗。"然后她会吃一点肉,或者是肉丸或猪排,或是鸡肉配蔬菜。汤和肉丸都是她自己做的。她喜欢她自己做的东西。不过她现在却不像过去那么喜欢吃肉了;现在她更喜欢蔬菜和水果。

海伦从前出去吃饭的时候常常会点鲁宾三明治:黑麦面包里面夹着咸牛肉和芝士。不过她只会吃一半,剩下的一半她会带回去作为第二天的午餐。去教堂做完礼拜后她喜欢和朋友一起去吃甜甜圈。她们每周三还会一起吃早餐,饭后会去买食品。晚年时,她的橱柜里会放着许多罐装食品,还有立顿茶、山咖咖啡,盒装糕点饼干,以及用来烘焙的香料、面粉和糖。她喜欢甜食,但每次只会吃一点点。白天她会吃一点水果。她会买现成的海鲜沙拉做三明治。家人聚餐时,她常常会做土豆泥,还有她称作"沙拉"的东西,那是由胡萝卜碎、果冻和菠萝做成的一种冻状物。早年她会给家人做糕点和面包,冬天时她会把面团放在暖气片上发起来。

海伦和维都喜欢大黄,每次在家人或朋友院子里找到新鲜大黄时总是很高兴,她们会拿它炖菜吃。维会亲自弯下腰来,在植物的根部狠狠一拧把它拧断,一次采下半打带回家。海伦的家人会把大黄炖好带给她吃,但搞不好在海伦有机会享用它之前,养老院的哪个员工会把那盆看起来黏糊糊的植物扔掉,这事就曾经发生过一次。

终其一生,霍普都在努力为自己设计健康的饮食方案。现在,在她的指导下,她的陪护会为她做一碗豆子汤、一小份沙拉和一小碗爆米花作为午饭,之后她会吃一点水果和酸奶作为甜点。她不时会传唤她的陪护,询问午饭做好没有,或是提其他要求,于是午饭就会被推延。到时间她就会缓慢地走到厨房旁边的用餐区,在那里她或许还会做出几个指示。坐下来吃饭时,她头上会戴一顶开裂的绿色塑料网球帽,好挡住头顶枝型吊灯刺眼的光,她会边吃边看一档电视图书节目。

海伦和维都不抽烟。小时候,维和她的堂兄乔有一次趁他们的祖母不在时偷抽了她的烟斗。那里面并没有多少烟草,但是维却因为它生了重病。事后她一直不敢告诉祖母她是因为什么生了病。她说，要是她祖父母发现了，"我马上会皮开肉绽"。那件事以后她就再也不想抽烟了。

霍普二十几岁的时候偶尔会抽几根烟，那时候她时髦又漂亮，常常和富有的名门子弟发生短暂的恋情，他们会出国旅行，有时花销全由他们负担。不过，她不习惯抽烟的感觉，所以没有继续下去。

维完全没有饮酒的习惯。她说她喜欢马尼舍维茨甜葡萄酒，但她上一次喝还是很多年前了：过去一个雇主会请她吃早饭，并请她点一小杯酒，但那个雇主早已经过世了。在进养老院之前，在一顿节日聚餐后，海伦有时会被人劝着喝一点甜酒：她会坐在餐桌一头她的固定位置上，身旁是一个有玻璃门的橱柜，里面放着成套的精美雪莉酒杯，纪念奖牌和杯子，她会缓慢而沉静地喝她的酒。但现在她滴酒不沾了。

相比之下，霍普一生中从没停过喝红酒和调酒的习惯，她喜欢酒后那种不同的精神状态，不管有没有其他人在场，那时她更容易说出不得体不明智的话。她每天晚饭都要配一杯红酒。

来客人时，她总是会开一瓶香槟：他们一进门，她立刻就会因香槟分了神，招呼也没好好打就会把他们送到冰箱前去取香槟。喝完香槟后，她有时又会让客人去冰箱里取出一瓶开过的红酒，虽然酒是冰的，而且可能还是酸的。

海伦和维两个人都节俭惯了。维的第二任丈夫会留心打折信息，然后会一次买十瓶39美分一瓶的漂白剂。维也会成批地买东西。她会把多余的东西存放在房子侧面一个小小的封闭走廊里。

海伦有一个用来搅拌东西的金属上菜勺，因为用了太久，勺子的一端都要被磨平了。

女儿还小时，维的雇主常会给她还很新的旧衣，甚至还有礼裙。她会把衣服小心地收好，等她女儿长到能穿的时候再把它们拿出来，漂漂亮亮地包好，当作新衣送给她做生日礼物或圣诞礼物。她的女儿从未怀疑过她。现在维的女儿也会给她从旧货售卖会上买来质量不错的衣服。维几乎从不为自己买新衣。

维从不会买过量的食物，也从不会让食物浪费掉。海伦在家自己做饭时也是这样。维喝立顿茶，她的茶包会用两遍，有时甚至是三遍。

因为养老院的空间很小，海伦现在觉得自己的东西太多太累赘了，虽然她的东西其实相当少。她是一个更喜欢给予而非接受的人，所以总是拒绝别人给她送礼物，虽然有时她暗地里也显得很喜欢；"不要，不要，"她会轻声说，"不要给我带东西。我什么都不需要！"偶尔她才会要一袋止咳糖浆或是一块香皂。

维却公开表示她喜欢收礼物。她喜欢相框、植物、巧克力。当季时，工作结束后她会从雇主家的菜园里带一些菜走，或是从地里挖一株多年生植物出来。但她最喜欢的礼物还是钱。在她八十五岁生日的时候，她的雇主和朋友们大多都给了她钱。

或许是为了省钱，当然更有可能是为了给家人省麻烦，海伦几年前就和她的大儿子去当地殡仪馆选了一只棺材，还提前支付了棺材和葬礼的费用。她现在住的这家养老院也是她提前选好的。

健康
*

维很少生病，除了偶尔头和胸会受到感冒的影响。她的左肩有关节炎，所以她左手举不过肩。有时候她不得不依赖另一只手。她曾经做过物理治疗，但是效果不大。不过，她的观点是，如果你有关节炎，你必须使用患病的肢体，不然它会越来越恶化。她会举例说有几个朋友能动得越来越少，后来一点都动不了了。除此之外，她的身体没有别的毛病，也不需要吃什么药。

海伦的视力和听力都退化了，但是她也不需要吃处方药，只吃一点维生素，偶尔吃一片阿司匹林。她的身体在八十岁之前都没什么毛病，八十岁时她得了黄斑变性，并且一点点恶化了。满九十岁后不久，一个朋友在和她一起去买东西时注意到她的膝盖肿得很大。海伦去看了医生，医生发现她的心脏比以前跳得慢了，心律也不齐。她安装了心脏起搏器。手术后不久，因为药物干预她的身体出了问题。比如一种心脏病药会让她胃疼。这又使得她体重下降,身体变弱,于是更容易摔倒了。有一次她摔坏了臀部。她一开始是到这家养老院来做短期治疗的,之后决定长期住下来。养老院给他们用一种药用洗发水,这种洗发水让她的皮肤老是发痒。那时候,她的两种毛病——黄斑变性和心律不齐是自然发生的,但其他毛病——减重及其引发的体弱、易摔倒和骨折以及皮肤病——则是因为药物干预引起的。

海伦的健康状况现在完全依赖养老院的环境和他们对她的护理了。

外表

*

海伦和维两人对她们的外表都很自豪。和霍普一样,两人年轻时都很漂亮,在异性那里很受欢迎。她们的外形健美、苗条、显年轻。她们都有着光滑干净的肌肤,海伦的白皮肤带着柔和的玫瑰色,维的棕色皮肤则匀净而富有光泽。

维有一张圆脸,眼珠是深棕色的,很亮,外眼角略微上翘。她的眉毛直而粗。她的嘴唇会略微分开一些,下嘴唇又略微下翻,就好像她要开口说话或微笑一样。海伦的蓝眼睛现在已经暗下去了,眼白也变黄了。两个人都戴着大框架眼镜,不过维会在拍照时把眼镜取掉。维深棕色的双手形状很漂亮。她的指头细而且直，只有食指的最后一节略有些弯曲和浮肿。海伦的手指都已经很弯了。

在海伦二十岁上下时拍的一张照片上，她斜倚在她家宽敞的白房子的前门廊上，双手背在身后。她的头略微向一边偏过去，脸上带着笑。她身上的黑裙子腰线很低，V领下方松松地垂着一条黑丝带，齐膝的大摆裙上打了褶。她还穿着透明丝袜，脚上是黑色的踝处带襻的高跟鞋，脖子上戴着珍珠项链。她的黑色长发左右分开，扎在脑后。

海伦和维都在意穿着，喜欢穿戴漂亮地出门。少女时代维有很多裁缝做的漂亮却保守的衣服——女式衬衫、套装、大衣——那些衣服的布料往往很新奇，上面有纽扣和腰带做细节。一张照片里，她穿着一件驼色的宽领大衣，头戴黑色贝雷帽，配一条黑色的围巾。另一张照片中，她和一个年纪比她大得多，看上去有三十多岁的男友在一起，他穿着双排扣大衣，大衣胸口口袋里塞着一条折成三角形的双色手帕，领带上夹着领带夹，头戴帽子，嘴里叼着一根烟——不过，就像维指出的那样，他的西裤上没有中缝。照片里她穿一条有白扣子、白圆领的淡蓝色裙子，外面是一件带小小白毛领的深色大衣，脚上穿着带襻的薰衣草色高跟鞋。还有一张是和另一个男朋友拍的，这次是她的同龄人，她穿着一件奶油色的带袖衬衫裙，裙子前襟和领子上有大片的蕾丝。她的头发只是简单地中分了一下，戴着眼镜，而且，就像在所有照片中一样,她的脸上带着轻松快乐的笑容。

出去做清洁时,维总是穿着干净齐整的蓝色牛仔裤、球鞋、套头运动衫或毛衣,天暖时是T恤衫。这样穿让她看起来就像一个充满运动气息的小女孩。极偶尔的,她会戴一条在脑后扎起来的头巾;更多时候她的头发上不戴头饰,而是编成不同样式。她的头发大体还很黑,夹着一点点灰色。不过,去参加派对或教堂活动时,她喜欢戴一顶顺滑的、波浪形的黑色假发,上面有银色的挑染,她喜欢穿闪光材料的华丽的裙子,有时是蓬蓬袖和大摆裙,有时则更加流线型。这对她的外表改变很大:她看起来还是比实际年龄年轻,但是要更正式了,不再有那种年轻的、男孩式的活泼劲儿。在这种伪装下,大多教友不是叫她维或是维奥拉,而是哈里曼嬷嬷。

从前在家时,海伦吃早饭时——通常只是一片吐司加一杯速溶咖啡——是穿着睡袍、家常服和拖鞋。洗完早饭用过的碗盘后,她会去洗个澡,换上长筒袜、低跟鞋,穿上衬衫,戴上胸针,有时她会穿连身裙,偶尔配上一件开襟毛衣。她总是打扮得很整齐,衣服的配色尽管低调,却总是很和谐。她把自己的灰色头发烫成了卷。搬进养老院后她立刻就把头发弄直了,现在她的直发剪得很短,是一种发亮的银色,通常会用一只小发夹在一边夹起来。现在她不穿长筒袜了,而是改穿及膝袜,鞋子是运动鞋,因为它会给她的脚很好的支持,也比较防滑。

海伦和维的行动都很优雅。她们的站姿很正,行动利索而平衡,当然现在海伦比维行动要慢一些,也更小心一些。两人都从不是那种动作笨拙或匆匆忙忙的人。她们懂得不着急的重要性。某个雇主或朋友出门办事的时候,维会带着一种快活的语调说道:"别着急!"

海伦总是喜欢把事情提前想好,计划好,总是有备而来。这也是她会那样动作从容、不紧不慢的原因之一。只有一次她的小儿子看到她走得很快,那是因为情况紧急:一个小女孩掉到了邻居家的水井里,可能会淹死。

维的身姿很挺拔,她站立时会挺胸抬头,用一只脚平衡,她总是会面对和她谈话的那个人,并直视着对方的眼睛。海伦的肩和背都有些驼了,坐下时她总会优雅地靠向和她说话的人,而且因为她糟糕的听力,这一倾向无疑更严重了。在家时,不管是在削土豆还是拎着东西爬楼梯时,这种向前倾的姿态表明她总是准备好了要行动,或是表现了她对他人的关心,在她伸出嶙峋的手抚摸某个孙儿或展示某张照片的时候。

个性与性情

*

海伦和维在行动举止上都礼貌优雅,对待他人礼貌体贴。但除了礼貌,她们也各有魅力。这体现在她们的声音、表情、举止、机智和反应速度上。她们会和人保持视线交流；她们的表情很放松，总是在笑，声音表现丰富，懂得抑扬顿挫；她们理解谈话的进展，总是能很快做出聪明的回应。

因为两人总是友好而富有风度，她们从别人那里总是能得到很好的回应——不管是朋友还是雇主、医生、护士、教堂教友、儿孙——她们从他们那里获得了友谊、理解和智慧的养分。

不可避免的，养老院的某些员工本性就是冷淡而对他人漠不关心，或是脾气很差，但多数人都很喜欢海伦，有些人会直接称赞她谦逊大度的个性——"她从来不会找你要什么"——或是用略带玩笑的口气说："哦，海伦——她老是抱怨个不停！"

维总是很快活，充满活力，常常还很活泼。相比之下，海伦要更沉静。也许是因为现在身体不好，而且在养老院长住下来了，海伦有时会相当直接地提到她不怕死，甚至是欢迎它的到来，说这话时她脸上带着和顺的微笑。要是维提到她自己的"离去"，那也是在开玩笑的情况下。

两人遇到挫折都会很快恢复过来，维总是看到事情好的一面，而海伦则会接受困难是不可避免的——"嗯，"她会耸耸肩笑着说，"你能有什么办法？"

两人都很热情，当然维比海伦更喜欢说，嗓门也更大。海伦喜欢在电台上听体育比赛，维则喜欢享用一顿美食，喜欢听有趣的故事，就连一把新扫帚也会让她开心。

两人都严格遵守她们长期形成的习惯，不喜欢也不愿意尝试新做法，甚至连听都不愿意听。

相比之下，霍普的脑子还是像从前一样好，喜欢各式各样新奇的想法，尤其是她自己的。她会带着无比的兴味分享她大胆的想法和聪明的解决方案，并期待别人有同样的反应。

海伦和维都会对某些事表达批评，比如年轻人的行为举止和工作伦理，不过海伦经常会停顿一下，然后说点什么表示理解，比如"他们尽力了"，或"他们在努力"，而维却不会放松她的批评。海伦不喜欢历年来在她家乡发生的很多改变，比如主街上开的俗气的中餐馆，老电影院和基督教青年会的拆除。两人都会惊叹——是带着不赞成的——别人超重的体重。这种不赞成伴随而来的是自我赞许。维会直截了当地自夸，高兴地笑着，称她在最近去耶路撒冷旅行时走得比所有教友都快。海伦不喜欢自夸，但是偶尔，通过温和地批评别人，她是在暗示她自己的做法要更好。

海伦和维对家人朋友都很大度，这不仅体现在物质上，还体现在时间和注意力上。还住在家里时，海伦总会在厨房橱柜的矮架上备着饼干糕点；家人朋友离开时，她会挑出一些来，或是取出一整盒，一定要客人带走。现在在养老院她也会这么做。客人会给她带来许多饼干、糖果和水果，她床边的橱柜里塞得满满的。"你想把这些姜味饼干带走吗？"她会问。"把这只香蕉拿去吧。"她会说。

海伦会定期打电话给朋友，询问他们的情况。她会在客人来访时关切地问起他们的生活。她记得他们所有家人的名字，也常常问起他们。从前在家并且眼睛还好时，她会在每个人过生日或每个周年纪念日寄出贺卡。给小孩的话她总是会塞上钱。客人离开后的几小时内她总是会打电话，询问他们是否安全到家了。

那时候，海伦不仅会在行动中照顾他人，在谈话中也很用心。除了教堂活动，她常会去医院和养老院看朋友。腿脚还好的时候，她会走好几个街区去一个破旧的养老院看她的几个熟人，其中有她的妯娌和她从前的英语老师。走不动的时候她就会搭朋友的车去。她从前也常会来她现在住的养老院看人。

如果哪个朋友要在医院里住上一段时间，维就会去她家帮她打扫。她会开车送不开车的朋友去她要去的地方。朋友的家里有葬礼时，她们的亲人从远道而来，经常是南方，有时是中西部和西海岸；维觉得招待这些客人几天，给他们提供食宿一点都没什么。说起这些事和形容她有多忙时，她会说，"我连头和脚都分不清了！"或是"我一直上蹿下跳的！"

除了对教堂和朋友的付出，维从前还常去看当地监狱里的犯人。她特别喜欢批评一个年轻人，因为她认识他的家人。"你母亲死了，死的时候也没看到你变好，"她会对他说，"你怎么能这么对你母亲？你就不觉得羞耻吗？"

谈话风格

*

海伦比较喜欢倾听，维则比较喜欢说。维观点鲜明，喜欢谈论事情应该怎么做，别人应该怎么处事，相比之下海伦就不那么主张明确，也不那么喜欢向别人灌输自己的看法。只有在极少数她十分在意的事，如施洗上，她才会温和地坚持自己的观点。

海伦不太愿意回答有关自己的问题，总是寥寥数语，偶尔才会主动提及她愿意忆起的事。她不喜欢谈她自己，回忆过去时会一点点增加信息，比如一次坐车出行时她说："我们从前是坐马车下这个坡，车是由凯特和范妮拉的。"或者她会略带忧愁地谈起她的现状："我已经好久没有出去买东西了……我有点想念去买东西的感觉。"

海伦和维在聊天时都会向别人提问，但问话不多，海伦要更喜欢问一些。海伦喜欢问别人最近有什么新闻，然后她会耐心地听。她的问题比较一般性，比如"你家的猫怎么样？"或是"你会在家里待一段时间吗？"

维说得比较多，但是别人回应时她会问道"是这样吗？"或"是那样吗？"她的脸上会带着惊讶或突然变得严肃起来，这表情有时是真诚的，有时仅仅是出于礼貌。有时她的问题会更具体，比如"哦，他要搬家了吗？"或是"他现在多大年纪了？"但她的意图从来不是让对方长篇大论地谈下去。海伦和维两人都不喜欢刺探别人的私生活，或是了解他们的深入看法，这一点无疑是出于礼节而不是因为缺乏兴趣。

霍普在这一方面却从无保留，即便是对最私人的问题也会仔细询问。她喜欢让她的家人朋友对她产生依赖感，也从不怀疑自己的意见和建议对他们的强大影响力。

维喜欢和朋友在一起，她喜欢谈起她们在一起时开心的时刻。她会一次又一次地说起："哦，我们一起做那件事时真是很好玩"，或是"我们一直笑个不停"。

但她对自己的故事兴趣比别人的故事大。她生活中发生的一切几乎都能当作一个好玩的故事来讲。这些事也并不是那么好笑，往往与人或动物做的怪事或相互之间的接触有关。比方说，维最好的朋友很讨厌狗。她对她做清洁的那家女主人说，要是他们开始养狗的话她就会辞职。雇主以为维的朋友不是说真的，因为她在她家干了好多年了，但她却是认真的，等那个雇主真的养狗时，维的朋友说："你以后再也不会看到我了！"而且她真的再没有过去过。是维的表情和语调让这个故事显得更生动的，讲到最后她笑了起来。

不管碰到多难的事，维总是能发现其中好笑的一面。她的丈夫生病住院了，她结束夜班工作后去看他，结束拜访后她要在黑黑的城里走两三英里才能到家。但医生说了一件什么好笑的事，她又把这个故事转述给其他人听。还有一次，她最好的朋友早上3点在客厅地板上倒了下来，她的家人把维找了过去。他们全都惊慌无措，但维讲起这件事的时候一直在笑，她说消防员来的时候她正跪在地板上帮忙把她朋友弄起来。"哦，那真是好笑。"在维工作的一家养老院里，有一个病人因为她是黑皮肤不让她碰他；她的妹妹也在那里上班，她平静地告诉维她不用理会他的侮辱，因为有些人就是那样的；但有一天，这个病人以同样的方式侮辱她妹妹时，她妹妹气得要命，准备"痛揍"他一顿！哦，那真是好笑。

海伦不像维那样喜欢讲故事，但她会转述家人朋友以及朋友的家人告诉她的新闻，这些新闻往往会是一个正在进展的长故事的一部分，这故事让她十分着迷。她的朋友一年比一年少了，因为同龄人一个个去世了，但还是有不少人会定期去养老院看她，或是在她的生日或圣诞节时给她寄明信片，他们的孩子也会和她保持联系。

海伦说的是标准英语，但其中有一些地方性或具种族特色的表达，比如"come to find out"，意思是"然后我们发现"，还有"Lebanon way"，意思是"在黎巴嫩附近"；对她来说，百叶窗是"窗帘"，有时候，杂志是"书"；她会用比如"a live wire"[1]这样的俚语，有时会在谈话中用到某个生动的、不甚协调

---

1 本意是通电的电线，引申意为精力充沛、生龙活虎的人。

的比喻，比如说到她的许多朋友都去世了时，她说她就是"最后的莫希干人——就像他们所说的"。她言谈间不时会有表达顺从之意的言语，比如"好吧，不管怎样……"，还有"我现在已经活得够久了……"。她会说一些瑞典语，因为小时候父母和亲戚会说。她说就在最近，她想起了她儿时会说的一段祷告语；她许多年都没有想起它了，但现在它完好无缺地回到了她的脑海中。

维会将标准英语和她本人版本的标准黑人英语混着说（有时她会说"he doesn't"，有时会说"he don't"[1]），再插上一点南方方言（"white as cotton[2]"，用"burying ground"来指墓地），旧时的乡村方言（用"油"来指护手霜），还有一些奇怪的独特表达，那大概是从她祖父母，尤其是她祖母那里学来的，祖母可能是自创了这些说法（"We had a bamboo time!"[3]）。每一次维和人说话时，至少会出现一两个罕见的生动表达。她知道这些表达有多么有趣，也很喜欢使用它们。她是一个天生的讲故事高手，她玩味的不仅是故事情节，还有讲述时用到的语言。

---

1 前者为标准英语，后者为黑人常用的说法，其中动词未改成第三人称形式。
2 意为"像棉花一样白"，是一个具美国南方特色的表达，因为南方盛产棉花。
3 直译为"我度过了一段像竹子一样的时光！"

总结
*

遗传无疑和一个人健康长寿与否有关系，但是我们有理由认为，维和海伦两人在个人经历、个性、生活习惯等方面的一些共同点对她们的健康长寿是起了作用的。

她们的饮食习惯大概是一个重要因素，不过，海伦的饮食虽说过得去却算不上最优，我们或许可以推断，早年在农场上吃的大量新鲜无添加的蔬果给她的身体打下了良好的基础，此后，节制规律的饮食习惯要比她具体吃了什么更重要。我们或许也可以推断，对海伦来说，长期的大量运动对她的健康比其他因素起了更大作用。

童年时的大量锻炼能让一个人的心肺和肌肉从早期就发育良好。在二十世纪早期，空气质量比现在好，户外锻炼因而能让维和海伦发育中的身体时时增氧。**霍普小时候也很好动，比如去骑马，和女童子军队员一起去划独木舟，她还是高中垒球队的游击手和队长，领着球队常常获胜。**她们苗条的体型减轻了骨骼和内脏的压力，这让她们更愿意去锻炼，反过来又让她们保持了苗条。戒绝烟酒大概也为她们的肝和肺减轻了压力，同时为她们的身体组织增加了氧分供应。

长期坚持锻炼也会减轻精神压力，因而应该能部分解释海伦和维为什么会那么无忧无虑；这种轻松感对一个人的健康长寿当然有好处。各种锻炼总的来说都有很益,但跳舞或许尤有帮助,因为它富有节奏感,能够锻炼心血管,又是集体活动,且富有情绪表达力。

有些因素的作用很难衡量,例如对本人外表的自豪感;对生活,尤其是朋友、家人、食物、工作和休闲的喜爱;对本人境况的满足或接受;对家人朋友的新消息的关心;不抱怨的、快活的性情;乐观主义精神;对世界的热情和惊奇感;一种积极的心态。不过这些或许都促进了她们的幸福感、健康,最终也有利于延长她们的寿命。

她们和他人在一起时风趣幽默,维的爱笑、海伦的温和笑容,无疑也为她们的生理和心理提供了另一种释放,而所处社区的支持,还有她们爱讲故事这一点也增强了她们的归属感,即便海伦说得都很简短。

小时候原生家庭中关爱却严格的教养、家人不计得失的工作伦理至少提供了三种好处:稳定的情感支持、强大的归属感以及一种自我约束意识,这帮助维和海伦保持了良好的习惯,并且在劳动中找到了满足。她们和自己原生家庭的亲密关系又会鼓励她们在自己的家庭和好友中创建紧密纽带,这反过来又为她们提供了坚实的支持。此外,或许可以这样认为,儿时养成的有条理的习惯帮助她们创造和保持了一种和谐的环境,使她们减少了遭受致残致命意外的危险。

她们和教堂的紧密关系也带来了一系列好处，不仅是因为仪式感和宗教信仰，也和教堂里大量的社交活动有关。

最后，对家养动物的爱意味着她们常会和一种乐观、有依赖感却会施还以爱的生物接触，于是又获得了一种释放压力的途径。

维和海伦生活中的有益方面当然是正向循环的：比如，她们的劳动，不管是在家还是在外工作，为她们带来了一种满足感；她们对他人的慷慨会让他人投桃报李；她们对宠物的爱也让她们得到了宠物的爱。这些正向反馈又会让她重复这些行为；换言之，这种正向循环为维和海伦带来了持续的幸福感。

2002 年 11 月

最新情况：这份报告完成三年后，维和海伦的情况有了微小变化，现在她们分别是八十九岁和九十六岁了，但她们的健康活力基本没有什么改变。

海伦将房子卖掉了，里面的东西也散掉了。这意味着她不再能请家人从家里帮她拿东西，如从衣柜里帮她拿某件衣服了。而且她的衣服大多数送人了，家具、书、厨具、日用织品也是。因为养老院里空间有限，她什么东西都不想拿过去。她只同意带去一幅油画，将它挂在了她的椅子上方。那是她儿子最早期的一幅作品，画的是放在一张桌上的打开的《圣经》，旁边窗台上放着一盆天竺葵。

因为房子卖了，她不再能像过去一样从养老院偶尔回去看看了。她的家人来看她时会开车经过房子，他们会向她报告它的情况：新房主重新修了前门廊；院子里的植物没有变；昨天车道上停了一辆车；今天二楼上有一棵圣诞树。

维又多了两个曾外孙，现在总共是四个。大的会对小的说他们必须要留神照顾她，女孩笑着说，她是"属于老一派"。有一年冬天，她家的房子在她不在时因为水管破裂被淹了。它的内部全部要重修，在等着保险公司为重修工程进一步周转资金时，她要么是住在华盛顿她外孙女家里，要么是在山下她最好的朋友家里——就是那个在周六晚上和她一起研习《圣经》，那次在凌晨3点倒在了地上的朋友。

大约一年前的一天早上10点有人来访，两个友好的女人都穿着干干净净的睡袍，一个在后院一株方方的晾衣树上晾衣服，一个坐在厨房里发亮的塑料贴面桌子前。维不打算立刻回去上班了，但她也不打算向她的任何雇主辞职。后来她辞了她的办公室清洁工作，但还在为至少两户人家干活，尽管她已经八十九岁了。

维的身体还很好，在教堂里也很活跃。她最近去了一趟阿拉斯加，一趟期待已久的旅程，但它不像想象中的那么成功，因为团中的一个人因为家里有人去世不得不中途返回。"他们不应该告诉她的。"维说。

海伦的健康状况也相当不错。尽管九十六岁了，她还是只用吃一种降血压的处方药。她的平衡感有所恶化了，听力也稍微又变差了一些。但她的脑子还是相当灵活，记忆力尚佳，还是很有幽默感，对家人朋友的生活也很关心。海伦和她的年轻室友愉快地相处了几年，后者后来搬到另一家疗养院去了。在她之后的那个室友是个坏脾气的老女人，她可以自己推着轮椅四处行动，但她老是抱怨个不停。她住进来后不久就去世了，海伦不知道是因为什么原因。现在的这个室友是一个友好的乌克兰女人，她有一大堆家人朋友：海伦提过这些不停来探访的人制造的噪音，不过她从没有直接抱怨过。

和刚进养老院时一样，海伦能做的身体活动很有限。不过，因为摔倒了几次，她现在已经不被允许独自出行了，她的椅背上连了一个警报器，衬衣的肩膀上夹了一根电线；只要她一站起来警报就会响。如果有志愿者或家人陪着，她还是会每天绕着养老院走一圈。她走得相当快，身体向前靠在助步器上，她会安静地向她碰到的几乎所有人点头或打招呼，尽管许多人不明白她是什么意思，因而只是空洞地盯着她看——不过她当然看不见。在靠近前厅的一段走廊上挂了一些放大的彩色老照片，照的是从前镇上的风情，例如河上的一座步行桥，门上带天棚、街上有马车的老购物街,以及内战时出名的青蛙池塘。她称走这段路为"去主街",喜欢在每幅照片前驻足停留,问关于它们的问题。她还是不喜欢参加养老院安排的那些活动,但要是家人坚持的话,她会去娱乐室参加圣诞歌会或是"跟鲍勃学钢琴",她会礼貌地一直待到最后,尽管那持续好几个小时的表演可能无聊极了。

2006 年 1 月

38

缩减开支

———————

有一天你或许也会碰到这个问题。是我认识的一对夫妇。他是一名医生，我不知道她是做什么的。我和他们并不是很熟。事实上，我和他们已经没有联系了。那是很多年前的事了。当时我住的地方隔壁有一辆推土机来来去去，弄得我很烦，我后来搞清楚了是怎么回事。他们的问题是他们的火灾保险费用很高。他们想要降低火灾保险费。这是个好主意。你不希望你的常规费用太高，或者说比必要的数字高。比如，你不会想买一块税高的地产，因为税是你无法降低的，你要一直缴它。我试着记住这一点。就算你自己没有一份费用高昂的火灾保险你也能理解这对夫妇的问题。就算你没有和他们完全一样的问题，有一天你也可能会有相似的问题，有一份太高的常规费用。他们的保险费那么高是因为他们收藏了很多很好的红酒。问题不是藏酒本身，而是他们藏酒的地方。事实上，他们拥有上千瓶上佳和极佳的红酒。他们是把酒储藏在地窖里的，这当然是明智的做法。他们有一个真正的酒窖。问题是他们的酒窖还不够好，不够大。我从没有见过他们的酒窖，但我有一次见过别人家的，那个酒窖很小。它只有衣柜那么大，但还是让我刮目相看。不过我品尝过他们的酒。当然，我也分辨不出一瓶 100 美元甚至 30 美元的酒与一瓶 500 美元的酒之间的差别。那天晚上他们开的酒可能比那还要贵。不是专门为了我开的，是为了别的客人。我确信那些极其昂贵的酒对许多人来说都是浪费，包括我本人。我那时候非常年轻，但即便是今天，昂贵的酒对我来说可能也是浪费。这对夫妇得知如果他们将酒窖扩大，或是对它进行其他改进，他们的保险费就能降低。他们觉得这是个好主意，尽管这些改进需要付出一些原始投资。我当时是借住在一个朋友家里，这个朋友也是他们的朋友，那时我在窗外看到的推土机、其他机器及人工费用一定需以千计，但我相信他们花的钱几年甚至一年就能从省下的保险费上挣回来了。我知道这对他们来说是一个明智之举。任何人都可以采用这个做法，不一定要针对酒窖。其中的道理是，你做的任何最终能省钱的改进投资都是正确的。这件事现在已经过去很久了。多年来他们一定因为那个改进项目省了很多钱。不过，这真是太多年前的事了，他们说不定已经把那栋房子卖掉了。或许那个升级了的酒窖提高了房产的价格，他们挣回来的钱就更多了。我往窗外看推土机的时候不仅年轻，而是非常年轻。那时噪音倒不是很困扰我，因为我尝试工作的时候总是有许多其他事情困扰着我。事实上，我可能是乐于看到那辆推土机的。我对他们的酒、他们的好画印象深刻。他们都是很好、很友善的人，不过我对他们的衣服和家具感觉一般。我花了很多时间看窗外，想着他们。我不知道这些时间值多少钱。我可能浪费了不少时间。现在我年长多了。但我还在这里，还在想着他们。我忘记了很多事情，但我没有忘记他们和他们的火灾保险。我一定是觉得我可以从他们那里学到什么。

39

母亲对我
旅行计划的反应

盖恩斯维尔[1]！真可惜你的堂兄已经死了！

---

[1] 美国佛罗里达州北部的一座城市。

40

用六十美分

你坐在布鲁克林的一家咖啡馆,你只点了一杯咖啡,它的价钱是六十美分,你觉得有点贵。但当你想到这些时它好像就不是很贵了,用这六十美元你租用了一只杯子、一个碟子、一只金属奶油罐、一个塑料杯、一张小桌子和两把小椅子。然后,如果你想的话,除了咖啡和奶油你还可以享用加了冰块的水,以及装在独立容器里的糖、盐、胡椒、纸巾和番茄酱。此外,你还可以无限期地享受有空调的凉度刚刚好的房间,以及将房间里任何角落都照得不留阴影的白色强光,你可以欣赏窗外人行道上的行人在炎热的阳光和大风中走过,享受室内其他人的陪伴,他们笑着,不断地以些微变化的版本残忍地开一个女人的玩笑,那是一个小个子的、开始秃顶的红头发女人,她坐在柜台前,双脚交叉着垂下来,她伸出她短而白的手臂,试图给那个站得离她最近的男人一个耳光。

41

我该怎样悼念他们?

我该将家里打扫干净吗,像 L?

我该养成一个不健康的习惯吗,像 K?

我该在走路时身子微微左右摇晃吗,像 C?

我应该给编辑写信吗,像 R?

我一天里应该经常回到自己的房间吗,像 R?

我应该一个人住在一栋大房子里吗,像 B?

我该冷淡地对待我的丈夫吗,像 K?

我应该去教钢琴课吗,像 M?

我该把黄油整天放在外面让它变软吗,像 C?

我该不喜欢打字机色带吗,像 K?

我该讨厌喝果汁吗,像 K?

我该很记仇吗,像 B?

我该从面包房买整条的白面包吗,像 C?

我该在我的冷冻室里放成桶的蛤吗,像 C?

我应该在不适当的时候说糟糕的双关语笑话吗，像R？

我该晚上在床上读侦探小说吗，像C？

我该将自己保养得很好吗，像L？

我该抽很多烟，喝很多酒吗，像K？

我该喝很多酒，但偶尔抽烟吗，像C？

我该欢迎人们来我家做客并过夜吗，像C？

我该知道很多事情吗，像K？

我该通读经典吗，像K？

我该用纸笔写信吗，像B？

我该写"亲爱的你们俩"吗，像C？

我该使用很多感叹号和大写字母吗，像C？

我应该在信里附诗吗，像B？

我应该经常用字典查词吗，像R？

我应该欣赏美丽的冰岛女总统的照片吗，像R？

我应该经常查词根吗，像R？

我应该带一盆郁金香到别人的后门做礼物吗，像L？

我应该举办小型晚餐聚会吗，像M？

我该在手上染上一点关节炎吗，像C？

我该养一只灰色的鸽子和一只灰色的狗吗，像L？

我应该整夜在床上听广播吗，像C？

我该在夏天结束时在租来的房子里留下太多食物吗，像C？

我该总是吃一只烤土豆当晚餐吗，像S医生？

我该每年只吃一次冰激凌吗，像S医生？

我该一个人在海湾里游泳吗，即便是在最恶劣的天气里，像C？

我该喝掉煮蔬菜的水吗，像C？

我该用颤抖的笔迹给我的文件夹做标签吗，像R？

我该缓慢而彻底地咀嚼食物吗，像S医生？

我该去运河边散步吗，像B？

我该带客人去运河边吗，像B？

我该在为客人做的沙拉里放黄花菜吗，像B？

我该在早上出门时穿得很整齐，将床铺得很好吗，像R？

我该在11点喝第一杯咖啡吗，像R？

我该在请客时将叉子摆成扇形，将纸巾摆成一长条吗，像L？

我该在旅行时的早上做薄饼吗，像C？

我该在假期时在车后备箱里放上酒吗，像C？

我该在新年前夜做满是沙子的炖蚝吗，像C？

我该小心地、刀柄朝前给别人递刀子吗，像R？

我该在杂货店老板面前和我丈夫抬杠吗，像C？

我该在看书时永远手握一支铅笔吗，像R？

我该将我刚刚失去亲人的孩子抱得太久太频繁吗，像C？

我该忽视关于身体健康的警告吗，像B？

我该随便用钱做礼物吗,像C?

我该送动物主题的礼物吗,像C?

我该在冰箱里放一只小塑料海豹吗,像C?

我该不喜欢用手枕着睡觉吗,像R。

我该在即将死去时将衬衣脱掉吗,像B?

我该只穿黑色和白色的衣服吗,像M?

42

奇怪的冲动

　　我从我的窗口往下看。阳光闪耀,店主们走出门来,站在温暖的阳光下看经过的人。但为什么这些店主要捂住他们的耳朵呢?为什么街上的人就像有可怕的鬼怪在后面跟着那样地跑呢?很快一切又正常了:刚刚不过是这样一个疯狂的时刻,人们再也不能忍受他们生活中的烦恼,于是向一种奇怪的冲动屈服了。

43

她怎么无法开车

　　如果天上有太多云她就无法开车。或者说，天上有许多云时她也能开车，但是车上有乘客时她就无法听音乐。如果车上有两个乘客，外加一个装在笼子里的小动物，同时天上有很多云，她可以听但不能说话。如果风把木屑从那个小动物的笼子里吹到她的肩膀和大腿以及她身边的男人的肩膀和大腿上来，她就既无法和任何人说话也无法听任何东西，就算天上的云很少。如果后座上的小男孩在安静地看书，但她身边的男人却将报纸打开来，报纸的边盖到了变速杆上，而阳光又从白色的纸页上反射到她眼睛里，如果她正在进入一条有许多高速行驶的车的高速公路，那么就算天上没有云她也无法说或听。

　　然后，如果是晚上，小男孩不在车里，关在笼子里的小动物也不在车里，车上之前到处都是的纸盒和行李箱都搬走了，坐在她身边的男人不再看报纸而是直视前方，天空很暗她看不见云，那么她可以听但不能说。如果前方不远处黑黑的山上有一个汽车旅馆的灯光向左边伸过来浮在高速路的上方，她在路上高速行驶，她左边和后视镜里是扑来的一串串前灯，前方的尾灯微微弯成弧形，而汽车旅馆的灯光像飞艇般从左到右从她前面的路上穿过，她就不能放音乐，或者她可以说话，但是只能说一件事，这件事没有得到回应。

44

突然很害怕

因为她无法写出她是谁:一个 wa wam owm owamn womn[1]。

---

1 应为 woman(女人)。

45

变好

我打了他,因为我抱着他的时候他扯下了我的眼镜,把它扔到了门厅里的炉栅上。但如果不是因为我已经生气了他是不会那么做的。之后我把他哄睡着了。

我坐在楼下的沙发上吃东西,一边看一本杂志。我在那儿睡了一小时。醒来时我胸口上都是食物碎屑。我去了卫生间,我没办法看镜子里的自己。我洗了碗,又在客厅里坐了下来。上床睡觉之前我告诉自己情况正在变好。这是真的:这一天已经比前一天好了,前一天又比上一个星期的大多数日子要好,虽然并不好太多。

46

头，心

―――――

心在哭。

头试图帮助心。

再一次，头告诉心事情是怎么回事：

你会失去你爱的人。他们都会消失。有一天，连地球都会消失。

这时，心感觉好些了。

但是头的话在心的耳朵里不会停留太久。

心对这件事如此没有经验。

我要他们回来，心说。

帮帮我，头。帮帮心。

47

陌生人

―――――

　　我的祖母和我与一堆陌生人住在一起。这栋房子好像不够大,住不下所有这些在不同时间出现的人。他们坐下来吃饭,就好像有人在等他们吃饭一样——当然确实有他们的位置——或许他们会从寒冷的屋外走进来,搓着手,感叹着天气,在炉火边坐下来,拿起一本我从没注意过的书,在他们夹了一页旧纸制书签的地方继续往下读。很正常,他们中的有些人聪明而有礼,但有些却很讨厌——脾气恶劣,或是性格狡诈。我和他们中的有些人立刻成了朋友——我们从相识的第一刻就能很好地理解对方——并且期待着早餐时再次见面。但当我下楼去吃早饭时他们却不在那里了;常常我再也见不到他们了。这一切都令人难过。我的祖母和我从来不会谈起房子里来来去去的这些人。但我会看到当她拄着拐杖走进饭厅时,她精致的粉色面孔变了,她带着惊讶停了下来——因为她走得那么慢,这变化基本是无法察觉的。一个男人从位置上站起身,在皮带边抓着餐巾,走过去帮她在椅子上坐下来了。她紧张地对他笑着，优雅地点着头，但我知道她和我一样难过，因为他今天早上不在这里，明天也不会在，但他表现得却好像这一切都十分自然。当然，坐在桌边的人经常不是年轻礼貌的男人而是一个瘦弱的老处女，她会安静快速地吃完饭，在我们还没吃完之前就离开桌子，或是一个对我们摆脸色、将烤苹果的皮吐在盘子边缘的老女人。我们对此毫无办法。我们有什么办法摆脱这些不请自来的人呢，而且他们迟早也是要走的。尽管我们是不同世代的人，我们受到的教育都是不要提问，对你不懂的事笑笑就好。

48

繁忙的路

我现在对它已经太习惯了
所以路上不那么吵时,
我就以为风暴要来了。

49

秩 序

———————

　　一整天这个老女人都在和她的房子及房子里的东西搏斗：房门关不上；地板开裂了，水泥从缝隙里冒了出来；灰泥墙因为雨水而变得潮湿；蝙蝠从阁楼上冲下来，入侵了她的衣橱；老鼠在她的鞋里做了窝；她脆弱的裙子因为自重从衣架上掉了下来，成了碎片；到处都是昆虫的尸体。绝望中她不停地打扫、除尘、修补、涂泥、粘贴，将自己弄得筋疲力尽。晚上她陷到床里，双手捂着耳朵，不愿听到房子继续毁坏的声音。

苍 蝇

在公车的后面,
在卫生间里,
这小小的非法乘客,
正在去往波士顿的路上。

51

和母亲一起旅行

1
*

不管怎么说,巴士前面写着"布法罗[1]",不是"克利夫兰[2]"。背包是塞拉俱乐部的,而不是奥杜邦协会[3]。

他们说应该坐的是前面写着"克利夫兰"的车,虽然我不去克利夫兰。

2
*

我这次旅行带的背包非常结实。它甚至都不需要这么结实。

---

[1] 美国纽约州西部城市,位于伊利湖东岸。
[2] 美国俄亥俄州东北部城市,位于伊利湖南岸。
[3] 均为美国的环境保护组织。

就他们关于我包里装了什么可能会问的问题,我排练了许多种回答。我准备说:"是用来放在花盆里的沙土",或者"是用来做芳香治疗的枕头的"。我也可能会说实话。但这一次他们没有检查我的包。

3
*

我的旅行箱里有一只金属盒子,用衣服包得很好。那里现在是她的家,或者说她的床。

我不想把她放在旅行箱里的。我觉得背在我背上她至少会离我的头脑更近一些。

4
*

我们在等巴士。我吃了一只放久了的苹果,味道就像苹果派里用的烤苹果。

我不知道她会不会也听到了那段录音,也被弄得很烦。每隔几分钟它就会在扩音器里放一次。句子开头糟糕的语法会是她讨厌的东西:"为了安全原因……"

5
*

离开这座城市感觉如此严重,我一度都觉得我的钱在那里不会有用。

之前,她无法出家门。现在她又动了。

6
*

她和我好久都没有一起旅行了。

我们能去的地方太多了。

52

索引条目

基督徒,我不是一名

我的儿子

这是我丈夫，门口这个高个子女人是他的新妻子。但如果他在他的新妻子面前很傻，并且更年轻，那么我就变老了，他就成了我的儿子，虽然，在我们的小家庭中，他曾经比我大，是我的哥哥。她比他更年轻，现在就成了我的女儿，或者说媳妇，虽然她比我要高。但如果她比一个年轻女人要更聪明、更有智慧，那么她就不再那么年轻了，如果她比我更有智慧，她就是我的姐姐，而如果他还是我的儿子，那么他就是她的外甥。但如果他，个子这么高，当然她更高，有一个孩子，这个孩子也是我的孩子，那么我就不仅是一个母亲也是一个祖母，那么如果她是我的姐姐的话她就是一个姨婆，是我的女儿的话她就是一个阿姨？那么我的儿子和他孩子的阿姨私奔了吗？或者，更坏的是，和他自己的阿姨？

54

旅馆房间里
关于现在完成进行时的
例子

你的女管家 has been 雪莉。

55

科德角[1]日记

　　我听着不同船只的汽油声，试图弄明白我听到的是哪一种船，这种信号又是什么含义：船是正在进入还是即将离开码头；它是一艘货船、一艘赏鲸船，还是一条渔船？下午 5:33，传来两声深沉、洪亮的鸣响，标示着一个大三度音程。但另一天这鸣响是在下午 12:54 传来的。还有一天是在早上 8 点整。

　　船不分昼夜地来来去去，昨晚直到清早我还能听到它们的引擎声。不过，因为码头太远，那些船看起来就好像是多米诺骨牌，它们的引擎声只有在镇上很安静时才能听得到。

　　我住在海湾边一个蓝白相间的潮湿的小房间里，屋里有淡淡的煤气炉的味道。我交往的人只有住在镇子边上的一对老夫妇。有时候他们请的客人和他们一样老，有时他们会请我过去吃晚饭

---

[1] 科德角（Cape Cod），美国马萨诸塞州南部伸向大西洋的钩状半岛，旅游胜地。Cod 意为鳕鱼，1602 年英国探险家戈斯诺尔德（Bartholomew Gosnold）抵此，装载了大量鳕鱼，故以此命名，为 1620 年欧洲移民抵达美洲大陆的第一站。

或喝茶。

我会在早上和午后工作,然后我会出门去取邮件。要是我去买东西,我可能会买一把转笔刀、一个文件夹、一些纸和一张明信片。另外一天我可能会买一些水果、饼干和一份报纸。

现在是 8 月初。我不确定我应不应该在这里待一整个月。这里也许是个工作的好地方。我的邻居们都很安静,而且我连一部电话都没有。不过,我还是不肯定。我试着对这段时间做好安排。我一天中的大部分时间都可以用来工作。我可以去看那两位老人。我可以写很多信。我可以走路去图书馆。我可以游泳。还缺了什么?

风暴来了,海鸥在街上号叫盘旋。它们是为了躲避风暴才来到内陆的。空气中有浓重的鱼腥味。

一阵短短的疾风后,是寂静,然后海变成深灰色,雨猛烈地倒下来,风掀扯着遮篷。我楼上的邻居走到了门边,然后开始在我头顶上走来走去。

从我的房间去海滩要通过两栋木楼之间的一道窄木板路,两栋楼中一栋是我住的楼,一栋是隔壁的汽车旅馆。在我经过齐腰高的旅馆窗户的时候,两栋楼在我的头顶上会合了;特定的时间会有女人在厨房里工作,客厅里传来只言片语的交谈声。感觉这些人更吵闹,但同时又更少动,因为他们正在悠闲地度假。

这里的不同人群:常年住户,他们有时是艺术家,但更经常是商店店主;游客,他们是成对或带着家人一起来的,通常体型较大,年轻,健康,皮肤晒成古铜色,有礼貌;游客大多是美国人,但也有些是加拿大法语区来的,其中有些人不会说英语;葡萄牙渔民,但他们比较难碰到;有些本人不是,但父亲或祖父是渔民的葡萄牙人;一些非葡萄牙裔的渔民。

今天早上我去博物馆看了鲸鱼的腭骨。然后我去买东西了。每次去药房好像都有好多人在买避孕套和晕车药。

雾在旁边的山头升起来,雾号吹响了,时不时有船上汽笛的鸣响。薄雾像帘子一样阵阵吹动,又有点像烟。

一天中不同时刻的声响:早上5点,阳光洒进房间时,周围是相对安静的,并一直会持续到8点半。然后街上会越来越嘈杂:10点钟过后,一种轻柔的中美洲音乐会响起来,一种持续而柔和的弹拨与击打声,还有过路的车响,谈话声,对街楼上一家餐馆露台上餐具的碰撞声,我的房间旁边一家停车场里车开进来的声音，人们大声叫唤彼此，笑着聊着，这一切声响会持续一整天一整晚，到午夜都不会停下来。

等我回家以后我大概不会想起鲸鱼腭骨的事。我注意到只有在海边时，在一年中的一小段时间，虽然我不是每年都来，我才会对和海洋相关的事感兴趣——贝壳、海洋生物，甚至是海草；船只，它们是怎样建起来的，各自是做什么用的；海事史，包括捕鲸的历史。然后，等我的出游结束以后，我就走开并把它们抛诸脑后了。

两天以来我都没有和任何人说话，除了在邮局问有没有我的信，以及和那家小超市里友好的收银员说你好。

今天风暴开始时我听到住在我楼上的男人走出门到了阳台上，在那儿待了一会儿，又回到屋里。楼里的屋顶很矮，他的脚步会发出很响的嘎吱声，就好像它们在我头顶上一样。他回家的时候，我先是听到街上院门哐啷作响，然后是他爬上楼内楼梯时木头的空响，然后是我头顶上大声的嘎吱声。在我的屋顶上，脚步声先是在一边，然后是另一边，然后是左右交织。然后是寂静——他可能在看书或是躺下来了。我知道他也画画、做雕塑，每次听到广播响起来的时候，我都觉得他是在画画或是做雕塑。

他是一个处于中年后期的友好的男人，有一群忠诚的朋友。

这一点在我刚到这里的某天晚上我就发现了。他进城了几天，去庆祝一个姑妈的一百岁生日，这是我听到他对他的朋友们说的，一个粗声大气的中年女人后面跟着一排人，他们站在楼内的小巷里，大声欢迎他回来。他们是来看他有没有回来的。我知道他很友好是因为他有一次进楼的时候笑着对我打了招呼，这个招呼让我的心情变好了。

有时候上面会传来大声的响动。有时候他好像是在一动不动地站着，这种静止中有某种神秘和令人不安的东西，因为我很难想象他是在做什么。有时候我会听到萨克斯吹响几个音符，这几个音符会重复几遍或一遍，然后他会停下不吹，就好像乐器哪里坏了似的。

这块地上有两栋楼，一栋临街，一栋在街后，靠近海滩，中间有一个小花园。我在底层的低矮的房间不面海，而是对着潮湿的花园。每栋房子都被分成了独立的公寓和房间，或许总共有六个单元。女房东在街上的那栋楼里开一家古董首饰店。大部分住在这里的人都在这里有临时的工作，每个夏天都会来这些房间里住。他们都是安静沉稳的人，就像女房东在我搬进来之前像我强调的那样。她把我的房间叫作公寓，尽管它其实只是一个房间，就好像房间这个词有什么粗俗的地方似的。

我看错了我楼上的邻居。他不是那个曾经和我打招呼的友好的男人。他甚至都算不上礼貌。他有着银色的头发、银色的小胡子,他的蒜头鼻会做出一种烦人的表情。

我关于萨克斯的想法也是错的,不是楼上的男人而是花园对面的一个邻居在吹,那是一个养狗的女人。

整个礼拜我都听人说会有风暴。在第一阵雨要来的时候,我去了海滩,去看它怎么打到水上。我在海滩上站了一会儿,用手遮着脸,看着远处码头上的楼房消失在雨帘和雨幕之后,然后我去了风更强劲的水边,好更近距离地观察雨是怎么击打水面的。一个穿着黄色雨衣的男人在将一艘划艇往岸边拉。风吹得太猛,甚至将划艇举起来掀翻了。风将沙子往我的腿上猛掀,沙子啄咬着我的腿。我躲在了隔壁汽车旅馆的露台下,露台是由木柱子支在沙滩上的。在我头顶的露台上,风将塑料椅子刮得到处跑,它们在角落里倒了下来。

现在雨稳住了,风暴开始时街上空荡荡的,现在又到处都是人了,空气中又有了一股浓重的鱼腥味。我把衣服放在房间里的梁柱的钉子上挂着,所以从进门到后窗成了一片湿衣服的森林。

我的文章开始成型了。这里的时间在流逝,在那位法国历史学家的旅行中时间也在流逝。我梳理描述了他穿越这个国家的旅程；他在往前走，我的文章也在向前进展，时间一天天过去。我越来越觉得，在这间房间里，比起镇上的活人，他更像是我的同伴。比如说，今天早上，因为在我的想象中我从拂晓就开始和他一起旅行了，我觉得自己不是身在这个海边小镇而是在西边几百英里远的一个潮湿的河边峡谷里。我是身在上一个世纪。今天早上，历史学家在一条宽阔的河里的一条船上看烟花。对他来说那时是晚上。

这篇文章不是那么好写。我能理解我要用到的资料，但我缺乏一般的背景知识。我担心自己很容易就会出错。

我从镇子里望向海湾以及海湾之外的大海。地平线在很远的地方。但因为这片风景几乎从不变化，它本身也变成了一种局限。街道也是，街上总是那么多人，看起来永远是一样的。我觉得就好像在每一个转角我都会碰到我自己。有时候我甚至会心慌。这也可能是因为我不断碰到我在这篇文章中所能实现的极限。

昨天我稍稍出了城，走到了已经看不见房子的地方。我走过了那片长满灌木和枯橡树的小山，走过长满沙丘草的沙丘，然后是一个长满嫩绿色芦苇的浅滩，苇草间有一道道清水流过。

然而我知道，虽然这一切今天对我来说很新鲜，是一种解脱，但如果我是在镇外的一栋房子里每天看着它，它也会变得无趣，于是我会需要我在这里能看到的东西：这个石砌的防波堤，两个伸到海里的突堤码头，那些全部向着一个方向停泊的小船，一条搁浅在浅水里、歪向一边的废弃大船；街上不停地在商店橱窗前停下来的密集的人群；穿着男式黑制服、头发扎成顶髻、驾着马车的女车夫；在市政厅前面的海滩上排成一排看行人和车走过的各式人等；那个穿着红色亮片裙、昂首从冠锚酒店前走远的高个子异装黑人；那个站在酒店旁边、穿着单边高开衩裙子、露出瘦腿的高个子异装白人，他戴着假发套，涂着口红，皱着长长的鼻子，看起来很生气。他们是在为酒店里的一场表演做广告。

酒店很大，就在那个简朴宁静的一神普救派[1]礼拜堂的对面，教堂和繁忙的路面之间隔着一块朴素的长方形草坪。教堂始建于1874年，现今一群本地画家筹款将其重修。画家和作家是此地最有名的住户。此前的住户包括：葡萄牙渔民，偶然也有布列塔尼和英国渔民；捕鲸者；1620年抵达此地的英国清教徒移民，他们因为三个原因未在此地久留，我只记得其中的两个——海湾不够大，当地的印第安人不够友善；在他们之前，是瑙塞特印第安

---

[1] Unitarian Universalism，由两个美国基督教教派———神论派和普救派发展而来，是一个持开明性神学观点的包容性宗教，强调创造性、自由、慈心，接受多元性和互联性，教会欢迎同性恋者、双性恋者等，成员大部分自认是人文主义者。

人[1]和帕梅特印第安人[2]。

今天下午我去那个小小的公共图书馆旁边的户外餐厅喝了一杯啤酒,那是一座老房子,外面有一棵老橡树遮阴,粗壮的树干边有一圈木制长椅围着。服务生问我:"你们是一个人吗?"背景音乐是伊迪丝·琵雅芙[3]的歌声。我说"是",他给我上了啤酒。

我在想最近发生的一件奇怪的事:风暴来的那天从海上冲上来一个光滑的、橡胶质地的东西,大小和形状像是海豚的鼻子,但是颜色不对。它有可能是船上一个装饰过的椅子的后背。有一两天它一直在那儿,基本上在同一个位置。然后我有几天都没有看见它。今天我躺在沙滩上时,一个穿着巡逻队制服的男人钻进了汽车旅馆的露台底下,把那个东西拖了出来,然后慢条斯理地将它拆成了片,将它一层一层地分开来。有些层被他丢在了沙滩上,其余的被他叠好带走了。

游客的脸上反映着他们整天看到的东西,海湾、老房子、街

---

[1] 瑙塞特(the Nauset people)印第安人,有时称科德角印第安人,是居住在科德角的一个印第安人部落,今已灭绝。
[2] 帕梅特(Pamet 或 Paomet)印第安人,1620 年左右居住在科德角帕梅特河附近的印第安人部落。
[3] 伊迪丝·琵雅芙(Edith Piaf,1915—1963),法国著名女歌手。

上的其他行人,他们的脸上带着开放甚至惊奇的表情。只有在看商店橱窗,在考虑要买什么的时候,他们才会一定程度地失去闲适与喜悦。他们的脸上有了专注、关切甚至是疲累的表情。

我又和那两个老人见面了。在工作结束后去看他们对我来说是一种休息,不过如果我的工作进展不顺利我就不会去看他们,我宁愿和我的难题坐在一起也不愿把它们丢在脑后。

要是我的工作取得了一点进展,我会很高兴地把它丢在脑后,去找那两个老人做伴。相较于我的工作,相较于我试着组织起来的大量信息,和他们的交谈是不困难的。只要我问她一两个问题,那个老妇人就会不停地说下去;老头儿会听着她说,有时也会简短地插一两句话。就算我不开口他们也不会注意到。当一个人对另一个人说"你吃药了吗?"时,我什么都不用做。

老头儿总是坐在车里副驾驶的位置上,等他的太太办完什么事回来。他告诉我他喜欢看路过的行人。只要他能看人、想他的事情,让他等多久都可以,因为他觉得这样很有趣。今天他看到三个女人走过来,他称其中一个头脑很弱,她的脑袋不停地点啊点。领头的女人在他车子的引擎盖前停了下来,将一摞文件放在上面,然后开始在她的包里翻找什么。她在那儿找了很长时间,老头儿就坐在她面前看着她,同时也看着那个头脑很弱的女人,她一直都站在人行道边,脑袋不停地点啊点。

今天晚上，在一个突堤码头的远端，两个男人远远地撒开网捕蓝鱼。一个对另一个说老是往水里甩诱饵可能会吓到蓝鱼。在另一个码头边，一条条渔船并排排列着，桅杆上挂着粗粗的渔网，舱顶上系着小艇，甲板上放着一叠叠新木桶和一捆捆篮子——全是干活要用到的东西。

傍晚，从沙滩上，我回望内陆，看到教堂的尖顶映在天幕前，屋顶上有四个穿长袍的女人的雕像，同样映着天，就好像在墓地里一样，但仔细看了看我发现那是四把有着大圆头的收好的沙滩阳伞。水中，小船在各自的泊位上都朝向同一个方向，只有一条突然动了起来，左右摆动了一番。

晚上一神普救派教堂的尖顶上会点亮一盏灯，那是为了纪念那些在海上消失的人的。

在小巷、我的小巷的入口，和街道连接的地方，就像在小河的河口一样，有来自街上的活力和喧嚣，翻腾着、不停歇地持续到凌晨时分。

清晨我被门外花园里的一阵窸窣声吵醒了。那是一只臭鼬被卡在树枝里了。

我的法国历史学家已经离开那个潮湿的河谷，来到中西部了。他在研究新建立的市镇的政府结构。我对这个主题兴趣不大，不过历史学家本人是个很好的伴侣，他能很聪明地解释这些主题，让它们变得可以忍受了。

昨天我在雨中散步时看到的：有着粗老的茎的野胡萝卜，它们的几只花头在风中招摇，不时碰撞到一块墓碑上；那个长满荒草的墓地，前面立着禁止宿营的牌子；一个女人不熟练地在一条一头不通的小路上倒车，在一个有围栏的花园前碾倒了一些高高的千屈草；花园里的男人正跪在地上给一个花床除草；一个穿制服的护士在一个小围场里隔着围栏同她的邻居谈论她的马；镇上最老的房子，房子是由沉船上的木头建成的，前面立着一块牌子，上面描述了它的圆形砖砌地窖，并给出了地窖的学名，不过我已经把它忘记了；一条叫作"机修工街"的街道。

上个星期天我决定去教堂。我不在意是哪一个。我在去一个叫圣彼得教堂的天主教堂的路上，它有着涂成深色的洋葱形木圆顶，这时一神普救派教堂钟楼里的钟声敲响了；我走在一条窄巷的缓坡上，在那里我能看到那个钟楼；我改变了主意，从巷子里折返，经过设有跳蚤市场的草坪来到院子里，走进了教堂内部，上楼进了那个有着错视画[1]装饰的礼拜堂。那些看起来极为真实的圆柱都不是真正的圆柱；连那稀稀落落的教友和那个牧师也可能是错视画派的成果。

但牧师是一个从哈佛神学院毕业的年轻女人，她知识丰富，举止强势而直接；管风琴音乐选得很好，也演奏得很好；管风琴台上的独唱歌手唱得很好；赞美诗也是熟悉的老曲目。礼拜结束之后，楼下在提供柠檬汁饮料，桌上还摆着上面有鸡蛋和橄榄的圆吐司，那桌子的一边是通往霉湿的地下二手商店的门，一边是有着洒满阳光的长方形高窗的外门廊。

后来，在街上，我在回想牧师说过的一个好笑的故事。一个脸晒成古铜色、戴着黑墨镜、扎着头巾的男人骑摩托车经过了我，他长长地、狠狠地看了我一眼。我之前无意间朝他笑了。

最近做的关于动物的梦：我正准备开始做Z给的试题，这时一只小型动物，一只鼬或是一只老鼠逃了出来，我于是跑过去帮忙逮它。这时我又发现了其他逃出来的动物，大一些的动物。我对人们发出了警告并试着把动物弄回它们的笼子里。这是在学校里发生的事，这些动物可能也和那个考试有关。

另一天晚上我和四只跑到田野里的动物在一起——一只棕白

---

[1] 一种利用视觉上的错觉使描绘对象看起来如三维般逼真的绘画技法，起源于巴洛克时期。

相间的山羊，一匹帕洛米诺马，还有两只大型动物，我准备张贴关于它们的广告，把它们找回来。我站在那儿看这匹马和一群马一起奔向原野。

昨天我坐在那对老夫妇的车后座上。我们要开到海滩。老头儿说的一句话让我很震惊，不过他和老妇人都没有注意到。我坐在老妇人的背后，仍在震惊中，夕阳中老妇人很难将车子开稳。

我去老人的房子旁边沿铁道线散了很长时间的步。铁轨被起走了，狭窄笔直的枕木在前面延伸了很远。一个瘦瘦的、留胡子、穿着层层叠叠的破衣服的男人朝我缓步走过来，身边带着一条黑狗，狗围着他转，用鼻子嗅闻着旁边的灌木。我带了老人的猫出门散步，它侧过身子，朝狗弓起了背。

昨天晚上，过了午夜，我光着脚走到洗碗池旁边，踩到了一个又滑又硬的东西上。地垫上躺着一个看上去像是动物器官的东西，有着制服的颜色和质地的、内脏一样发亮的东西。我弯下腰去看：那是一只蛞蝓。我很担心我把它弄死了。我把它拿了起来：它又凉又湿。我把它放在手掌心里，这一小团发亮的肉，然后它的一端出现了两个小拱，接着又慢慢变成了两只长触角，下面又长出了两小点我猜是眼睛的突起物，与此同时它的身体变细并且紧了起来，然后它开始动了，绕着我的手腕爬上了我的胳膊。

今天晚上我听到一个邻居回来时走在外面水泥路上的脚步声，然后是更多脚步声，接着同一时间响起许多脚步声，它们以稳定的节奏持续了很长时间，然后我意识到它们并不是脚步声：是下雨了。沉重的雨点击打着花园里的树叶以及露台上的木板。然后，在啪啪的雨声中，我确实听到了一个回家的邻居的脚步声，那是我楼上的男人，他又在我的房顶上走来走去了。

昨天我沿着一条蜿蜒的碎石路走，经过了一个长满百合花的池塘，穿过了一片窄窄的小山毛榉树林。回来的路上，我在码头上停了一会儿，看渔民在出海之前修补渔网。他们将一个很大的梳子一样的器具穿过方形的网洞，在上面打结。一个男人举着网，另一个男人用快速、简省的动作在补网。他们在船上劳作，一小群游客站在码头边充满敬意地看着他们。

不远处，三个男人在码头边捕鲭鱼，他们一遍又一遍地撒网，拉起全是肌肉的银色的鱼，剧烈挣扎着，然后他们取下鱼，将它们小心地倒进一个泡沫塑料冷藏箱里，鱼在里面跳得那么厉害，箱子盖上盖之后还摇晃响动了好一会儿。

与此同时，一辆大红色的运油车在给船只加油。它会在码头边停下来,旁边往往是两三条船并排停在一起,它会将一条长长的软管送下一条船,然后越过它送到下一条船,再下一条船。同时,一条延伸了整个码头长的钢丝正在被机动地往回收,绕到一条渔船上的一个圆桶上,钢丝是通往一个看上去像是鱼类包装棚的地方的。钢丝一直绕啊绕。也有一群游客在认真观看。

游客们拍了那两个修渔网的男人的照片。要是有游客请渔民笑,渔民会严肃地抬起头,表情平淡,为拍照静立不动,但是他不会笑。

我最近出去和那两个老人还有他们的两个老朋友吃饭了。我们坐在一个四面环水的房间里,他们都点了龙虾。他们的食物来了,红色的龙虾在绿色的生菜叶上看起来很漂亮,旁边还有一小杯融化的黄油。谈话中止了,桌上安静了下来,只有老人们狂暴的碾压、拉扯、撬动的声音,他们突然展现出了这样强大的体力,决意要将这些龙虾摧毁。

我在这里会见到的人:那个邮局职员;超市里友好的女收银员;我的邻居们;我的女房东;住在花园对面的女人,她有一次用一种平淡又好奇的语调问我在这里做什么;昨天晚上,一个胖胖的、活跃的酒吧侍者去参加了图书馆的一个免费观影活动,虽然我没有和他说话,他不当班。他额头上扎着头巾,穿着牛仔靴。他是来看一部1954年拍的电影的，电影的名字我已经忘记了。为数不多的观众主要是老年人，他们会来来回回地大声对彼此说话。

"所有人都在这儿呀！"一个人大声说。

我觉得我被包括进了"所有人"，虽然我是一个人坐着等待电影开场。我听着酒吧侍者和别人说话。然后我们都开始看电影了。

一个水管工昨天来我的房间修了淋浴器。他告诉我他家已经在这里住了好几代了。他说现在这里已经没有什么鳕鱼和黑线鳕了，渔民都会去海角北端以西六英里的浅滩去捕捞贝类水产；那里的海床上似乎有捞不完的东西。

我曾看到大箱大箱的贝类水产被一条船上的起重机吊着，运到码头上来，我觉得它们是圆蛤。箱子堆在码头上，来自马里兰的货车开着引擎准备装运它们。海鸥在柏油路面上盘旋，它们都大张着翅膀威胁对方，想要抢夺残余的食物。一只海鸥坐在一堆箱子的顶上，从箱板缝隙里扯出了一块黏糊糊的、有弹性的蛤肉，扯的时候身子后倾，接着又弯下身子去扯第二口，在船的引擎声大响起来时它又退了回来。

那是日暮时分，天色渐暗，船上的灯光变得愈加明亮了，几个游客小心翼翼地站在码头的边缘看着。年轻的渔民们光着膀子、穿着短裤长靴,不紧不慢地干着活儿,检查钩子,举起挖泥器,然后是一块很大的格栅板。船的引擎突突地响着,有时候会发出轰隆声。

另一天晚上,时间稍晚。我是唯一在看的人。火星从一条黑暗的船上溅起来,上面有人在接焊什么东西。另一条船拉响汽笛之后出海了。船开动时一个黑人渔民跑到了船尾。他抬起头,朝我挥手笑了。

我去码头上看了摩托车。一大批摩托车整齐地排在小吃店旁边,那里的葡萄牙鱼汤出人意料地好喝。这些车子是各式各样的,有的简朴,有的豪华。豪华的那些上面有鹿角和豹皮装饰。

因为气温越来越低,蟋蟀叫得更多了。这是8月的最后一天,天气突然变了。就在我要离开的时候,那个历史学家也结束了他的旅行,准备回欧洲去了。

56

即将结尾:
那个词是什么?

他说,
"我刚认识你的时候
我没想到你会变得这么
……奇怪。"

57

一个不同的男人

晚上他是一个不同的男人。要是她熟悉的他是早上的他,晚上她几乎都认不出他了:一个苍白的男人,一个灰暗的男人,一个穿着棕色毛衣、有着黑色眼睛的男人,故意和她保持着距离,容易生气,不讲理。早上,他是一个脸色绯红的国王,脸上发着光,有着光滑的两颊、光滑的下巴,散发着滑石粉的香味,穿着他高贵的红色格子睡袍走到阳光下,给她一个大大的拥抱……